講談社文庫

誘拐屋のエチケット

横関 大

JN051519

講談社

目次

誘拐屋のエチケット

エチケット1　女の話は信用しない

標的を見失う。この業界ではよくある話だ。しかしリカバリーする方法はいくらでもある。

田村健一《たむらけんいち》はライトバンを路肩に寄せ、スマートフォンに目を落とした。追跡アプリを起動すると、すぐに標的の位置は特定できる。ここから東に一キロほどの場所を走行中だ。田村は再びライトバンを発進させた。

今回の標的は自宅のほかに都内に三ヵ所の隠れ家《かくが》があり、毎日のように寝床を変えていた。そこに規則性はなく、三日連続して同じ隠れ家にいたかと思うと、翌日には自宅に戻り、自宅で一日過ごしてから別の隠れ家に移動したりする。厄介《やっかい》な動きをする標的だった。

ただし手をこまねいているわけにはいかない。仕事には納期があり、納期は守らなければいけないのだ。田村にはある作戦があった。

三ヵ所の隠れ家はどこもセキュリティ対策が施《ほどこ》されているが、一つだけ――仮にマンションAと呼ぶとしよう――マンションAだけは比較的外部の者にも侵入が容易《たやす》かった。チェックなしで地下駐車場に入ることができ、たったそれだけのことでもこちらとしては有り難い。

標的はマンションAのセキュリティの甘さを知ってか知らずか、立ち寄る頻度が少ない。十日に一度、立ち寄ればいい方だ。納期も迫っているため、次に標的がマンションAに入ったときがチャンスだ。田村はそう心に決めていた。

時刻は午後九時を過ぎている。さきほど標的は行きつけのステーキハウスで食事をして、おそらくこれから自宅もしくは隠れ家に向かうはずだった。田村はブレーキを踏み、速度をやや落とす。前方に標的が乗っている車、黒いベンツが走っているのを発見した。ナイスリカバリー。標的は後部座席に乗っているはずで、運転しているのはその子分だ。

前を走る黒いベンツが右折レーンに入るのが見え、田村もハンドルを切った。ここを右折するということは、今夜の宿泊先は自宅かマンションAのどちらかということになる。悪くない兆候《ちょうこう》だ。右折したベンツのあとを追い、田村はライトバンを走らせた。

　そこから五分ほど走ったあと、今度は黒いベンツが左折のウィンカーを出すのが見えたので、行き先がマンションAであることがほぼ確定する。田村はアクセルを踏み込んだ。黒いベンツを追い越して先回りするためだ。

　冷静に行動する。それが田村のモットーだ。慌てたりするとろくなことが起きないことを経験上知っている。そうでなければこの仕事を長く続けることはできない。

　十分後、田村の運転するライトバンはマンションAの地下駐車場に入った。エレベーター室の近くに停車し、すぐに車から降りる。この地下駐車場内には四つの防犯カメラが設置されているのは事前の調べでわかっている。今回の仕事に邪魔になる防犯カメラは一つだけだ。田村はトランクから短い脚立《きゃたつ》を出し、死角を通って邪魔となる防犯カメラのもとに向かい、脚立に乗ってレンズの上に黒い布をかけて目隠しする。これで準備は万全だ。

　田村はライトバンに戻り、運転席に座った。のんびりと黒いベンツが到着するのを待つ。やがてスロープを下りてきた黒いベンツが地下駐車場に入ってくる。停める場所が決められているようで、ベンツが停車したのはエレベーター室から比較的離れた場所だった。田村は笑う。今回の標的は反社会的勢力に属する者だと聞いている。そういう連中でもマンションのルールは守るものらしい。

車を降りた男が二人、エレベーターに向かって歩いてくるのが見えた。四十代くらいの男と、もう一人は二十代の若者だ。田村はライトバンから降り、彼らに向かって歩き始める。靴音が響くので、当然向こうもこちらの存在に気づく。ただならぬ気配を感じたのか、若者が懐《ふところ》に手を入れ、鋭い声で言った。

「てめえ、何者だ？」

すでに彼らまでの距離は七、八メートルにまで縮まっていた。田村は背後に隠し持っていた麻酔銃——見た目はオートマチックの拳銃そのもの——を出し、まずは若者の胸に一発発射、次に標的の胸に向かって一発発射する。バドミントンのスマッシュにも似た快音《かいおん》とともに、麻酔を仕込んだ針が二人の胸に刺さる。痛そうだが、実際には痛くないらしい。

二人は訳がわからないといった感じで膝《ひざ》をつき、どさりと倒れた。あっけないものだった。しかし仕事というのはできるだけ簡単に終わらせなければならないのだ。たまに標的が予想外の抵抗を示して、アクション映画さながらの格闘になることもあるが、そういうのはごく稀《まれ》だ。腕のあるプロほど仕事をあっけなく終わらせるものなのだ。

田村は標的である四十代の男のもとに向かい、脇の下に手を入れてライトバンまで引き摺《ず》った。標的を持ち上げてトランクに載せ、万が一目を覚ました場合に備えて口にガムテープを貼った。

一台の車が駐車場に入ってきた。白いセダンだった。停車したセダンから主婦らしき女性が降り立ち、エレベーター室に向かって歩いてくる。当然、女性は倒れている子分に気づき、「ひっ」と悲鳴を上げて立ち止まる。

田村は女性を無視して淡々と作業を続ける。騒がれても平気だし、警察を呼んでもらっても構わない。ただ最近はスマートフォンの普及により、いきなり撮影を始める者がいるようで、そういう場合だけは対処することに決めていた。女性は怖くなったのか、反対側の階段室に駆け込んだ。

手首と足首を結束バンドで締め上げれば、それで作業は完了だ。あとはライトバンを運転して標的を目的地まで運べばいい。検問に引っかからないルートを選び、警察官から職務質問されないように安全運転を心がける。

田村はエンジンをかけ、ライトバンを発進させた。

午後十時三十分過ぎ、田村は新宿の裏通りにあるインド料理屋に入った。店名は〈ｋａｄｄｏｏ〉といい、インド人が一人で経営している穴場の店だった。ｋａｄｄ ｏｏというのはインドで何かの野菜を意味する言葉だと聞いている。

ネットの口コミサイトにも登録がないため、基本的に空《す》いている。それでも昼にはランチセット目当てで満席になるらしいが、田村は夜しか来たことがないので混んでいる状況が想像できない。

いつもと同じくカウンター席に座る。客は田村だけだった。アリという名の無口なインド人店主が無言でこちらに目を向けてきたので、「ビールとナンとツナコーン」と答えた。アリが運んできた瓶ビールとグラスを受けとり、手酌《てじゃく》で注いで飲む。誘拐に成功したあとのビールの味はいつもとさほど変わらない。

誘拐屋。裏の業界では田村の仕事はそう呼ばれている。指定された人間を誘拐し、指定された場所まで届けること。それが仕事だ。世間ではあまり知られていないことだが、裏の社会では誘拐がビジネスとしてきちんと成立しているのである。

よくあるのが暴力団絡み、その次が政治絡みだろうか。ある人物が邪魔になったのだが、殺す前に情報を引き出したい、もしくは殺さずとも一時的に拉致《らち》したい。そういう場合に誘拐屋の出番となる。誰にも知られることなく対象者を誘拐し、依頼人に引き渡す。このようにして誘拐という犯罪はおこなわれている。それこそ至るところで。

日本には年間で八万人以上の行方不明者《ゆくえ》がいる。警察は毎年そのデータを公表し、行方不明になる原因、動機としてはここ数年では認知症などの疾病によるものがもっとも多く、続いて家庭関係の不和等によって家出する失踪が多いとしている。問題は原因不詳だ。毎年十五パーセントほどが原因がわからない行方不明者とされており、その数は年間で約一万四千人だ。その中に秘かに誘拐に巻き込まれた者がいても何ら不思議はない。

アリがナンを運んできた。トッピングのツナとコーン、マヨネーズも一緒だった。田村はナンをちぎり、その上にツナとコーンを載せ、さらにマヨネーズをかけてから口に運ぶ。旨《うま》い。ビールに合う。

田村はカレーが好きではない。日本風にアレンジされた、いわゆるカレーライスは好きなのだが、本場インドの本格的なやつが苦手だった。試行錯誤の末、辿《たど》り着いたのがこのメニューだ。甘いものを食べたいときはナンにバターとイチゴジャムを塗って食べることもある。だったらこの店に来なければいいのだが、無理してでもここを訪れなければならない理由がある。それは——。

「あら？　もう来てたの」

そう言って一人の女が店に入ってきた。客は田村一人だけなので、その言葉は当然田村に向けられたものだ。女は田村の隣に座り、厨房から顔を出したアリに向かって言う。

「キーマとマトン、それからお豆にしようかしら。あとビール」

アリは無言のままうなずき、冷蔵庫から出した瓶ビールとグラスを持ってきた。女は手酌でビールを注ぎ、一口飲んでから言う。

「お疲れ様。さすがね、タムケン。仕事は完璧にこなすわね」

「普通に仕事をしただけだ」

女は直子《なおこ》という。田村が知っているのは彼女の名前だけで、それ以外の詳しいプロフィールはほとんど知らない。おそらく年齢は自分と同じくらいだろうと推測している。田村は今年で三十六歳だ。多分直子もそれくらいだと思うが、女の年齢を当てるのは下手《へた》すれば誘拐より難しい。

「結構難しかったでしょ、今回の仕事。ああいう連中って警戒心強いから」

「まあな。一般人は隠れ家を用意したりしないからな」

今回の標的となった四十代の男は反社会的勢力――いわゆる暴力団の幹部だった。暴力団の内部で跡目争いがあり、それに嫌気がさした幹部の一人が組織を抜けようとした。しかし組織を抜けるには決死の覚悟と煩雑《はんざつ》な手続きが必要であり、それがこじれて揉《も》めていたのだ。

「例の男、今頃驚いてるわよ。まさか桜田門《さくらだもん》に連れていかれるなんて思ってもいなかったはずだから」

桜田門。警視庁を示す言葉だ。つまり今回の依頼人は警察ということになる。跡目争いの渦中にある暴力団の幹部を保護し、彼から情報を引き出す。警察が誘拐に関与しているとはにわかに信じられないが、こういうことはよくあることだ。警察というのは逮捕状がなければ犯罪者を逮捕することができず、意外に不自由だったりする。

「ギャラは今週中に口座に振り込んでおくから」

「悪いな」

直子は誘拐ブローカーだ。要するに田村に誘拐を斡旋《あっせん》してくれる業者である。彼女はある組織に所属しており、その組織が誘拐ビジネスの大手事務所的な役割を果たしている。その組織はもとは政府が作った公的機関という話もあるが、真偽のほどは定《さだ》かではない。しかし誘拐を依頼してくるのが政府関係者であることが意外に多く、あながち間違ってもいないのではないかと田村は考えている。

アリがカレーを運んでくる。三つの小ぶりな器にそれぞれキーマ、マトン、豆のカレーが入っている。見るからに辛そうな色合いだ。「うわ、美味《おい》しそう」と直子は言い、早速ナンをちぎってカレーにつけて口に運ぶ。

「やっぱり最高。ねえ、タムケン。あんたもいい加減にカレー食べたらどう？」

「苦手なんだ。何度言ったらわかるんだよ」

田村はそう言ってナンを食べる。正直ツナとコーンにも飽きてきており、イチゴジャムはビールとの相性が悪い。そろそろ別の味を見つける必要がありそうだ。

「あ、そうだった。あのね、次回の仕事は新人と組んでもらうことになったの。仕事が決まったら顔合わせの段取りをするわ」

「嫌だね」と田村は即答する。「俺は誰とも組まない。今までもずっとそうしてきた。これからもその方針を変えるつもりはない」

「仕方ないでしょ、組織の方針なんだから。後進の育成らしいわ。たしかに最近は誘拐屋も減ったから。都内だとあなたを含めて五つか六つくらいしか残ってないしね」

誘拐屋の数が減少傾向にあるのは田村も承知している。同業者の存在は知っているし、意識しないと言えば嘘になる。大抵の誘拐屋が二、三人のチームで仕事をしていると聞いたことがあり、単独で仕事をしているのは田村のほかに一人か二人らしい。

「タムケンの気持ちもわかるけど、コンビになれば仕事の幅もぐっと広がるし、依頼主の信頼も高まるわよ。それと断ったら多分組織はタムケンに仕事を回さなくなるかもしれない」

「干されるってことか？」

「そういうこと。だからよろしく」

直子はそう言ってナンをちぎった。ずっと一人でやってきたので、コンビを組めと言われても実感が湧《わ》かない。田村はグラスのビールを飲み干した。


直子から連絡が来たのは二週間後だった。

誘拐の仕事というのはそう多く回ってくるものではなく、月に一、二度といった具合であり、なかには副業をしている誘拐屋もいるらしいが、田村は副業はしていない。

誘拐の仕事がないときは特にすることもないのだが、一応日課というものがある。午前中は図書館で本を読んで過ごす。今は司馬遼太郎《しばりょうたろう》にハマっている。午後は十年近く通っている総合格闘技のジムに行き、そこでトレーニングをする。田村はかなりの腕前で、大会に出ればそこそこの成績を収めることは確実なのだが、目立つようなことはしたくないので大会に出場したことはない。

その日も午後からジムに向かい、そこにいた若者たち——昔は田村が若者だったが、今やすっかりベテランになってしまっている――と寝技のスパーリングをした。

誰も田村には勝てなかった。次は打撃系のスパーリングをやろうと思っていると、スマートフォンがメッセージを受信していることに気がついた。

送り主は直子で、新たな依頼があるので会いたいとのこと。待ち合わせの場所は新宿のファミレスだった。トレーニングを中止し、田村はシャワールームに向かった。

夕方五時、田村は待ち合わせのファミレスにいた。大変混雑している。若者の姿が多かった。窓際の席に直子の姿を見つけ、田村は彼女のもとに向かって歩き始める。通りかかった店員にコーヒーを注文してから、直子の前に座って皮肉っぽく言う。

「いい店だな」

「まさかこんなところで誘拐の話をしてるなんて誰も思わないでしょ」

「で、次の依頼って？」

「急がないで。もう一人来るの」

例の相棒というやつか。田村は気が滅入《めい》った。店員が田村のコーヒーを運んできて、その店員と入れ替わりで一人の男が田村たちが座るボックス席にやってくる。三十代前半くらいの男だ。男が恐る恐る言った。

「すみません。遅れてしまいました」

「いいから座って」

そう言いながら直子が窓側に詰めたので、男は直子の隣に腰を下ろした。正直意外だった。一見して育ちがよさそうなお坊ちゃんのようだ。誘拐という裏稼業に手を染めるタイプに見えない。男が田村に向かって頭を下げた。

「よろしくお願いします。根本《ねもと》っていいます。下の名前は翼《つばさ》です。キャプテン翼の翼ですけど、サッカーはやったことありません」

「根本君、何か注文したらどう？」

直子にメニューを渡された根本は、それをしばらく眺めてから顔を上げた。

「ドリンクバーにしていいですか？」

「まあ、駄目とは言えないけど……」

根本は通りかかった店員にドリンクバーを注文してから立ち上がり、ドリンクバーのコーナーに向かって歩いていく。あんな奴に仕事を任せられるのだろうか。田村が直子に目を向けると、彼女も困り果てたように苦笑している。

「お待たせしました」

根本がグラス片手に戻ってくる。コーラのようだ。ストローをさし、それを飲み始める。直子が根本に向かって言った。

「根本君、この人が田村健一。通称タムケン。あなたとコンビを組むことになる男よ。頼りになるベテランだから、いろいろ教えてもらって」

「わかりました。よろしくお願いします」

喉が渇いていたのか、根本はすぐにコーラを飲み干してしまう。ドリンクバーを注文しただけのことはある。「失礼します」と言って根本は立ち上がり、再びドリンクバーに向かって歩いていく。その背中を見ながら田村は言った。

「おい。本当にあんなので大丈夫なのか？」

「よほど人材難なのね」直子は茶色い封筒をテーブルの上に置いて立ち上がった。

「これが今回の標的よ。なかなかの大物だし、マスコミなんかも張ってるだろうからタムケンでも苦労するかもしれない。それじゃよろしく」

「待てよ、直子」

そう呼んだが直子はすたすたと立ち去っていく。グラス片手に根本が戻ってきた。今度はメロンソーダらしい。根本が座りながら言った。

「あれ？　さっきの女性の方は？」

「帰った。ええと、お前は……」

「根本翼です。翼って呼んでください」

「いいか、根本。俺は一人でも十分だと思ってる。できるだけ邪魔にならないようにしてくれ」

「わかりました、タムケンさん」

田村がじろりと睨《にら》むと、根本は肩をすくめて言った。

「よろしくお願いします、健さん」

タムケンさんと呼ばれるよりいいだろう。田村はコーヒーを一口飲む。すると根本がテーブルの上に置かれた封筒に目敏《めざと》く気づいて訊《き》いてくる。

「まさか健さん、これ、今度の仕事ですか？」

「ああ、そうだ」

答えながら田村は封筒を手にとった。中には一枚の紙と一枚の写真が入っている。紙には今度の標的のプロフィールがまとめられている。名前や現住所といった個人情報だ。今度の標的は女性らしい。テーブルの上の写真を見て、根本がやや興奮したように言った。

「ほ、星川初美《ほしかわはつみ》じゃないですか」

「知ってるのか？」

「当たり前ですよ。星川初美ですよ、星川初美」

根本が嬉しそうに言う。写真を見ると、そこには妖艶《ようえん》な魅力を漂《ただよ》わせる美女が写っていた。

「昔からファンだったんですよ、僕。可愛《かわい》かったよな、星川初美。健さん、マジで知らないんですか？」

「テレビはあまり見ないからな」

「本当ですか。いいですか、星川初美というのは……」

根本が説明を始める。なぜ俺は初めて会った男の講釈を聞かなければいけないのか。そんなことを思いつつも田村は根本の言葉に耳を傾《かたむ》けた。標的の情報を知っておいて損はない。

星川初美。十代の頃はアイドルグループの一員だったらしい。国民的なアイドルグループで、芸能界に疎《うと》い田村でもそのグループの存在くらいは知っていた。活躍していたのは今から二十年以上前のことだ。ちょうど田村は小学生の頃で、そのアイドルグループはクラスでもよく話題になっていた。

「二十代前半のときに両親が事故で他界して、それを機にいったんアイドルを卒業して芸能界を引退しました。でも五年後くらいにカムバックして、その後は女優になったんです。とは言っても五年も芸能界を離れていたから、復帰直後には仕事がなかったみたいですけどね」

脇役をこなす日々が続いたが、三年ほど前に転機が訪れる。二時間ドラマの主役に抜擢《ばってき》されたのだ。『女監察医・二階堂美月《にかいどうみづき》の事件簿』というのがタイトルらしい。この二時間ドラマが好評を博し、シリーズ化が決定した。今では十作品ほどが製作され、星川初美はその人気を確たるものにしたという。ほかのテレビ局でも別シリーズの準主役の地位を任せられ、今では二時間ドラマの新女王とまで呼ばれているようである。

「順調だったんですけどね。まさかこんなことになるとは……」

「まだ俺は何もしていない」

「違いますって。本当に何も知らないんですね」

五日ほど前のことらしい。彼女にスキャンダルが発覚したのだ。お相手は一回り年下の若手俳優で、同じ傘の下で仲良く寄り添う瞬間を写真週刊誌にスクープされた。しかもその俳優は結婚しており、その妻は現在妊娠中だという。

「世間の反応は酷《ひど》いですよ。星川初美を泥棒猫呼ばわりです。俳優の妻が独占インタビューに応じたんですが、彼女には同情が集まりまくってます。悪いのは完全に星川初美。まさに炎上中ですね」

そんな彼女を誘拐するのが今回の仕事だ。たしかに骨の折れそうな案件ではある。今、彼女の自宅にマスコミの連中が張りついている。彼女自身も警戒しているだろうし、誘拐を成功させるにはかなりの手間と労力が必要とされるに違いない。

「失礼します」

根本がそう言って立ち上がり、再びドリンクバーに向かって歩いていく。その背中を見ながら田村は思った。

本当にあんな男と一緒に仕事ができるのだろうか。見た感じはごく普通の男で、この世界とは縁遠い存在に見える。

誘拐はれっきとした犯罪行為であり、もしも露見《ろけん》したら即指名手配される。田村自身はビジネスと割り切っているとはいえ、世間に顔向けできる仕事ではない。根本には、そんな闇の仕事とは真逆の、どこか牧歌的な雰囲気さえ漂っている。

根本が戻ってきた。今度はアイスコーヒーらしい。ガムシロップとミルクをグラスの中に垂《た》らしながら訊いてきた。

「それで、どうやって星川初美を誘拐するんですか？」

「これから考える」

誘拐にそれほど多くのバリエーションはない。拘束し、車に載せ、運ぶ。それだけだ。問題は場所と時間だ。それさえ決めてしまえばあとは実行に移すだけだ。依頼された仕事は確実に遂行するのが田村の流儀であり、今回も失敗は絶対に許されない。

「でもあれですよね」ストローでアイスコーヒーをかき混ぜながら根本が言う。「星川初美、誘拐されちゃうわけですよね。そう考えただけで胸が痛むっていうか、切なくなるっていうか……」

信じられないことに、根本の目から一筋の涙が零《こぼ》れ落ちる。それを見て田村は思わず声を発していた。

「お前、冗談だろ」

冗談ではなかった。根本は人目を憚《はばか》らず、その場で泣き始めてしまったのだ。

「可哀想《かわいそう》ですね、星川初美。不倫しただけで誘拐されちゃうんですよ。酷い仕打ちですよ、こんなの」

周囲の視線を感じる。大の大人が涙を流して泣いているのだ。注目を集めて当然だ。若い客たちが興味深そうにこちらを見ているのがわかる。

「おい、泣くなよ」

田村はテーブルの隅に立っていた紙ナプキンのケースを根本の方に押しやった。根本は紙ナプキンを一枚とって涙を拭《ふ》く。

「理不尽な世の中じゃないすか。星川初美が可哀想ですよ」

根本の涙は止まる気配がない。こんな涙もろい人情家に誘拐屋が務まるのだろうか。田村は大きく溜《た》め息《いき》をつき、伝票を手に席を立った。


二日後、田村は自分のライトバンを運転していた。助手席には根本が座っている。連れてきたくはなかったが、直子の頼みなので断ることはできない。彼女の背後には組織が控えていて、組織に反抗するほど身のほど知らずではなかった。

「本当に誘拐するんですね」

早くも根本の目はウルウルしている。

「お前、そんなに涙もろいんじゃ大変だろ」

「涙もろい？　僕がですか？」

「当たり前だ。ほかに誰がいるんだよ」

「他人の気持ちになって考えろ。それが小学校時代の恩師の教えです」

だからといってこれから誘拐する標的に感情移入するのは間違いだ。やはりこの男、どう考えても誘拐屋には向いていない。しかし今回の仕事の納期は五日以内となっているため、こいつにかまっている暇はないし、すでに決行日を迎えてしまっている。

　そろそろだな。田村はブレーキを踏んだ。元麻布《もとあざぶ》にある高級マンションの前だ。やはり予想通り、マンションの前にはマスコミの連中が待機している。総勢十名といったところか。マンションの前に停車したライトバンに対し、記者やカメラマンが好奇な視線を向けてくる。田村は運転席から降り立った。

　後部のトランクに向かう。ライトバンの腹には大手家電量販店のロゴシールが貼られていて、田村と根本もそれっぽい服装に身を包んでいた。帽子を被《かぶ》り、手には軍手を嵌《は》めている。マスコミの連中は何も言ってこないので、少なくとも彼らの目を騙《だま》すことには成功しているようだ。

　バックドアを開け、中から巨大な段ボールをとり出す。冷蔵庫の空き箱だが、中には何も入っていないため、重そうに持つ演技をしなければならない。二人がかりで段ボールを台車に載せ、それを押しながらマンションのエントランスロビーに入った。オートロックの番号を押す。どれだけ待っても反応はない。やはりマスコミを恐れてインターホンには反応しないようにしているのか。

　もう一度星川初美の部屋番号、一二〇一を押す。カメラの向こうで彼女が息を潜《ひそ》めていることを期待し、田村は用意していた紙片をレンズの前に出した。その紙片にはこう書かれている。

『星川様、赤松《あかまつ》社長からの差し入れをお持ちしました』

赤松というのは星川初美が所属する芸能事務所の社長の名前だ。その名前を調べるのはさして難しいことではなく、ネットで検索して一発でわかった。星川初美が自宅で軟禁状態にあるのは想像できたし、となると必要なのは食料や飲み物などの日用品だ。自分で買い物に行くのは無理なので、おそらくマネージャーあたりを頼っているものと推測できた。そんな状況の中、事務所の社長から差し入れがあるとわかれば中に入れてくれるのではないか。それが田村の立てた作戦だ。

自動ドアが開いた。「やりましたね」と根本が言ったが、その言葉を無視して田村は台車を押してマンション内に入る。マスコミの連中は遠巻きにこちらを見ているだけだった。敷地内に入らないように管理会社から指導されているのかもしれない。芸能人だけあっていいマンションに住んでいる。ジムも完備されているようだ。エレベーターに乗り込むと根本が言った。

「やりましたね。まさかこんな簡単に……」

「黙れ」

一喝《いっかつ》する。エレベーターには大抵防犯カメラがついている。もしも警察沙汰になった場合、警察は必ずカメラの映像をチェックする。家電量販店の宅配人に扮した怪しい二人組は即座に捜査線上に浮上するだろう。その場合に備《そな》えて帽子やマスク、眼鏡《めがね》などで印象を変えているのだが、できればあまり目立ちたくはない。

十二階に到着し、エレベーターを降りた。一二〇一号室の前で立ち止まり、インターホンを押した。

「お待たせしました。赤松さんの使いの者ですが」

待っているとドアが開いた。中から顔を出したのはゆったりとしたワンピースを着た色白の女だった。警戒したような視線を向けてくる。田村は「失礼します」と短く言い、台車を押して部屋の中に入った。広い玄関は大きな段ボールを入れてもまだ余裕がある。

「それが社長の差し入れ？　いったい何が入ってるの？」

女が訊いてくる。特に着飾っているわけではないが、そこはやはり女優だ。どこか気品に溢《あふ》れている。

仕事は迅速《じんそく》に。それが田村の流儀だ。懐に隠したスタンガンをとり出そうとしたところ、背後にいた根本が声をかけてくる。

「健さん、やっぱりやめましょうよ。可哀想ですって」

こいつ、馬鹿か。この期《ご》に及《およ》んで何を言っているのだろうか。しかも標的の前で名前を呼ぶなど無能にもほどがある。まあケンという呼称はありふれたものではあるのだが。根本の言葉に疑問を覚えたのか、星川初美はやや表情を硬くしてこちらを見ている。まったく面倒だ。

田村はスマートフォンを出した。それを星川初美の方に向けて言う。

「こちらをご覧ください。社長からのメッセージです」

怪訝《けげん》そうな顔をしながらも星川初美は前に出て、田村が持つスマートフォンを覗《のぞ》き込んだ。田村は懐から出したスタンガンを彼女の肩に押し当てる。星川初美はびくんと跳《は》ね、そのまま脱力した。その体を正面から受け止める。

「健さん、手荒な真似を……」

「手荒な真似をしなきゃ誘拐なんてできないんだよ。誘拐しますから一緒についてきてください。そんなことを言って大人しくついてくる奴はいない」

根本は黙ったまま突っ立っている。田村は続けて言った。

「ボケっとしてないで段ボールを開けてくれ」

根本が段ボールを倒し、箱の上部を開けた。田村は商品に傷がつかぬよう、細心の注意を払って二時間ドラマの新女王の体を中に押し込んだ。

「いやあ、思ったより簡単に行きましたね。さすが健さん、手際《てぎわ》がいい」

助手席に座る根本があっけらかんとした口調で言う。お調子者なのだろう。それでいて涙もろい人情家。一緒にいてどうにもペースを崩される。

出るときもマンション前で張っていたマスコミの連中に気づかれることはなかった。冷蔵庫の段ボールの作戦は以前も使ったことがある。そのときに誘拐したのは公文書をシュレッダーにかけた役人だった。

「彼女、どうなってしまうんですか？」

背後をちらりと見てから根本が言う。後部座席は倒され、そこには冷蔵庫の段ボールが積み込まれている。

「さあな。知らん」

「本当に？」

「知らない。俺たちは誘拐するのが仕事なんだ。その先は知らない方がいい」

知らないし、詮索《せんさく》もしないが、何となく想像はつく。

誘拐というのは必ずしも凶悪犯罪がつきまとうわけではなく、中にはそれほど悪くない誘拐もある。おそらく星川初美は悪くない誘拐の部類に入ると田村自身は思っており、その証拠がこれから向かう商品の納入場所だ。

市谷《いちがや》にあるマンションだ。セキュリティ対策が施されたマンションであり、限られた者しかその存在を知らない。関係者の間ではシェルターと呼ばれていて、その名の通り一時保護施設の役割を果たすマンションだ。

仮に何か社会的な問題を起こした人物がいたとする。世間の注目はその者に集まり、まったく身動きがとれない状態になる。逃げた方がいい。雲隠れした方がいいんじゃないか。そういう周囲の声にも耳を貸さず、本人は頑《かたく》なに部屋に籠《こも》っている。そして見兼ねた誰かがこう言う。面倒臭いから攫《さら》っちゃった方が早いんじゃないか。

騒動の渦中にある者を、本人の同意を得ることなく、一時的に世間から隔離しておくため。そういう理由で誘拐が発生するというわけだ。この手の依頼は意外に多い。特に昨今はネットが普及し、毎日のようにどこかで誰かが炎上している。

おそらく星川初美もその類《たぐ》いだと思われた。彼女のことを心配した家族か関係者が組織を通じて依頼したのだろう。さきほど事務所の社長の名前を借りたが、その線もあると田村は睨んでいた。事務所が所属女優を一時的に避難させる。ありそうなことだ。

「着いたぞ」

田村はライトバンを停めた。八階建てのマンションの前だ。防衛省からほど近い場所にあり、まさかこんなところに一時保護施設があるとは防衛大臣も夢にも思っていないだろう。

商品の入った段ボールを台車に載せ、それを押してエントランスに向かう。自動ドアはロックがかかっている。インターホンのボタンを押すと、スピーカーから声が聞こえてきた。

「どちら様ですか？」

「通りすがりのイエス・キリストです」

自動ドアが開いた。台車を押して中に入る。マンション内の至るところにカメラが仕掛けられていて、今こうしている間にも誰かが目を光らせている。事前に渡されていたカードキーの部屋番号は七階だった。エレベーターで七階に向かい、部屋の中に入れた段ボールから商品を出し、ベッドまで運ぶ。

「これで終わりだ。帰るぞ」

「彼女はどうなるんですか？」

「知るかよ、そんなこと」

本当は知っている。この施設にはスタッフが常駐していて、その者たちが彼女の身の回りの世話をすることになる。警備は厳重だが、中は意外にオープンな感じで、一時避難している者同士が共有スペースでお茶したりできるらしい。中にはここでの生活に満足し、帰りたくないと言い張る者もいると聞いたことがある。無理もなかった。ここにいる連中は何かしらの問題を抱えた連中だ。外の世界から隔絶された、雑音のない世界。それはある意味で理想郷だ。

「行くぞ」

そう言って空の段ボールを折り畳《たた》んでいると、ベッドの上で声が聞こえた。彼女が目を覚ましてしまったらしい。普段ならもう一回スタンガンを使う。追いオリーブオイルならぬ追いスタンガンってやつだ。しかし追っている暇はなかった。なぜなら彼女と田村の間には根本翼がボケっと突っ立っていたからだ。

「あんたたち、いったい何者？」

目を覚ました彼女が体を起こし、ベッドの上から疑問の声を投げかけてきた。その目には恐怖心が浮かんでいる。

「初めまして、星川さん。ご心配には及びません。こう見えて僕ら、悪者ではありませんから」

根本が被っていた帽子を脱ぎ、照れたような笑みを浮かべてそう言った。

「ということは、私のことを心配した誰かがあんたたちに誘拐を依頼したってこと？」

「そういうことだ」

「ふーん、なるほどね。誰かしら。社長かな。もしかしてあの人かな……」

田村は簡単に経緯を説明した。本来であれば仕事は終わったのだし、説明などしないで帰るのが普通だ。しかし根本がお人好《ひとよ》しっぷりを遺憾《いかん》なく発揮《はっき》してしまい、説明せざるを得ない状況になってしまったのだ。

「ずっとここにいないといけないってこと？　ご飯とかどうなるの？　喉渇いたんだけど、私」

さすが女優だ。わがままな性格をしているらしい。田村は前に出て、ベッドサイドの棚を開けた。そこには冊子が入っている。

「メニューだ。好きなものを頼めばいい」

初美は冊子を手にとった。かなりの厚さがある。飲食物のメニューだけではなく、その他のサービスの取扱説明書を兼ねている。ホテルの館内説明書のようでもある。

「ここで飲み食いしたものは依頼人に請求が行く仕組みになっている。頼みたいものがあったらその電話機で注文しろ」

棚の上に電話機が置かれている。それを指さしてから田村は説明を続ける。

「この建物内なら自由に出歩いていい。あんたと同じような境遇の奴らがほかにも暮らしている。誰と何を話そうが、あんたの勝手だ。ただし外部と連絡をとることだけは許されない。期限が来るまでここで大人しくしてるんだ」

「詳しいですね」

根本に言われ、田村はうなずく。

「まあ、長いからな」

「私、アイスコーヒーにしようかな」初美がそう言って顔を上げた。「ねえ、あんたたちもアイスコーヒーでいいよね」こちらの答えを待たずに初美は受話器を持ち上げた。「あ、初めまして。私のことはわかる？　……あ、わかるんだ。だったら話は早いわ。アイスコーヒーを三つ、お願いね」

受話器を置いてから初美が言った。

「ねえ、私のこと、どう思う？」

「そりゃあ綺麗《きれい》だと思いますよ。何せ女優さんですから」

根本がやや鼻の下を伸ばしてそう言ったが、初美は首を振りながら言った。

「違うわよ。今回の一件よ。どうせ知ってるんでしょ、私の不倫問題」

「やっぱり相手の奥さんが妊娠してたってのがまずかったですね」

根本が勝手に初美と世間話を始めてしまったので、うんざりしながらそれを聞き流しているとインターホンが鳴った。どうやらアイスコーヒーが運ばれてきたらしい。根本が反応して「はーい」と言いながら玄関に向かって走っていった。しばらくしてワゴンを押しながら戻ってくる。ワゴンの上にはアイスコーヒーが三つ、並んでいる。

「誰もいませんでした。いつの間に置いていったんですかね」

そう言いながら根本がアイスコーヒーをローテーブルの上に置いた。初美はそのうちの一つを手にとり、ストローの包装を破りながら言う。

「ほら、あんたたちも遠慮しないで。疲れたでしょ、今日は」

「いただきます。あれ？　星川さんはブラックなんすね。だったら僕、ガムシロ二つ入れちゃおうかな」

何だ、この展開は。田村は多少狼狽《ろうばい》する。誘拐した本人とコーヒーを飲んだことなどこれまでに一度もない。

根本はローテーブルの前に正座し、グラスの中にガムシロップを垂らしている。まるで親戚の家に遊びにきたかのようにくつろいでいる。仕方ないので田村もアイスコーヒーを手にとって、キッチンのカウンターに座った。間取りは1LDKで、最低限の家具は備えつけられている。

「ドラマで共演したのがきっかけだったのよ」頼んでもいないのに初美が話し出す。「一回りも年下だったけど、すぐに意気投合してね。結婚してたのは知ってたけど、夫婦仲はそれほどうまくいっていないって彼も言ってた。そういう愚痴を聞いているうちにいつしか関係を持つようになってたわ」

「撮られたことに気づかなかったんですか？」

「まったく。一応私も芸能人だし、結構気を遣っているのよ。普段は絶対に外じゃ一緒に歩かないんだけど、その日は雨が酷くてね。しかもたまたま傘が一つしかなくて、彼と一緒に私のマンションまで走った。その瞬間を撮られたのよ」

「あれはどうなるんですか？」臆せずに根本が訊く。初美の隣にちゃっかり移動している。「ドラマですよ。女監察医・二階堂美月シリーズ。僕、あれ好きで結構観てるんですよ」

「打ち切りだと思う。最新作の撮影も終わってるんだけど多分お蔵入り。違約金とか払わないといけないみたいで、事務所も大騒ぎよ」

当たり前だ。不倫をした代償だ。社会的地位が上がれば上がるほど、その代償も大きなものになっていく。

「行くぞ」

これ以上の長居は禁物だ。田村はアイスコーヒーを飲み干し、そのグラスをキッチンのカウンターの上に置く。すると背後で根本の声が聞こえた。

「星川さん、何か僕にできることないですか？　力になりたいんですよ」

「待て。お前わかってるのか。俺たちは誘拐するのが仕事なんだぞ」

思わず田村はそう言っていたが、その言葉は根本の耳には届いていないようだった。初美が菩薩《ぼさつ》のような微笑を浮かべて根本に訊いた。

「あなた、お名前は？」

「僕、根本っていいます。根本翼です」

「おい、本名を名乗るな、本名を」

田村は頭を抱えた。この男は駄目だ。これほど誘拐屋に不向きな男をほかに知らない。標的に対して本名を名乗る。完全に失格だ。

「根本さん、あなたって本当にいい人ね」

そう言って初美がアイスコーヒーをローテーブルの上に置き、いきなり根本に抱きついた。本人は軽いハグのつもりなのかもしれないが、根本は耳まで真っ赤にしてあたふたしている。標的にハグされて喜ぶ誘拐屋など聞いたことがない。

「一つだけお願いがあるの」

「な、何でも言ってください」

根本がやや興奮した口調で言う。田村は深い溜め息をついた。


「健さん、僕のスマホ知りませんか？」

助手席で根本がポケットをまさぐりながら訊いてきたので、田村は答えた。

「知らない。どっかに落としたんじゃないか」

「どこで落としたんだろう。弱ったな」

ライトバンは渋谷《しぶや》区恵比寿《えびす》のコインパーキングに停車している。十五階建てのマンションの前だ。

このマンションの一室に俳優の武田《たけだ》隼人《はやと》が住んでいる。星川初美と不倫関係にあった俳優だ。彼の愛車は赤いポルシェであり、仕事が休みの夕方には夫婦揃って近所のスーパーに買い物に行くのが日課らしい。

彼にプレゼントを贈りたい。それが星川初美の願いだった。来月が彼の誕生日で、そのためのプレゼントはすでに用意してあると彼女は言った。それをどうにかして彼に渡してくれないか。そう彼女に懇願されて、根本が快《こころよ》く請《う》け合ってしまったのだ。僕に任せてください、と。

「僕も買おうかな、これ」

根本の膝の上には結構な大きさの段ボールが置かれている。さきほど再び星川初美のマンションの自室に入り、クローゼットから持ってきたものだ。これが彼女から武田隼人へのプレゼントらしい。最新式のロボット掃除機だと箱のパッケージからも見てとれる。

「俺は使ってる」

「えっ？　マジっすか？」

「ああ。掃除は面倒だからな」

購入したのは先月だ。割と重宝している。

「どうですか？　やっぱり楽ですか？」

「人によるんじゃないか。自分で掃除したい奴もいるだろうしな。それより本当に現れるんだろうな。今日は仕事ってことは考えられないのか」

「星川さんも言ってたじゃないですか。彼、ここ最近は特に仕事もないみたいって」

それは田村も聞いた。武田隼人という俳優は十年ほど前に子供向けの特撮ヒーローの主人公としてデビューしたらしい。ただしそれほど演技力が高いわけでもなく、世の女性たちをメロメロにするほどのイケメンでもなく、要するに中途半端なイケメンだったため、ここ最近は役者としての仕事がそれほど充実していないようだ。

「でも星川さんと噂になって注目されてるみたいですよ。映画やドラマの出演オファーが届いてるみたいですね。脇役らしいですけど。昨日のワイドショーで言ってました」

武田隼人は三十歳だ。妊娠中の妻は元モデルらしい。絵に描いたような芸能人夫婦だが、やはり仕事がなければ食べていけない。一回り年上の女優との熱愛がスクープされ、いろいろとダメージもあるだろうが、名前が売れたという点においては彼はラッキーなのかもしれない。

「あ、来ましたよ」

その声に顔を向けると、マンションの駐車場から一台の赤いポルシェが出てくるところだった。根本がロボット掃除機の入った箱を持って走っていく。どうするべきだろうか、と田村は一瞬考える。すでに仕事は終えていて、これはいわゆる業務外だ。

しかしあの男のことだ。何か粗相《そそう》をしないとも限らない。田村は仕方なくライトバンから降りる。

「お願いします。話を聞いてください」

根本は赤いポルシェを遮るように立ち、大声で叫んでいた。通行人が何事かといった視線を向けている。あまり関わり合いになりたくないので、少し距離を置いて眺めていることにした。しかし田村と根本は同じ制服を着ているので関係があるのは一目《いちもく》瞭然《りょうぜん》だ。

「何なんだよ、あんた」

ポルシェの運転席から長身の男が降りてきた。この男が武田隼人だろう。胡散臭《うさんくさ》そうな目つきで根本を見ている。助手席にはサングラスをかけた妻らしき若い女が座っていた。

「これ、どうぞ」

そう言って根本が前に出た。いきなり現れた見ず知らずの男が差し出した箱を受けとるはずがなく、武田隼人は困惑した表情で言う。

「何だよ、これ」

「ロボット掃除機です」

「そんなの頼んだ覚えないって。人違いじゃないのか」

「いいえ、人違いじゃありません。受けとってください」

自分の名前を出さないでほしい。それが星川初美の出した条件だった。

「お願いします」

「だから何なんだよ、あんた」

このままでは終わりそうにない。田村は前に出て、帽子を脱ぎながら武田に向かって言う。

「武田さん、ナガハシ電機ってご存知ないですか」

田村は背後のコインパーキングに停まっているライトバンを指でさした。その車体には大手家電量販店であるナガハシ電機のロゴマークが貼られている。もちろん本物ではなく、偽造したシールだ。

「知ってるけど、ナガハシ電機と俺がどういう関係があるんだよ」

「当社の社長夫人が武田さんのファンなんです」口から出まかせだ。「特撮ヒーロー物に出演されていたときから武田さんを応援していたようです。夫人は今回の一件に大変心を痛めておりまして、是非武田さんにこれをお渡ししたいと。最新式のロボット掃除機です」

目配せを送ると、根本がロボット掃除機の入った箱を前に出した。武田はようやくそれを受けとって言う。

「だったら最初からそう説明してくれればいいのに。そういうことなら、まあいただいておこうかな」

「夫人もさぞかし喜ぶかと思われます。それでは」

会釈《えしやく》をしてから引き返した。ライトバンの運転席に乗り込む。赤いポルシェが走り去っていくのが見えた。やっと終わりだ。大きく溜め息をつき、俺は今日何回溜め息をついたことだろうと思いつつ、田村は車のエンジンをかけた。

すでに直子の姿はあった。一人でビールを飲んでいる。今日は食事をしていないらしい。新宿のカレー屋〈ｋａｄｄｏｏ〉は夜は空いており、客の姿はほかにない。

「アリ、俺もビール」

そう注文しながら田村は直子の隣に座る。無口なインド人から瓶ビールを受けとりながら早速直子に言う。

「おい、あの根本って新人、まったく使いものにならん」

「そう？　仕事に失敗したとか？」

「失敗はしていない」

「じゃあいいんじゃないの。結果が何よりよ」

「そういう問題じゃないんだよ」

田村は根本と組んでからの彼の言動について詳しく説明する。仕事に支障はないが、根本の言動は誘拐屋として相応《ふさわ》しいものではない。標的の頼みごとを聞き入れるようなお人好しに誘拐屋は務まらないだろう。

「つまりお節介ってこと？」

「そうだな。いずれにしても向いてない。俺はあいつとは組めない」

「それは無理ね。組織の命令なんだから。タムケンだってわかるでしょ。組織の方針に逆らうことなんてできないわ。それにね、この業界は人材難なの。特に若手が不足してる。前途有望な若者を鍛え上げるのがベテランの仕事ってわけ」

人材難なのはわかる。昔と比べて同業者は減っている。それでいて依頼人の数は昔から一定の水準を保っている。

誘拐というのは非常に高度な技術と忍耐力を要求される仕事だ。殺すよりも誘拐する方がはるかに難しい。標的は抵抗するし、周囲の目も光っている。田村は常日頃から体を鍛えており、たまに秋葉原《あきはばら》の電気街に足を運んで防犯グッズの最新情報を仕入れておく。最近では街のあらゆる場所に防犯カメラが設置されていて、それに映らずに行動するというのは難しいのだ。防犯カメラの位置を割り出すソフトの使い方、万が一映ってしまった場合の画像消去の方法など、勉強すべきことはたくさんある。

「でも武田だっけ？　私、その俳優知らないけど、彼はラッキーよね」

「どうしてそう思うんだ？」

「だってロボット掃除機もらえたんでしょ。意外にセンスあるんだね、星川初美」

俺は持っている。とは田村は言わなかった。気になることがあったからだ。

「ロボット掃除機をプレゼントするのはセンスあるのか？」

「そりゃあるわよ」グラス片手に直子が言う。「もらっても困らないでしょ。家電製品に限定するなら、テレビや冷蔵庫をもらっても困るじゃない。買い替えようと思っていたならいいけど、そうじゃなかったら二台も要《い》らないって話になるじゃないの」

その通りだ。冷蔵庫は二台も要らない。そうでなくても田村の自宅の冷蔵庫はガラガラだ。二台目をもらっても冷やしておきたいものなどない。

「その点、ロボット掃除機はあっても困らないわ。欲しい人も多いだろうから」

「だがすでに持ってる人間もいるだろ。その場合は二台目は要らないぞ」

「部屋ごとに置いておけるってメリットがあるわよ。狭いワンルームならまだしも、二部屋以上ある場合は重宝するわね。もし二階建ての一軒家だったら一階と二階に分けて置いておける。その武田って俳優、どんな感じの家に住んでた？」

「マンションだ。それなりの規模のな」

「芸能人だしね。多分部屋も複数あるはずだし、もらって損はなかったんじゃないの。絶対に受けとってもらえる家電製品を選んだのよ、星川初美」

絶対に受けとってもらえるもの。言い換えれば星川初美は絶対にあのロボット掃除機を武田隼人に渡す必要があった。いったい何のために？

田村は思わず立ち上がっていた。千円札を一枚、テーブルの上に置く。

「タムケン、どうしたの？」

「ちょっとな」

たった一本だがビールを飲んでしまったことを後悔する。飲んだら乗るな。それが田村の信条だ。プライベートでは犯罪を犯さないように心がけている。誰かいるだろうか。思い浮かぶ人物は一人しかいなかった。

「なぜですか？　せっかく渡したものをどうしてとり返さないといけないんですか？」

「いいから行ってこい」

「嫌ですよ。何て言えばいいんですか。無理ですよ、そんなの」

根本を呼び出し、彼の運転で恵比寿に来ていた。武田隼人が住むマンションの前だ。さっき渡したロボット掃除機をとり戻してこい。そう命令しても根本は頑なに拒否している。

「何か嫌な予感がするんだよ」

「どういうことですか？」

「うまく説明できないんだけどな、とにかくこのまま放っておくと嫌なことが起きそうな気がするんだよ」

言っていて自分でも不思議だった。本来なら放っておけばいいだけだ。仕事は完了しているわけだし、ギャラも振り込まれるはずだ。

ただし今回の場合、誘拐後に星川初美の願いを叶えてしまったのはほかならぬ田村たちだ。言うなれば田村たちはこの件に介入してしまっている。それに根本はさきほどロボット掃除機の箱を素手で持っていた。つまりそこには根本の指紋が付着しているということだ。ことによるとあとあと厄介なことになりかねない。そのあたりの説明をするのは面倒だった。

「いいから行け」

「嫌です」

「行け。これは命令だ」

「わかりました。行けばいいんですね、行けば」

半ば自棄《やけ》気味にそう言い、根本は車から降りた。彼はマンションに向かって歩いていったが、エントランスの前で立ち止まり、何を思ったのか引き返してきた。再び運転席に乗り込んできた根本が言う。

「何て言えばいいんでしょうか?」

「そのくらい自分で考えろよ」

「無理ですって。そういうの苦手なんですよ」

つくづくこの仕事に向かない男だ。誘拐というのはアクシデントの連続だ。標的がこちらの思い通りに動いてくれることなどほとんどなく、大抵の場合は予期せぬ動きでこちらを戸惑わせる。そういうときにどう対処できるか。それが肝要だ。

「こう言え。『さきほどお渡ししたロボット掃除機ですが、メーカーから連絡がありまして、どうやら発火の可能性があるそうです。別の機種と交換させてください』とな」

「ちょっと待ってください。メモしていいですか？」

「駄目だ。暗記しろ。それに一字一句正確に言わなくていいんだ。今俺が言ったニュアンスが伝わればな」

「わかりました」

根本は小声で台詞《せりふ》の練習を始めた。三分ほどそうしたあと、決意したように顔を上げた。

「準備はできたか？」

「はい。行ってきます」

再び根本が運転席から降り、マンションに向かって歩いていく。今度は間違いなくエントランスの中に入っていった。駐車場に赤いポルシェが停まっているのは確認済みなので、武田夫妻は自宅にいると考えられた。

不倫相手に誕生日プレゼントを渡したい。その気持ちは多少理解できるが、問題はそのプレゼントの中身だ。星川初美はロボット掃除機を選択した。確実に受けとってもらえる家電製品であるというのは直子の意見だが、仮にそれを武田隼人に受けとってもらえたとしても、それを使うのは彼の妻の可能性が高い。不倫相手の妻の家事を大幅に軽減するような代物《しろもの》を果たしてプレゼントするだろうか。そう思ったのだ。ではどうして星川初美は彼にロボット掃除機を渡したいのだろうか。

時刻は午後七時を過ぎている。たまに仕事帰りのサラリーマンらしき人影が横切っていくが、基本的に周囲は静かだ。星川初美のマンション前にはあれほどのマスコミが集まっていたのに、こちらにはそういった姿がまったくない。やはり武田の妻が妊婦であることを慮《おもんぱか》っているのかもしれない。

根本がエントランスから出てくるのが見えた。両手でロボット掃除機の箱を持っている。無事にとり返すことができたらしい。根本が運転席に乗り込んできた。

「任務完了です。もう使ってるみたいでした」

箱を受けとり、中からロボット掃除機を出した。新しい家電製品特有の匂いがする。ざっと見たところ異常な点はない。用意しておいたドライバーを使って解体しようと試みたが、そう簡単に解体できるような代物ではないことに気づかされる。となると本体ではなく――。

「これ、持ってろ」

ロボット掃除機を根本に渡し、空き箱を手にとって中を覗き込む。あった。箱の内側にはセロハンテープで小さい包みが貼りつけられていた。

市谷のシェルターに向かう。誘拐した標的を再び訪ねるというのは初めての経験だ。本来ならここに標的を収容すればそれで仕事が終わるからだ。しかし今日に限っては違う。理由はこの男のせいだ。田村は隣を歩く根本を見た。

「僕の顔に何かついてますか？」

「別に」

星川初美は部屋にいなかったため、二階にある多目的ホールに向かった。そこはここに収容されている人々がテレビを見たり語り合ったりできる場所で、見た感じはホテルのラウンジのようでもある。星川初美はソファに座り、数人の男女と歓談している。この施設には著名人が収容されることが多く、今彼女と一緒にいる一人の年配の男にも見憶えがあった。不正献金疑惑でマスコミから追い回されている政治家だ。

田村たちが近づいていくと、その姿に気づいて初美が顔を上げた。

「あら？　もしかして届けてくれたの？　例のもの」

「ああ。その件でちょっと話をしたい」

初美を連れ、七階の彼女の部屋に戻る。食事をとった跡があり、カウンターに皿が置いてあるのが見えた。ベッドに座りながら初美は言う。

「ここ、気に入ったわ。料理も美味しいしね」

「例の品、武田隼人に届けた」

「ありがとう。彼、喜んでくれたかしら？」

「どうだろうな。でも今回の一件で一番得したのは間違いなく奴だ。世間の注目を浴びることができたし、どうやら新しい仕事も決まったらしい」

妊娠中の妻を裏切り、不倫した男。本来なら男に非難が集中するはずだが、今回は武田の妻が独占インタビューに応じるなどして、彼を庇《かば》ったことで武田への攻撃が比較的弱く、その代わりに初美に非難が集中する結果となった。年下俳優を寝盗《ねと》った肉食系の女優。世間はそんな風に初美を見ているらしい。

「二人の関係が周囲にバレないよう、あんたたちも警戒していたはずだ。しかしスクープ写真を撮られてしまった。たまたま雨が降っていた日に、たまたま傘が一つしかなくて、たまたま外で写真週刊誌のカメラマンが張っていた」

「何が言いたいわけ？」

「誰かが情報を洩《も》らしたってことさ。今のこの状況——誰が一番得をしたかと考えれば、おそらく武田がやったんだろうな」

「健さん、マジすか……」

妊娠中の妻が独占インタビューに応じたのはスクープ発覚の翌日らしい。その対応の早さも気になった。最初から予定していたかのようでもある。

「俺の想像だ。妻の妊娠を機に改心した、もしくは携帯を見られて浮気がバレたって可能性もある。とにかく奴はあんたとの関係を清算しなければならなかった。ただ別れるだけではなく、それを利用しようと企《たくら》んだ。わざとスクープ記事を写真週刊誌に載せ、注目を浴びた」

その企みは見事に成功したといっていいだろう。星川初美はマスコミに責め立てられ、こうして身を隠すしかない状況に追い込まれている。

「部外者の俺でも気づけたんだ。張本人であるあんたが気づかないはずがない」

「健さん、どういうことですか？」

苦笑しながら根本を見る。お前は俺のワトソンか。

「スクープされたことを知ったあんたは、おそらくからくりに気がついた。一回り年下の恋人に捨てられただけじゃなく、それを利用されたことも知った。怒り狂ったことだろうね。どうにかして彼に仕返しをしたい。そう思ったあんただったが、予期せぬことが起こる。そう、誘拐されてしまったんだ」

「面白いわ。凄く面白い」ずっと黙っていた初美が口を開く。その表情は穏やかなものだった。「あなた、役者に向いてるんじゃない。探偵役なんてお似合いかもね。私が降板した枠、そのままあなたにあげてもいいわよ」

「こう見えても裏の世界の人間だからな。テレビは遠慮させてもらう」

「今の話、全部あなたの想像に過ぎないわ。それに仕返しするにももう無理じゃないの。ここは完全に外部と遮断されてる。今の私には何もできない」

「たしかにな。だからあんたは自分を誘拐した男に依頼したんだ。本来なら俺はあんな頼まれごとをされても見向きもしない。だが今回はお人好しの新人があんたの頼みを受け入れてしまったんだ」

田村は胸のポケットに手を入れ、そこから小さなビニールの包みを出し、初美に見せてから言った。

「あのロボット掃除機の箱の内側から見つけた。隠すようにテープで貼ってあった。あんたの仕業だろ」

ビニール袋の中には怪しげな白い粉が入っている。

しばらく室内は沈黙に包まれた。さすが女優だけのことはあり、初美は顔色一つ変えることはない。沈黙を破ったのは根本だった。

「健さん、それって、まさか……」

「麻薬だろうな」田村は説明する。「あんたの復讐《ふくしゅう》のシナリオはこうだ。ロボット掃除機の箱に麻薬を隠し、それを宅配便あたりを使って彼に送りつける。届いたタイミングを見計らって警察に匿名の通報をする。俳優の武田隼人は麻薬を所持していますってな。うまくいけば彼は麻薬の所持で逮捕されるかもしれない」

計画自体は悪いものではないが、果たしてそううまくいくだろうかという疑問は残る。麻薬の捜査というのは入念にやるものだし、家宅捜索をするならきちんと裏付け捜査をしてから踏み込むだろう。タレコミの電話だけでそう簡単に警察が動くとは思えない。

それでも彼女はやらないわけにはいかなかった。恋人に裏切られ、しかもいいように利用されてしまったのだ。せめて一矢報いたいと考えた彼女の気持ちは理解できる。

「それと悪いんだが」田村は手を前に出して言った。「こいつのスマホを返してやってくれ」

「け、健さん……」

さきほどこの部屋を訪れたときだ。あなたの力になりたい。そう根本が言ったとき、それに感激したのか、彼女は根本を軽くハグした。女優にしてはフレンドリーな性格だと思ったが、あのときに初美はスマートフォンを奪っていたのだ。あとで警察に通報するときの連絡手段として。

「……う、う」

根本だった。根本は膝をつき、涙を流している。

「お、おい、お前、嘘だろ……」

「だってこんなの悲し過ぎるじゃないですか。そもそも初美さんは悪くない。悪いのは妻がいるのに手を出してきた男の方だ。それなのに……」

根本が泣き崩れる。勘弁してくれ。こんなに涙もろい男がいるとは知らなかった。その姿に刺激されたのか、初美がやや戸惑った表情で訊いてくる。

「ねえ、これって演技？」

「演技じゃない。困ってるのは俺の方だ」

「面白いわね、本当に」初美は笑みを浮かべて言った。「参ったわ。降参よ。あなたの言う通り。どうしても彼に一泡吹かせたかったの」

初美が語り出す。大筋は田村の読み通りだった。武田たちの迅速な対応に疑問を覚え、知り合いの伝手《つて》を頼った。すると写真週刊誌に情報を流したのは武田サイドであるという噂を聞きつけ、彼に対する怒りが一気に高まった。

「許せないと思ったわ。たしかに奥さんのいる男性に手を出した私は悪いわよ。でもこれほどの仕打ちを受ける謂《いわ》れはない。それに一緒に非難を受けるべき男の方は、なぜか世間の同情を集めているんだから」

失ったものは大きかった。軌道に乗っていた二時間ドラマの主演も降板せざるを得ず、化粧品のコマーシャルも外された。保険で賄《まかな》えるはずだが、数千万円単位の損失を事務所に与えることになった。今後の仕事の目途《めど》はまったく立っていない。

「これはどうやって手に入れたんだ？」

田村は白い粉が入ったビニール袋を見せる。初美は諦《あきら》めたように首を振った。

「以前、うちの事務所で雇ってた運転手がいるんだけど、素行が悪くて馘《くび》になったの。その子に電話をして融通してもらった」

「なるほど」

田村はうなずき、ビニール袋を破った。そのままキッチンのシンクに白い粉を流し、水道の蛇口を捻《ひね》る。水とともに白い粉は排水口の中に消えていった。

「俺たちは誘拐屋だ。あんたをここに連れてくるのが仕事だ。何も見なかったことにする」

「健さん、それってどういう……」

涙を流しながら根本が顔を上げる。

「別に深い意味はない。あ、これに名前を書いてくれ。あんたが薬の調達を依頼した元運転手の名前と電話番号をな」

ポケットの中から手帳を出し、それを初美に手渡した。訳がわからないという感じで言われるがままに初美は手帳にペンを走らせていた。

「それとこいつのスマホもな」

手帳を受けとりながら彼女に向かって言った。初美はベッドの枕の下からスマートフォンを出し、それを根本に渡した。

「ごめんなさいね。警察に通報したら必ず返そうと思ってた」

根本は立ち上がる。手の甲で涙を拭いてから、彼は受けとったスマートフォンをポケットにしまう。代わりに一枚の名刺サイズの紙片を出す。それを初美に見せながら言った。

「大変でしょうけど、頑張ってください。ずっと応援してました」

「あら、懐かしい。これを持っててくれた人、まだいたんだ。しかも百番台じゃない」

ファンクラブの会員証らしい。若い頃はアイドルとして活躍しており、その頃にはファンクラブもあったということだ。根本は当時から彼女を追っかけていた生粋《きっすい》のファンということか。

「なかなか這《は》い上がるのは難しいかもしれないけど、私なりに頑張ってみるつもり。それにさっきも言ったように、ここ凄く気に入ったの。似たような境遇の方がいらっしゃるし、雑音から離れて気を紛《まぎ》らわせるにはもってこいの場所ね」

それは否定できない。ただし長く居過ぎてしまうと外に出てからの適応が難しくなるとも聞いている。

田村は無言のまま部屋をあとにした。エレベーターの前で待っていると、涙を拭きながら根本が歩いてくる。

「健さん、ありがとうございました」

「何が？」

「だって彼女のためを思って麻薬を回収してくれたんでしょ。意外に優しいところがあるじゃないですか」

田村は答えなかった。手帳を出してページを開く。初美の元運転手の名前と電話番号がそこには記されている。彼女が麻薬を入手したことが外部に漏れるとしたら、この男がもっとも危険だ。多少手荒な真似をしてでも、こいつを黙らせておく必要がある。

「あと一時間、いいか?」

「一時間でも二時間でも」

「一時間で十分だ」

到着したエレベーターに乗り込む。なぜか根本は嬉しそうに笑っている。この男と組むことは二度とないだろう。それにしても俺はどうして金にもならないボランティアみたいなことをしているのか、と田村はぼんやりと考えた。

エチケット2　たまには音楽を聴く

男は高田馬場《たかだのばば》の安アパートに住んでいた。無職のようで、ほとんどアパートから顔を出すことはなかった。田村はこの三日間、アパートの近くにライトバンを停め、男の日常を観察していた。

男の名前は江口亨《えぐちとおる》。今回の標的だ。納期は一週間なので、あと四日以内に連れ去らなければならない。江口は四十八歳で、この男を誘拐してどんな意味があるのかと訝《いぶか》しく思えるほどに冴えない男だった。ただ、この三日間で七回ほど、柄《がら》の悪そうな連中が江口の部屋を訪れ、ドアを乱暴に叩いていた。江口は居留守を使ってやり過ごしたようだった。

長年この仕事をしているので田村にはわかる。江口の部屋を訪れたのは消費者金融の取り立て屋だ。そうなると彼のようなうだつの上がらない男を誘拐するのもうなずける。業《ごう》を煮《に》やした消費者金融の一社が、彼を攫ってどうにかしてしまおうという魂胆だろう。彼の行く先はわからない。遠洋漁船に乗せられるか、はたまた臓器売買のために東南アジアに連れていかれるのか。いずれにしても彼の未来はそれほど明るいものではない。

時刻は深夜二時を過ぎている。そろそろだろう。田村は体を起こし、アパートの方を見た。

この三日間、江口のアパートを観察してわかったことがある。大抵、午前二時か三時くらいに江口は外に出てくる。そして近所にある二十四時間営業のスーパーに買い物に行くのだ。昨日は駅前まで足を伸ばしてサウナに行った。さすがにこの時間になると消費者金融の取り立て屋も営業時間外であり、それを見計らって深夜に行動しているのは明らかだった。

昼間は取り立て屋を恐れ、部屋から一歩たりとも外に出ようとはしない。狙うなら深夜だった。

田村は車のエンジンをかけ、いつでも発進できる準備を整えた。相手は冴えない中年男性ではあるが、人を見かけで判断してはいけないのはこの業界の基本中の基本だ。ああ見えて空手の達人であるかもしれないし、元ボクシング日本王者である可能性もある。田村はスタンガンを用意した。麻酔銃の必要はないだろう。暗いので狙いがつけにくい。

時間が過ぎていく。午前三時になろうかという頃、ようやくアパートに動きがあった。江口が住む二階の部屋のドアが開いたのだ。ドアから出てきた人影が外廊下を歩き、階段を下りてくるのが見えた。

田村は呼吸を整える。江口が空手の達人、もしくは元ボクシング日本王者でない限り、簡単な仕事になるはずだ。車から降り、スタンガンで気絶させ、後部座席に押し込む。それだけだ。

アクセルを踏み、車を発進させる。江口はいつも通り二十四時間営業のスーパーに向かって歩いていく。その店はここから歩いて五分ほどのところにある。次の角を曲がると人通りの少ない一方通行の道路であり、そこで実行しようと田村は決めていた。深夜三時なので人はほとんど通っていない。

江口が角にさしかかったときだった。向こうから走ってきた黒いワンボックスタイプの車が急停車し、後部座席のドアが開いた。黒い影が飛び出してきて、そのまま江口を中に引き摺り込む。まだドアが閉まっていない半開きの状態のまま、車は急発進した。

あっという間の出来事だった。時間にして五秒もかかっていないだろう。田村は舌打ちをする。目の前で獲物をかっ攫われたのは初めての経験だ。

悔《く》やんでばかりではいられない。しかし車で追ってカーチェイスに持ち込むのは得策ではなかった。田村は目に焼きつけた黒いワンボックスカーのナンバーを手帳にメモり、スマートフォンを耳に当てた。長いコールのあと、寝惚《ねぼ》けた声が聞こえてくる。

「……もしもし」

「悪いな、こんな時間に」

電話の相手は直子だった。彼女は田村に仕事を斡旋してくれる誘拐ブローカーだ。

「実はな……」

田村は説明する。目の前で何者かが標的を連れ去ってしまったことを。

「油断した。どこか別の場所で見張っていたんだな、きっと」

見た限り怪しい車は停まっていなかったので、別のアパートの空室あたりから見張っていた可能性がある。つまり江口を確保しようと考えていた消費者金融は一社だけではなく、そこから別の誘拐屋に依頼がなされたと考えるべきだ。一応メモしておいたナンバーを伝えた。

「そういうわけだ。じゃあな」

通話を切ろうとしたら、電話の向こうで直子が言う。さきほどまでの寝惚けた声ではなく、いつもの彼女の口調に戻っている。

「何がそういうわけよ。このまま引き下がるつもり？」

「仕方ないだろ。同じ獲物は山分けできない」

「タムケンも知っての通り、うちは業界最大手なの。下手な評判が流れたら信用問題に関わるわ。どうにかして横どりした連中の口を塞《ふさ》いで」

「悪いが殺しはやらない」

「消せとは言ってない。交渉しなさいって言ってるの」

直子はご機嫌斜めだった。報告を朝まで待てばよかったと田村は後悔の念に襲われる。深夜三時に電話がかかってきて上機嫌で対応する人間は少ないだろう。

「敵は何人だった？」

「二人。多くて三人」

運転席に一人いて、後部座席から江口を引き込んだ者がいるので最低二人だ。

「わかった。さっきのナンバーを調べてみる。何かわかったら連絡するから。それと敵が複数だと立ち回りが難しいでしょ。すぐに一緒に動いてくれる助っ人を手配するわ」

何だかとても悪い予感がする。田村は恐る恐る言った。

「まさかあいつじゃないだろうな」

「あいつ？　根本翼？　そうね、彼ならすぐに動けるかもしれないわね」

「待て。あいつだけは……」

「連絡してみるわ。それまで待機して」

通話は一方的に切れてしまう。まったくツイてない夜だ。こんなことになるなら昨日のうちに実行しておくべきだった。後悔先に立たずとはよく言ったものだ。

「おはようございます。健さん、お久し振りです」

根本翼が元気よく助手席に乗り込んでくる。田村は基本的に元気のいい奴が苦手だ。明るさとか元気の良さといった要素は誘拐屋には必要ない。むしろ要らないくらいだった。

田村は根本の挨拶《あいさつ》を無視して車を発進させる。時刻は午前六時を回ったところだ。江口が別の誘拐屋に攫われてから三時間が経過している。すでに江口の身柄は依頼主に引き渡されている可能性もあるが、田村は長年の勘から引き渡しはまだではないかと推測していた。世間のイメージ通り、誘拐という犯罪は夜におこなわれることが多く、引き渡しの多くも大抵が夜だ。早朝ではない。

十五分ほど前に直子から電話がかかってきて、例の黒いワンボックスカーの詳細も明らかになっていた。三宅《みやけ》兄弟という誘拐屋が最近使っている盗難車だった。三宅兄弟は業界では名の知れた誘拐屋で、運転の上手い無口な兄と交渉が得意のお喋《しゃべ》りな弟というコンビらしいが、田村は会ったことがない。ほかの有名どころではパンプキンというふざけた名前の業者もいると聞いたことがある。

すでに直子から三宅兄弟の潜伏《せんぷく》先も知らされていた。どういう方法を使ったのかわからないが、直子の背後には組織が控えているため、その情報網を使えばある程度のことならすぐにわかるということだろう。

「健さん、何座っすか？」

根本がスマートフォンを見ながら訊いてくる。答えずに前を見て運転していると、根本が再び訊いてきた。

「星座です。何座っすか？」

「教えたくない」

「この占いアプリ、当たるんですよ。僕、天秤《てんびん》座なんですけど、今日の天秤座の運勢は七位です。微妙ですよね、七位って。ラッキーフードは中華丼らしいです」

実は田村も天秤座だった。たしかに七位というのは微妙なランキングだ。いいのか悪いのか、どっちつかずの印象を受ける。

「ところで健さん、今日はどんな仕事《やま》ですか？」

説明するのは面倒だが、一緒に仕事をする以上、何も教えないわけにはいかなかった。田村が簡単に概要を説明すると、腕を組んで根本が言う。

「三宅兄弟ですか。でも健さんの獲物を横どりするなんて、なかなかやるじゃないですか」

そうこうしているうちに目的地付近に到着した。品川《しながわ》区内にある〈カーショップMブラザーズ〉という店だった。車の修理や改造などを請け負う店のようだったが、開店前のためかシャッターは閉ざされている。

難しい交渉ではない。俺が失敗したことをあまり言い触らさないでくれ。そうお願いするだけだ。ガレージの前にライトバンを停め、田村は運転席から降りた。ポケットの中に護身用のスタンガンを忍ばせているが、こんなものは気休めに過ぎない。相手が銃を持っていたら勝ち目はないからだ。根本も車から降りてくる。

ガレージの横に引き戸があり、インターホンがあったので田村はそれを押した。しばらく待っていると引き戸が開き、茶髪の男が顔を覗かせた。まだ若い。二十代だろうか。

　男は無言のまま、田村の顔を観察するように見ている。やがて引き戸が大きく開き、「入りな」と言って男は奥に消えていった。田村もあとに続く。

　ヒップホップ調の音楽が結構な音量で流れている。オイルの匂いが鼻についた。中は一見して普通の修理工場だった。車が何台か停まっていて、中にはボンネットが開いたままの車もあった。さきほどの茶髪の男と、彼より背の高い黒髪の男が田村たちを出迎えた。茶髪の方が言う。

「さっきは悪かったね。あんたの獲物、横からとっちまって」

　こっちの素性《すじよう》は知っているようだ。当然だろう。彼らはどこからか江口のアパートを観察していたのだから。それにしてもこの音楽はどうにかならないだろうか。ヒップホップがうるさく、相手の声が聞きとりにくい。田村は声を張るように言った。

「悪いが音楽を小さくしてくれないか？　うるさくて仕方がない」

「うるさいだと？」茶髪の男が目を剝《む》いて言う。「フィロキセラを馬鹿にするつもりか。ざけんじゃねえよ、おっさん」

　たしかに彼らから見れば十分におじさんだろう。フィロキセラというのはミュージシャンの名前だろうか。

「馬鹿にしてるわけじゃない。音を小さくしてくれと言ってるんだ」

背の高い黒髪の男がうなずくと、茶髪の男がリモコンのようなもので音楽の音量を下げた。ようやく相手の声がはっきりと聞こえるようになる。これで声を張る必要もなさそうだ。

「で、俺らに何の用だよ」

「上司に報告したら叱責《しっせき》された。この件を明るみに出さないようにしろと言われてしまったんだ」

「言わないよ。俺たち口固いもん。ね、兄ちゃん」

茶髪の方が背の高い方に向かって言った。茶髪が弟で、背の高い黒髪が兄らしい。

「ところであんた、タムケンだろ。噂には聞いてるぜ。でもあんた、いつも一人で行動してるんじゃなかったか?」

三宅兄弟の視線は田村の背後に立つ根本に向けられていた。根本はここに来る車中での元気が嘘のように大人しい。根本も根本なりに三宅兄弟の醸《かも》し出す怪しい気配を察しているようだ。

「ちょっと事情があってな。いろいろと教えてる。新人君だ」

「へえ、そうなんだ。まあうちの業界も人材不足だからな。まあ頑張れよ、新人君」

「あ、ありがとうございます」

緊張気味に根本が頭を下げる。その礼儀正しい挨拶に気をよくしたのか、三宅弟が笑みを浮かべて言った。

「タムケンなら間違いないね。実力は折り紙つきだ。今回はたまたま俺らに分《ぶ》があったけどな」

平和的に解決ができそうだ。この二人なら今回の一件を軽々と口外したりしないだろう。田村は念のために訊いてみた。

「ところで江口はもう引き渡したのか？」

「まだだよ」と三宅弟が答える。「引き渡しは夜だ。今は奥の部屋で眠ってる。結構図太い性格してるぜ、あのおっさん。まあ明日になれば顔が真っ青になってるだろうけどな」

おそらく引き渡し先は消費者金融だろう。

「タムケンさん、一応聞いておきたいんだけど、あんた、この仕事のギャラってどのくらい？　うちは三本なんだけど」

三本。三十万円のことだ。誘拐屋のギャラというのは仕事の難易度に応じて決まると考えていい。政治家などの大物になってくると二百万円を超えてくることもたまにあるが、そういう大物は滅多にない。大抵は五十から百前後、よくて百二十といったところだ。

「なるほど。三本か」

うなずきながら田村は思案する。実は今回の仕事、田村の成功報酬は五十万円だ。雇い主が違う以上、ギャラが変動するのも仕方がないことだが、両者の差は二十万円もある。結構な金額だ。

「俺は五本だ」

田村がそう言うと、三宅弟は目を見開いた。

「マジかよ。うちより二も高いのか。兄ちゃん、聞いたか。あっちは五だってよ」

三宅兄の表情に変化はない。田村は一つの案を思いついた。それを提案する。

「たとえばこういうのはどうだろうか。あんたらが江口の身柄を俺に引き渡したとしよう。俺は予定通り報酬を受けとり、その中から四をあんたらに渡す」

「ちょっと待てよ。それじゃあんたのとり分は一になっちまうけど、それでもいいのか？」

「構わない。問題はそっちの依頼人だ。失敗してもペナルティはないのか？」

「それは大丈夫だ。あまり賢くない連中だから適当に誤魔化せる。俺たちに貸しもあるしな」

　交渉成立だった。江口の身柄をこちらで受けとり、報酬を分け合う。双方にとってメリットのある取引だ。田村のギャラは減るが、その分直子の機嫌を損ねずに済む。

　三宅弟が「ちょっと待ってて」と言い残し、奥に消えていった。三宅兄は黙ったまま突っ立っている。やがて三宅弟に連れられ、江口が姿を現した。手を後ろで拘束され、口にはガムテープ。お決まりの格好だ。

「ほら、連れてきな」

　江口の身柄を受けとり、田村たちはその工場をあとにした。

　ライトバンを発進させてしばらくたった頃、後部座席に乗っている江口が唸《うな》り始めた。ガムテープで口を塞がれているので何を言っているかわからない。放っておこうとすると、助手席の根本が誘拐屋には不要の優しさを出してくる。

「可哀想ですよ。せめてガムテープくらいはとってあげましょうよ」

　田村が無視していると、それを肯定の意味と勝手に解釈したのか、根本が腕を伸ばして江口の口に貼ってあるガムテープを剝《は》がしてしまう。

「おい、頼む。頼むから降ろしてくれ」

江口が言う。田村は黙ったままハンドルを握っていた。やめておけばいいのに根本が律儀《りちぎ》に対応する。

「すみません。少し我慢してください」

「なあ、俺をどこに連れていくんだよ。教えてくれよ」

根本が困ったようにこちらを見ているのがわかった。江口の詳細については教えていない。田村は言った。

「心当たりはあるだろ」

「借金か？」

「そうだ。業を煮やした連中があんたを攫うことにしたんだ。行き先はわからん。遠洋漁船ってところじゃないか」

「勘弁してくれ。頼むから車を停めろ」

どことなく偉そうな印象を受ける。現在は無職らしいが、それ以前はどんな仕事に就いていたのか気になった。気になっただけで聞き出そうとは思わない。

「神様が休暇中だったんだな。諦めろ」

田村がそう言うと、背後で江口が訊いてくる。

「神様が休暇中？　どういう意味だ？」

面倒だが説明してやる。

「南米のどこかの国の話だ。その国は麻薬絡みで犯罪が多くてな、中でも誘拐がよく起こる。しかも助かる確率が非常に低い。だから現地の人々の間では『誘拐されたら神様が休暇中だったと思って諦めろ』という言い回しがあるらしい」

「随分洒落《しやれ》てるじゃないか。でもな、俺の神様は休暇中じゃない。いいから車を停めてくれ」

うるさい男だ。このくらいの元気があれば遠洋漁船に乗っても平気かもしれない。

すると根本が口を挟んできた。

「ところで江口さん、借金はいくらくらいあるんですか？」

「三百万、くらいかな」

その程度の金額で身柄を攫われたりしない。おそらく利子も含めて七、八百万程度まで借金は膨らんでいることだろう。本人も正確な金額を知らないのではないだろうか。

「仕事は何を？　そのくらいの金額なら頑張れば返済できますよ」

「今は無職だ」

「僕、江口さんの顔にどこか見憶えがあるような気がするんですよね。健さん、どうですか」

そう話を振られてバックミラーを見る。どこにでもいそうな中年のオヤジが映っている。髪が長く、偏屈そうな印象を受ける。

「見たことないな、俺は」

「そうですか。ねえ、江口さん。若い頃はどんな仕事をしていたんですか？」

江口は答えようとしなかった。口を結び、窓の外に目を向けている。一流企業をリストラされた元サラリーマンあたりだろう。職を失い、ギャンブルで身を持ち崩した。日中は出歩く形跡はないが、今はスマートフォンやパソコンがあれば家にいても競馬などのギャンブルを楽しめる時代だ。

「なあ、俺は本当に遠洋漁船に乗らないといけないのか？」

しばらくして江口が訊いてくる。面倒臭いが田村は答えた。

「遠洋漁船とは限らない。いくつか臓器を売れと言われるかもしれないし、ほかにも何かがあるかもしれない。あんたの借金がチャラになるんだ。それなりの覚悟はした方がいいだろう」

「お願いだ。最後に……最後に家族に会わせてくれ。別れた妻が西東京市《にしとうきょう》に住んでるんだ」

別れた妻を家族と定義できるか不明だが、根本が敏感に反応した。

「健さん、こう言っているんだから、会わせてあげましょうよ。だってもう……二度と会えない可能性だってあるじゃないですか？」

「待て」後部座席で江口が狼狽気味に言う。「二度と会えないなんて縁起が悪いことを言わないでくれ。借金の清算のために誘拐されたんだろ。命の危険はないはずじゃないか」

「たとえば漁船に乗ったとするじゃないですか。海には危険が潜んでいますよね。台風とかに巻き込まれて船が転覆する可能性だってあります。もしそうなったら江口さんは……」

根本はそう言って暗い顔をする。そして田村の顔を見て根本は言った。

「健さん、お願いします。江口さんを元奥さんに会わせてあげてください」

ここが外だったら土下座でもしそうな勢いだ。ちょうど赤信号で停車したので、田村はポケットからスマートフォンを出す。赤信号で停車中、直子にかけたが繋《つな》がらなかった。時刻は午前八時。引き渡しの場所はまだ直子から聞いておらず、このままどこかで時間を潰すしかなさそうだ。

バックミラーを見る。江口と目が合った。悲しげな目をしている。それでいてまだ何かを諦めていない目をしている。こんな目をした男がどうして借金まみれの生活を送っているのか。

直子が電話に出なかったのもこの男の持っている運だろうか。田村はカーナビに目を向け、西東京市への道順を確認した。

江口に言われて向かった先は西東京市民ホールという建物だった。演劇やコンサートなどがおこなわれる施設のようで、開催予定のイベントのポスターがあちこちに貼られている。午前九時という時間帯のせいか、市民ホールは閑散としていた。江口は勝手知ったる庭を歩くように市民ホールの中を歩いていく。事務室があり、そこではスーツ姿の職員たちが働いていた。事務室の前を通り過ぎ、その隣にあるドアを江口は開けた。ドアには『西東京市民オーケストラ事務局』と書かれている。

江口が中に入っていく。中は狭いオフィスのようになっていて、二台のデスクが置かれているだけだ。椅子に座っていた四十代くらいの女性が顔を上げ、江口の顔を見て「えっ」と声を発した。彼女が江口の別れた妻だろうか。もう一人の男は事務員のようだ。

「久し振りだな」

「あなた……どうして急に」一緒にいた田村たちの存在に気づき、こちらに向かって女性が言った。「どちら様ですか？」

あなたの元旦那を誘拐した者です、とは言えない。答えあぐねていると江口が説明した。

「この人たちは同じアパートに住んでる人たちだ。日頃から世話になってる」

「すみません」もう一人の男の事務員が口を挟んでくる。「事務局長、私は外回りに行ってきます」

男はバッグ片手に事務局から出ていった。女性が説明する。

「あの人はスタッフの深沢《ふかざわ》さん。ところであなた、どうして……」

「説明すると長くなる。いろいろ迷惑をかけてすまなかった」

そこまで話して江口は押し黙った。頭を押さえている。「大丈夫ですか？」と根本が背後から声をかけると、江口が答えた。

「実は昨夜は……いや、疲れが溜まっているんだな。仮眠をとれば回復するはずだ」

市民オーケストラの事務局らしく、壁にはコンサートのポスターが貼られている。定期的にコンサートが開かれているようだが、生憎《あいにく》クラシック音楽に興味はない。比較的最近のポスターが貼られている中、やけに古びた一枚のポスターが目に留まる。

「三十分だけ横になる。すまんな」

江口が事務局から出ていった。外の通路に来館者用のベンチが多数並んでいるので、そこで仮眠をとるつもりのようだ。一台のベンチに江口が横たわるのが見えた。江口は腕を組み、タオルを顔の上に載せた。本気で眠るつもりらしい。意外に肚《はら》が据わった男のようだ。

田村はドアを開けたままにして、常に江口の姿が視界に入るようにした。そして古びたポスターに目を向け、江口の元妻に訊いた。

「俺は知らなかったんだが、江口さんはピアニストなのか？」

やけに古びたポスターには『江口亭・ピアノリサイタル』と銘打たれていた。若かりし江口の横顔が写っていた。

「ええ」と江口の元妻は答える。「ジャズピアニストです。ああ見えても結構有名なジャズピアニストなんですよ」

ジャズなど聴いたこともないし、興味もない。田村にとって音楽というのは思考を妨げる邪魔な存在でしかない。

「なるほど。ところで奥さん、旦那さんとは籍を入れたままなんだな」

江口の元妻は首から名札をぶら下げていて、そこには『江口久子《ひさこ》』と記されている。仕事中は結婚していた頃の姓を名乗っているか、それとも離婚していないかのどちらかだろうと推測できた。

「ええ、正式には離婚してません。あの人がうちを出ていったのは十六年前のことでした」

　久子はもともと都内にあるオーケストラでチェロ奏者をしていた。ある日、都内で音楽イベントがおこなわれ、そこにゲスト出演した新進気鋭のジャズピアニスト、江口亨と知り合った。交際して半年で結婚、一人娘が産まれた。当時の江口のコンサートは盛況で、CDもそれなりのセールスを記録した。仕事も家庭も順調だったが、今から二十年前、不幸な事故が起きた。当時二歳だった一人娘が交通事故に巻き込まれて命を落としたのだ。江口とその妻も同じ事故に巻き込まれたが、亡くなったのは娘だけで二人は軽傷で済んだという。

「あの人の落ち込みようは酷かったです。娘ではなく自分が死ねばよかった。そう言いながら毎日酒を浴びるように飲み、悲しみを紛らわせようとしていました。やがて仕事も来なくなって、彼は家を出ていきました」

　江口が出ていったあと、妻の久子はチェロ奏者をやめ、裏方として演者たちを支える道を選んだ。最初のうちは江口の住むアパートを訪ねて様子を見ていたが、最近では足が遠のいているらしい。

「それで、どうして今日は急に？　体でも壊したんでしょうか？」

久子に訊かれ、田村は困惑する。どう答えたらいいかわからない。するとずっと黙って話を聞いていた根本が喋り出した。

「実はですね、奥さん。旦那さんなんですけど、明日から訳あって漁船に乗らないといけないみたいです」

勝手に喋るんじゃない。そう言いたかったが遅かった。

「遠洋漁船ってやつです。奥さんもお気づきかもしれませんが、旦那さん、悪いところからお金を借りちゃったみたいで……。その返済のためです」

「ちなみにおいくらでしょうか？」

「漁船に乗せられるくらいですからね。七、八百万円程度だと思います。本人はもっと少ないって言ってますけど多分嘘です」

「そ、そんなに……」

「最後にどうしても家族に会いたい。旦那さんはそう言って、ここに……」

根本はそこまで言って泣き始めてしまう。まったくこの男の涙腺の緩さは見ていて楽しくなってしまうほどだ。

これ以上関わり合いになりたくない。江口の身柄は押さえたのだから、あとは引き渡しを終えれば仕事は完了だ。直子に連絡をとろうとスマートフォンをとりだしたところ、ちょうど着信があった。三宅弟から教えられた番号が表示されていた。

「俺だよ、三宅。さっきはどうも」

向こうの依頼人と話がついたのだろう。しかし三宅弟は予期せぬことを言い出した。

「悪いけど江口って男、返してもらえないかな。依頼人に話してみたんだけど、どうも難しいみたいだ。仕事をキャンセルするなら違約金を払えって言い出してんだよ」

「ちなみに違約金の値段は？」

「五十万」

そもそも江口は三宅兄弟が捕まえた男で、優先権はあちら側にある。文句を言える筋合いはない。

「わかった。江口はあんたらに返す。連れていくから待っててくれ」

通話を切り、田村は通路に出た。ベンチの上で江口は高鼾《たかいびき》をかいて眠っている。

自販機で冷たい缶コーヒーを買い、田村は江口の隣のベンチに座った。この缶コーヒーを飲んだら叩き起こすことにしよう。

「ねえ、健さん。どうにかならないんですか。このままだと江口さんが可哀想じゃないですか」

再び江口をライトバンに乗せて、三宅兄弟のアジトに戻ることにした。事情を知った根本はさきほどから助手席で憤慨《ふんがい》している。

「身から出たサビだな。借りた金は返さないといけない」

「だからって誘拐することないじゃないですか」

「お前、本気で言ってるのか」

江口は後部座席に座っている。かつては有名なジャズピアニストと言われてみれば、無造作に伸ばした髪や、気難しそうな顔つきは音楽家のようでもある。

「健さん、せめてご飯でも食べましょうよ。あの兄弟に引き渡してしまう前に。江口さん、何か食べたいものありますか？」

今は世田谷《せたがや》区を走行中で、時刻は午前十一時を回っている。実は田村も腹が減っており、昼食をとる案に異論はなかった。後部座席の江口が答えた。

「何でもいい」

しばらく車を走らせていると根本が前方を指でさして言った。

「健さん、あの店なんてどうですかね」

赤い暖簾《のれん》が見える。昔ながらのラーメン屋だった。開店したばかりのようで駐車場に車は停まっていない。ラーメンか。まあ悪くない。田村はライトバンを駐車場に入れた。

「いらっしゃい」

店内にほかの客の姿はなかった。夫婦で営業しているらしく、カウンターの中にコック服を着た店主らしき男が立っていて、その妻とみられる女性の店員が笑顔で近づいてきた。

「三名さん？　お好きな席にどうぞ」

奥の座敷に座ることにする。壁に貼られているメニューを見て、根本が言った。

「僕、中華丼にします」

朝の星座占いだ。天秤座は今日の運勢が第七位で、ラッキーフードが中華丼だと根本は言っていた。おそらくこの店を選んだのも中華丼が目当てだったのかもしれない。

「江口さん、何にします？」

根本に訊かれ、江口はメニューも見ずに答えた。

「同じのでいいよ」

「健さんは？」

一瞬だけ悩む。ラーメンを食べたいところだったが、田村も天秤座のため、ツキを呼び込む意味でもラッキーフードを食べておきたいところだった。

「俺も同じものを」

「健さん、無理して僕たちに合わせなくてもいいんですよ」そう言いながら根本がメニューを寄越してくる。「好きなものを食べてください」

「無理はしてない。三人で同じものを頼んだ方が出てくるのも早いだろ。それに俺は中華丼は嫌いじゃない」

女性の店員が水の入ったコップを運んできたので、根本が注文した。

「中華丼を三つ、お願いします」

「少々お待ちくださいね」

本棚があり、そこには一昔前の漫画が並んでいた。壁には隙間がないほどポスターが貼られている。地域に密着した店なのか、区が主催する区民教室や、高校や大学の学園祭のポスターなどが無数に貼られていた。

「江口さん、最後にどこか行きたいところありますか？　よかったらお好きなところに連れていきますよ」

「特にない」

江口は短く答えて、コップの水を口にする。さっき五分ほど江口は妻と二人きりで何か話していた。妻の目に光るものがあったことから、江口もそれなりの覚悟をしているのかもしれなかった。

「お待たせしました」

中華丼が運ばれてくる。熱々で旨そうだ。レンゲを使って食べていると、根本がしみじみとした口調で言った。

「これで少しは運が向いてくるといいんですけどね」

声には出さなかったが、その通りだと同意する。三宅兄弟に獲物を横どりされることから始まり、交渉の末、江口の身柄を引き渡してもらったまではよかったものの、その話も破談になってしまった。これまでの仕事はすべて無駄骨に終わってしまったのだ。

何度か電話をしているのだが、なかなか直子には繋がらない。仕方ない。三宅兄弟に江口を引き渡し、それから直子に依頼を断念する旨を伝えれば終わりだ。うまくいけば午後は総合格闘技のジムで軽く汗を流せるだろう。

店の引き戸が開き、客が入ってきた。この店の雰囲気に似つかわしくない若い女性の三人組だ。彼女らはテーブル席に座り、キャッキャ言いながらメニューを見始めた。注文を終えたあとも彼女たちのお喋りは止まることはない。

その勢いのある会話は十年振りに再会した友人のようでもあるが、実際には毎日顔を合わせている大学生といったところだろう。こちらの男性三人は無言のまま中華丼を食べているので、彼女らの声は余計に目立つ。

「でもあの子、ああ見えて結構派手に遊んでるわよ。前はミズノ先輩と付き合ってたみたいよ」

「何それ。ミズノ先輩、センス悪《わる》」

「どうして男子ってああいう天然系に弱いんだろ」

「ねえねえ、ちょっと」そう言って一人の女が声をひそめたが、その声は丸聞こえだ。「あの座敷に座っている人、もしかして江口亭じゃない？」

「江口亭って、あのピアニストの？　死んだんじゃなかったっけ？」

「死んでないわよ。絶対間違いない。私の両親、江口亭の大ファンでさ、アルバム死ぬほど聞かされてたから間違いないって」

「だとしたら話しかけた方がよくない？」

「だね。絶対そうするべき」

三人の女が立ち上がり、こちらに向かって歩いてくる。田村はレンゲで最後の一口を食べ、醤油ベースのスープを飲み干したところだった。ほかの二人はまだ食べている最中だ。

「あの、お食事中すみません。ピアニストの江口亨さんですよね」

女の一人がそう声をかけてきた。江口にも彼女たちの会話が当然耳に入っていたはずだ。特に不機嫌になるわけでもなく、かといって好意的とも言えない口調で彼は答えた。

「まあ、いかにも私は江口だが」

「やっぱり。実は私たち、セタジョに通ってて」

女の視線が壁のポスターに向けられる。世田谷女子音楽学院という大学の定期演奏会のポスターだった。そういうことか。普通の女子大生が十数年前に活動を停止したジャズピアニストの顔を憶えているはずがない。

「サインもらっていいですか？」

そう言って女の一人がタブレット端末を出してくる。タッチペンを受けとった江口はそこにサインをした。色紙ではなく、タブレット端末にサイン。時代も変わったものだと老人のような感想を抱く。

「写真もいいですか？」

「まあ、私でよければ」

写真撮影が始まってしまう。邪魔者であることは明らかだったので、田村は席を立った。根本は撮影係に任命されたらしく、女たちから次々とスマートフォンを渡されていた。

田村は騒ぎをよそに壁に貼られたポスターを見ていた。世田谷女子音楽学院の定期演奏会は二ヵ月後におこなわれるらしい。そのポスターを見ていて、漠然と思いついてしまった。三宅兄弟に江口を引き渡さずに済む方法を。やはり中華丼を食って正解だったかもしれないが、この方法はまったくもって誘拐屋の仕事とはかけ離れてしまっている。

さて、どうしたものだろうか。

一時間後、田村は新宿にある外資系ホテルのラウンジにいた。ようやく連絡がとれた直子に呼び出されたのだ。

「まあ仕方ないわね。先に身柄を押さえたのはあっちなんだし、交渉した末の結果だから、こっちの依頼人もわかってくれるとは思うけど」

　直子はこのホテルのフィットネスクラブの会員になっているようで、午前中はずっとそこでトレーニングをしていたらしい。だから電話に出なかったというわけだ。彼女と顔を合わせるのは大抵夜なので、こうして昼間から会っているのはなかなか新鮮だ。

「で、二人は今どこに?」

「駐車場だ。これから三宅兄弟のアジトに向かおうと思っているんだが」

「よろしく言っておいて。私、まだ彼らと会ったことないんだよね。噂には聞いたことあるけど」

「わかった」

　客層は商談をしているビジネスマンか、優雅にお茶を楽しむ金持ちの奥様連中といったところだ。直子はきちんとしたスーツを着ているのだが、ジーンズにパーカーという田村の格好はいささか場違いだった。それでも気にせずにコーヒーを飲む。メニューは見ていないが、おそらくこのコーヒーもそれなりの金額がするだろう。

「タムケン、何か言いたそうな顔をしてるけど」

「そうか?」

「何となくそんな気がしただけ」

もう彼女とはかれこれ十年以上の付き合いになる。以心伝心とまではいかないが、お互いに思っていることをある程度察することはできるほどの関係だ。

「たとえばだが」そう前置きして田村は言う。「今回の件で、全員が傷つかない方法があったとする。だとしたらどう思う？」

「それだけじゃ意味わからない。具体的には？」

説明するのが面倒だった。しかし思いついてしまったことだし、直子がどう反応するのか興味があった。

「今回の標的は元ジャズピアニストだ。もう結構前に第一線から退《しりぞ》いてるようだが、それでも彼のことを知っている者も数多くいる」

ラーメン屋で飯を食べているだけで、サインを求められる。田村の周囲にはそういう人間は皆無だった。

「名前何だっけ？　今回のターゲット」

「江口亨」

「なるほど、あの江口亨か」

直子がうなずきながらコーヒーを口に運ぶ。

「知ってるのか？」

「知ってるわよ。ていうかタムケン知らないの？　二十五年くらい前だったかな。グラミー賞の候補になったんじゃなかったかな。最初はニューヨークのストリートで弾いていたって話よ。今で言うゲリラライブってやつね。神出鬼没《しんしゅつきぼつ》のジャズピアニスト。それが話題になって大物プロデューサーの目に留まったんじゃなかったかしら」

そんなに有名なピアニストだったのか。知らなかった自分が少し恥ずかしい。あとで検索してみてもいいだろう。

「へえ、あの江口亨だったんだ。今回の標的は借金に追われてる男って聞いてたけど、すっかり落ちぶれてしまったわけね」

「それでだ」田村は話を前に進める。「江口の妻は西東京市の市民オーケストラ事務局に勤めているんだ。市民ホールという施設の中に事務所を構えているんだが」

田村はスマートフォンを出し、西東京市民ホールのホームページを表示させた。それをテーブルの上に置きながら説明を続ける。

「大ホールという施設がある。千五百人収容できるホールで、演劇などがおこなわれる施設らしい。ここからが本題なんだが、この大ホールで江口にコンサートをやらせたらどうだろうと思ってな」

たまたま思いついたことだ。さきほどラーメン屋で江口の知名度を目《ま》の当たりにした直後、世田谷女子音楽学院の定期演奏会のポスターを見て、不意に思い浮かんだのだ。江口のコンサートを開き、その収益を山分けできないかと。もちろん、その多くは消費者金融に持っていかれることになるだろうが。

「仮にチケット代を六千円にしたとする。もし満席になれば九百万円の売り上げだ。おそらく奴の借金の総額は七、八百万程度。十分に返済できる金額だ」

「悪くないわね」腕を組んで直子がうなずく。「うんうん、いいわよ。むしろナイスアイデアよ、タムケン。六千円じゃ安いって。八千円くらいとってもいいんじゃないの。となると売り上げは……千二百万！　彼の借金を清算してもお釣りがくるわね。二回公演にしたらさらに倍じゃないのっ」

直子はテーブルを叩きださんばかりの勢いだった。

売り上げすべてを自由にできるわけではない。施設の使用料も払う必要があるだろうし、ポスターなどの宣伝費もかかることだろう。さらに重要なのは、江口を追っている消費者金融——その後ろにいる反社会的勢力との交渉だ。それができる人物として直子くらいしか適任者はいなかった。

「チケット代だけが売り上げじゃないわ。当日の演奏を音源にして売るのもいいかもしれない」

直子が興奮を隠せない様子で話している。もともと金の匂いに敏感な女だ。誘拐のブローカーだけではなく、幅広く仕事をしていることを田村は知っている。

「でもちょっと待って。引退してから二十年近く経ってるわけじゃない。彼、昔のように弾けるのかしら」

それは田村も危惧《きぐ》していた。今でも昔のように弾けるのか。さきほど江口に訊いてみたところ、返ってきた答えは「多分な」というものだった。そう答えた江口の顔にはそれなりの自信が漲《みなぎ》っているような気がした。詳しい話を聞いてみると、借金とりに追われる生活に身を落とす前は、毎日近くの公民館に通い、そこでピアノを弾いていたという。

「腕は錆《さ》びていないってわけね。知り合いにイベントを仕切るのが得意な男がいるんだけど、早速話をしてみるわ」

「それもいいが、会場を仮押さえするのも必要だろうな」

「なるほど。それもそうね」

そう言って直子はハンドバッグからタブレット端末を出し、膝の上に置いて操作を始める。大ホールの空き状況を確認しているのだろう。さきほど田村もホームページを確認したが、平日なら比較的空いていることがわかった。

「それにしてもよく思いついたわね。誘拐屋にしておくのはもったいないくらい」

「中華丼のお陰だな」

「どういうこと？」

直子の疑問には答えず、田村は冷めたコーヒーを飲み干した。

打ち合わせが終わり、ホテルのラウンジをあとにしたのは午後三時過ぎのことだった。直子の行動力には目を見張るものがあり、江口が金を借りている消費者金融をものの数分で突き止めてしまっていた。三社から合わせて八百万を借りており、これからその三社に赴《おもむ》いて交渉するつもりのようだった。

とりあえず江口の身柄は市谷の一時保護施設に運び入れることが決まっていた。初めて知ったが、ピアノの置いてある部屋もあるらしく、江口はそこへの入居が決定した。練習が必要だろうという直子の配慮だった。

地下駐車場を歩く。あの二人は大人しく待っているだろうか。ライトバンに向かって歩いていると、背後から近づいてくる足音に気づいた。しまった、と思ったときには遅かった。

後頭部に筒状《つつじょう》のものが押し当てられるのを感じた。田村はゆっくりと両手を上げ、前を向いたまま言った。

「悪いな。今、連絡しようと思っていたところだ」

「俺は弟ほど気が長くなくてな」

少しずつ首を回す。背後に立っていたのは長身の黒髪の男、三宅兄だった。その手にはオートマチック式の拳銃が握られている。偽物のようには見えない。

「獲物を寄越せ。あの男はどこにいる？」

胸を撫で下ろす。まだ見つかっていないらしい。おそらくこの男も駐車場の中を隈《くま》なく捜したはずだ。それで見つからないということは、二人はライトバンから降りてどこかに行っているということだ。根本にしてはなかなかナイスだ。

「いろいろあってな。おそらく今日中にあんたらの依頼人から仕事の取り下げの連絡が来るはずだ。しかし成功報酬は払われることになる。願ったり叶ったりだろ」

「そんな話、信じられるかよ。さっき依頼人から催促されちまったんでな。こうしてわざわざ足を運んだってわけだ。吐《は》けよ。あいつをどこに隠した？」

対応に悩む。直子はこれから交渉に入り、遅くとも今日中に話がまとまるだろう。それが終わるまでいったん江口の身柄は三宅兄弟に引き渡すしかないのだろうか。しかし彼らが江口に乱暴を働かないとは限らない。話がわかる連中だと思うが、こちらの都合で判断してはいけない。こいつらは裏の世界の人間だ。

いずれにしても江口を引き渡すのは得策ではない。どうしようかと逡巡していると、足音が聞こえてきた。地下駐車場なので足音がよく響く。同時に呑気《のんき》に話す声も聞こえてきた。

「……僕、高校んときに合唱部に入ってたんですよ。こう見えて意外に歌上手いんですよ。だから音感はある方だと思うんですよね。あ、江口さん、何味っすか？　え、チョコミント味っすか。チョコミントって歯磨き粉食べてるみたいな気がしませんか？」

根本と江口が並んで歩いてくる。なぜか二人はそれぞれアイスクリームを手にしている。根本に至っては二段重ねだ。

「あれ？　健さんじゃないすか。やっと終わったんですね。あ、そっちの人はたしか……」

田村は落胆する。空気の読めない男だ。根本がようやく三宅兄の持っている拳銃に気づいたようだが、時すでに遅しだった。三宅兄が前に出て、江口を後ろ手に捻り上げた。「痛《いた》っ」と江口が顔をしかめる。ピアニストにとって腕は商売道具だ。まったく何てことをしてくれるのだ。

「待ってくれ。話せばわかる」

田村はそう言ったが、三宅兄は耳を貸さなかった。そのまま江口を連れ去ろうとする。何かないだろうかと田村は考える。

「あの、あれだ。ほら」

とりあえず言葉を発してみると、三宅兄が立ち止まった。

「あの音楽、いいよな。フィロキセラ」

三宅兄弟のアジトで鳴っていたヒップホップだ。さきほどホテルのラウンジで直子の到着を待っていたとき、暇潰しに検索したのだ。

「フィロキセラ、知ってるのか？」

三宅兄に訊かれ、さも当然といった口調で田村は答えた。

「知ってるに決まってるだろ。二十年以上、ヒップホップ界の頂点に君臨するトップアーティストの一人だ。母国アメリカだけではなく、その信者は世界中にいるんだからな」

やや説明っぽい口調になってしまったが、三宅兄の興味を引くことには成功したようだ。田村は続けて言った。

「あんたが腕を摑《つか》んでるその男だって、こう見えてアーティストなんだぞ。有名なピアニストだ。グラミー賞にもノミネートされたことがあるらしい」

三宅兄が意外そうな顔つきで江口の顔を見ていた。

「あんたも音楽好きなら、それに免《めん》じて彼を解放してくれ。俺は絶対に嘘などつかない。この男に対する依頼は必ず取り消されるはずだ」

「ブラフマンに誓うか？」

ブラフマンというのはヒンズー教でいう宇宙の根源的な意味らしく、例のフィロキセラというヒップホップアーティストがよく使う言葉だと田村は先ほどの検索でかろうじて知っていた。

「ああ。誓う。ブラフマンに誓う」

田村がそう答えると、三宅兄は江口を摑んでいた手を放した。そして落ち着いた口調で言う。

「嘘だったら命はないぞ」

「嘘はつかない主義だ」

三宅兄が立ち去っていく。黒いワンボックスカーに乗り込み、やがて路面を鳴らしてワンボックスカーは地下駐車場から出ていった。

「腕は大丈夫か」

「ああ。心配かけてすまない」

大事に至らなくて何よりだ。公演前に怪我などされたらたまったものではない。

「あっ」

突然、根本が声を上げた。見ると彼が持っていたアイスクリームが溶けてしまったのか、コンクリートの上にぼとんと落ちた。


それから二週間後の深夜、田村はライトバンを走らせていた。甲州《こうしゅう》街道を新宿方面に向かって走っている。トランクには男が一人、転がっていた。さきほど連れ去ってきた男で、いつもと同じく手足には結束バンド、口にはガムテープが貼られている。

やはり一人だと仕事が楽だ。

笹塚《ささづか》の交差点を左折して中野《なかの》通りを北上する。しばらくして減速し、潰れた印刷会社の前に停車した。ハザードランプを出し、相手が到着するのを待つ。

トランクで男が唸る声が聞こえた。かなり激しく唸っているので、念のために確認することにした。小便でもされたら厄介だ。以前、恐怖から洩らしてしまった男がいて、そのときに酷い思いをしたことがある。

田村は運転席から下り、トランクに回り込んだ。バックドアを開けて中に転がっている男の様子を確認する。青いパジャマを着た三十代の男だ。寝ているところを無理矢理連れ去ったのだ。妻と娘が実家に帰省中であることは事前の調べでわかっており、狙うのは今日しかなかった。

田村は男のガムテープを剝がした。涙を浮かべて男が言う。

「助けてくれ。お願いだ。か、金ならいくらでも払う」

「神様が休暇中だったんだ。諦めろ」

「な、何だよ、それ」

「気にするな。それより洩らすなよ」

「えっ？」

「トイレは大丈夫だろうな」

男がうなずいた。再びガムテープで口を塞ごうとすると、男が抵抗した。

「やめろ、やめてくれ。俺のせいじゃないんだ。俺は幹事長に言われただけなんだ」

今回の依頼が政府系のものだと田村は気づいていた。おそらく大物政治家の秘書あたりだろうか。何かヤバいことに首を突っ込み、誰かの逆鱗《げきりん》に触れたといったところだと思うが、そういった詳細に興味はない。いや、興味がないというより、知ってしまうとこちらの身が危うくなる。

「なあ、あんた。考え直してくれ。俺なんかにこれっぽっちの価値もないんだ。見た感じだとあんた、そんなに悪そうな人間に見えないぜ」

ガムテープを二十センチほどの長さで切りとった。

「この曲、『テイク・ファイブ』だろ。俺、学生の頃に音楽やってたから知ってんだよ。ジャズはいいよな、本当に」

カーステレオから流れてくる音楽のことを言っているのだろう。ここ最近、ずっと聴いているCDだ。試しに田村は言ってみる。

「演奏しているのは誰か。それを当てたら解放してやってもいい」

「ほ、本当だな」

「嘘はつかない主義だ」

男の額には脂汗《あぶらあせ》が浮かんでいるのが見えた。たっぷり三十秒ほど考えたあと、男が震える声で答えた。

「そうだな。オスカー・ピーターソンあたりじゃないか」

「残念だな。正解は江口亨だ」

彼のCDを通販でとり寄せて、それを聴いているのだ。彼のコンサートは明日に迫っている。

車が一台、到着した。田村のライトバンの真後ろにぴたりと停車する。二人の男が降りてきた。どちらも地味なスーツを着た男だ。

男たちは一言も声を出さないまま、二人がかりでトランクから男を出し、自分たちの車の後部座席に押し込んだ。二人のうちの一人が田村の前までやってきて、タブレット端末を差し出した。四桁の暗証番号を入力する。これが今回の引き渡しにおける伝票代わりだ。

男たちは車に乗り、走り去った。これで仕事は終わりだ。政府系の連中は仕事が早くて助かる。運転席に乗り込んで車を発進させようとすると、助手席に置いたスマートフォンが点滅していることに気がついた。画面を確認すると直子から着信が入っていた。

電話をかけるとすぐに繋がった。

「タムケン、さっきからずっと電話してたんだけど」

「悪い。仕事中だった。それよりこんな時間にどうしたんだ？」

「江口が逃げた。姿を消して五時間よ」

今、深夜一時過ぎだ。姿を消したのは午後八時くらいということになる。彼は市谷の一時保護施設に滞在しているはず。あそこのセキュリティは万全なので、そう簡単に逃げられるわけがない。

「今日、リハーサルだったの。六時から二時間、通しでリハーサルだった。リハーサル自体は順調だった。二時間後に終わってから江口はトイレに行った。市民オーケストラの事務員が一緒だった。事務員を殴って昏倒《こんとう》させて、トイレの窓から逃げたのよ」

まさか警察に行方不明届を出すわけにもいかず、市民オーケストラのスタッフを中心に付近を捜しているが、彼の行方はまだ摑めていないという。妻から小遣い程度の金も渡されていることから、電車などに乗ることも可能らしい。

「タムケン、心当たりがあったら捜してくれる？　一応根本君にも頼んだ。彼も捜索しているはず」

あいつはいい。あの男がいると厄介なことに巻き込まれる。通話を切り、田村は思案を巡らせた。江口の行き先として考えられるのはどこだろうか。

姿を消した西東京市周辺から調べてみるべきかもしれない。そう思って車を出そうとしたら、再びスマートフォンが震え始める。直子が言い残したことがあるんだろうと思ったが、表示されているのは先日仕方なく登録した、根本の番号だった。田村は通話をオンにした。

「健さん、僕です。根本です」

聞こえてきたのは根本の声だ。深夜だというのに朝礼の挨拶のように元気がいい。

「江口さんの居場所、見つけました。高田馬場の自宅に戻ってました。江口さん、どうしてもコンビニのおでんが食べたいって言ってます。どうしたらいいんですかね」

そんなこと自分で考えろ。無言のまま通話を切り、田村は車を発進させる。

考えればわかることだ。自分のアパートに帰る。それが当然の行動だ。

田村が高田馬場のアパートに到着したのは深夜一時三十分のことだった。二週間ほど前、ずっと見張っていたアパートなので少し馴染み深いものがある。中は予想していた通り老朽化《ろうきゅうか》が進んでいて、壁紙もすっかりくすんでしまっている。

江口はコンビニのおでんを食べ、缶ビールも飲んでいた。根本は壁にもたれるように座っている。田村が部屋に入ってきたのを見て、根本は嬉しそうに声を上げた。

「健さん、お疲れ様です」

それほど疲れていない。田村は江口の近くに胡坐《あぐら》をかいて訊いた。

「なぜ逃げた？」

明日、彼のコンサートがおこなわれる。それほど多くの広告費を使ったわけではないが、チケットは完売していた。引退して二十年近く経っていても、いまだに熱狂的なファンがいるらしく、さらにSNSを通じて彼の復帰を伝えるニュースが広まったようだ。

「答えろ。なぜ逃げたんだ？　答えないなら俺にも考えがある」

「健さん、暴力はいけません。何もそこまで……」

田村は根本を睨みつけ、彼を黙らせる。逃げた理由は何としても明らかにしておく必要がある。もしここでうやむやにしたまま彼を連れて帰ったとしても、また逃げ出さないとも限らないからだ。そういう意味では原因を究明しておく必要があった。

「当ててみろ。俺がなぜ逃げたのか」

江口が缶ビール片手に言った。今日のリハーサルは順調だったという。ブランクがあるとはいえ、一流のジャズピアニストの腕前は錆《さび》つかないというわけだろう。

「俺が当てたら、大人しく帰るんだな」

ここで言う帰る場所とは市谷の一時保護施設のことだ。江口はうなずいた。

「ああ、約束しよう」

田村は思案する。どうして江口はリハーサルの後で姿を消したのか。

「健さん、あれじゃないですか。江口さん、緊張して嫌になったんですよ、きっと」

それはない。この男のことをよく知っているとは言い難いが、緊張やプレッシャーとは無縁のように思われた。肚が据わっているタイプの男だ。誘拐されてもさほど動じなかったことがそれを物語っている。

江口を見ると、おでんを食べ終えたようで、残りの汁を飲み干していた。

年齢は四十八歳。二十年近く身を隠していた、元ピアニストだ。

男の行動原理というのははるか昔から変わっていない。男を突き動かす欲は大まかに三種類に分けることができる。権力、金、それから女だ。

江口の場合、権力とは無縁と考えていい。次に金。借金があり、金は欲しいだろうが、明日のコンサートを終えればその売り上げで借金はチャラになる。直前で逃亡する理由にはなり得ない。

最後に女。江口の妻は市民オーケストラを陰で支える裏方であり、明日の江口の復帰コンサートにも彼女が尽力していると聞いていた。

出ていった夫をずっと待ち続けた女といえば聞こえはいい。しかし所詮は男女の仲だ。時間と距離が離れれば離れるほど、その仲も冷え切るというものだ。確証はなかったが、田村ははったりをかますことにした。

「奥さんの浮気か。相手はあの事務員だろうな。名前はたしか深沢といったか」

西東京市民ホールを訪ねたとき、妻の久子の勤める事務局にもう一人男がいた。そして昨日、江口は逃亡する間際にトイレ内で事務員を昏倒させたうえで、窓から逃亡を図ったらしい。

「読めてきたぞ」と田村は続ける。最初は当てずっぽうで言った想像が、徐々に確信に変わっていく。「あんたは自分の妻が事務員と浮気していることに気がついた。あんたの妻と深沢という事務員はあの狭い事務局で四六時中一緒に過ごしてるんだ。何があっても不思議じゃない。浮気に気づいたあんたは深沢と口論になり、一発ぶん殴ってから逃走した。こんなところじゃないか」

江口は答えなかった。缶ビールを呷《あお》るように飲み、飲み干してしまったのか、缶を潰して床に置く。俯いたその表情がすべてを物語っていた。やがて江口が話し出す。

「あんたの言う通りだよ。私は情けない男だ」

この二週間、江口はブランクをとり戻すために練習に明け暮れた。たまに妻の久子と食事をともにすることもあったが、その微妙な空気に気づくのにさして時間もかからなかった。そして昨日のリハーサルの最中、江口は決定的な瞬間を目にした。舞台の袖で仲睦《むつ》まじく談笑する二人の様子を目撃してしまったのだ。深沢の右手は久子の腰に添えられていた。二人の醸し出す雰囲気からすべてを察した。

「まったく馬鹿なことをしたもんだ。勝手に出ていって長年放っておいたのは私の方なのにな」

江口は自嘲気味に笑う。面倒だな、と田村は思った。直子に言われてここまで来たはいいが、俺の本業は誘拐だ。話を聞かずにスタンガンでも使った方が早かったかもしれない。

「江口さん、帰りましょう」ずっと黙っていた根本が口を開いた。その瞳はなぜかウルウルしている。「奥さんのことは残念です。同情します。僕も昔、彼女に裏切られたことがあったから……」そのときのことを思い出したのか、半分泣き顔になっている。「でも江口さんにはピアノがあるじゃないですか。明日、江口さんの演奏を聴きに千五百人ものお客さんが来てくれるんですよ。これって凄いことだと思います。だから僕たちと一緒に帰りましょう、江口さん」

田村は黙ったまま反応を窺《うかが》った。実は江口が言うことをきかなかった場合に備え、田村はすでにジャケットの下でスタンガンを握り締めている。江口を連れ戻す手法に関して指示は受けていない。気絶させ、運ぶ。それがもっともシンプルな方法だ。

江口が膝に手を置き、ゆっくりと立ち上がった。

「悪かったな、二人とも。私を送ってくれないか？」

その言葉を聞き、田村はスタンガンから手を離した。

「あれ、お兄さん、こないだ会いましたよね」

女の三人組だった。どこかで見た顔だと思ったら、江口を連れて入ったラーメン屋で会った三人組だった。あのときに比べて三人は着飾っているように見られた。髪もばっちり決まっているし、メイクも派手だ。

田村が答えずにいると、三人のうちの一人が訊いてくる。

「お兄さん、カレー屋さんなんですか？」

「違う。たまたま居合わせただけだ」

今日はコンサート当日だ。直子の計らいでアリが屋台を出すことになり、その屋台の脇でビールを飲んでいただけだ。屋台は割と盛況で、客が次々と訪れてはカレーを買っていく。ナンはテイクアウトするのに不向きのため、今日はライスとカレーのセットだった。カレーもキーマとマトンの二種類だけで、辛さは辛口、大辛、激辛の三段階から選べるようになっている。

「私、キーマの辛口ください」

「じゃあ私も」

「私はマトンを大辛で」

アリは無言のまま調理を開始する。屋台であってもその姿勢はぶれることがなく、一切喋らずに客とのやりとりを成立させてしまう。

「お兄さんもコンサートに行くんですよね」

「まあな」

チケットは直子から渡されている。一番後ろの席だった。ジャズのコンサートに行くなんて人生初めての経験だ。

江口は妻と離婚する決意を固めたようで、今日のコンサートが終了次第、夫婦で話し合いに入るという。しかし妻の方が離婚に難色を示しているらしい。理由は夫のカムバックだ。今日のコンサートの前売り券が完売したことから、江口亨というジャズピアニストにまだ商品価値があることに気づいたのかもしれなかった。

「うわあ、美味しそう」

出来上がったカレーの容器を受けとり、三人組は屋台の前から去っていった。市民ホール前のスペースでは、すでに数組の男女がそのあたりに座ってカレーを食べている。

スマートフォンが震え始めた。画面を見ると根本からの着信だった。どうせたいした用事ではないだろう、と思って周囲を見回すと、スマートフォンを耳に当てた根本翼が歩いているのが見えたので、田村は屋台の後ろにそっと身を隠した。やがて着信も途絶え、根本は市民ホールの中に入っていった。

「すみません、キーマカレーを二人前ください」

スーツを着た男性だった。例の深沢という事務員だ。江口の妻を寝盗った男だが、見た目はどこにでもいるサラリーマン風の男だった。二人分買ったということは、自分の分と江口の妻の分だろうか。きっとそうに違いない。

アリが無言のままプラスチック容器にライスを盛りつけ始めた。深沢はスマートフォンを耳に当てて話し始めた。

「……お疲れ様です。開演まであと四十五分となりました。……いえ、お陰様で盛況でして、当日券も完売となりました」

こちらの様子を気にしている素振《そぶ》りはない。アリは大きな鍋から二人前のカレーを小鍋によそい、それを火にかけている。田村はそっとアリの背後に向かって彼の耳元で囁《ささや》いた。

「それ、超がつく激辛で頼む」

アリは表情一つ変えずにうなずき、スプーンに山盛りの真っ赤な香辛料を小鍋の中に振り入れる。カレーはたちまち赤くなってしまう。体に悪そうな色だ。それを見て田村は笑う。

こんなもの、インド人でも食わないのではないだろうか。

エチケット３　ボランティアなどやらない

「十分休憩しましょう。そのあとはミット打ちをおこないます」

仕事のない午後は二、三時間、飯田橋《いいだばし》にある総合格闘技のジム〈パンサージム〉でトレーニングをするのが田村の習慣だ。その習慣はかれこれ十年近くも続いており、ジムで田村は大ベテランの部類に入る。

先月の下旬のことだった。ロッカールームでジムのオーナーであるパンサー斉藤《さいとう》に声をかけられた。パンサー斉藤は元プロレスラーで、二十年ほど前に訪れた総合格闘技ブームに便乗する形で総合格闘家に転身した。プロレスラー時代にはあの人気レスラー、ファイヤー武蔵《むさし》の付き人をしていたくらいの実力者だったが、総合格闘家としての成績はいまいちで、今から十五年ほど前に一念発起して今のジムを開業したのだった。

ちょっと話があるんだけど。そう言ってパンサー斉藤は声をひそめた。ここから歩いて五分のところに女性向けのパーソナルジムができ、そちらにかなりの客が入っているると深刻そうな顔つきでパンサーは言った。

タムケンさん、うちは今までそういうのはやってなかったけど、若い人向けのビギナーコースをやろうと思ってんだよ。ダイエット目的のOLとか、サラリーマンのストレス解消とかね。どうだろうか、タムケンさん。もしよかったらトレーナーを引き受けてくれないかな。別に本格的な指導はいいから、軽く練習を見てくれるだけでいいんだよ。

パンサーとは十年来の付き合いなので、引き受けることにした。チラシやネット広告で集まったサラリーマンやOLに対して、基礎的な練習を教えるだけなので簡単だった。田村と同じように数人のベテラン会員がパンサーから依頼されたようで、その者たちと交代で教えるのだ。今日は田村ともう一人の男が指導役を任されており、八人の新規入会者に対して教えている。基礎的なレクチャーを終え、これから打撃の練習に入るところだった。

「休憩終わり。じゃあミット打ちをするので、二列に並んでください。さっき教えた要領でミットを蹴《け》ってくださいね」

もう一人の指導役の男がそう言うと、八人の男女が二列に並んだ。男女比は女性の方が多かった。田村がミットを構える列に並んだ四人は全員が女性だった。年齢は二十代のＯＬといったところだろうか。

ミットを構える。座布団三枚分ほどの厚さのミットだ。先頭に並んでいた女がお辞儀をしてから歩いてきて、「えい」と声を上げてミットを蹴った。腰の入っていない、へんてこりんなキックだ。この女、やる気あるんだろうか。そう思ったが、所詮は今日が初めての新人なのだと思い直す。

次の女も同様で、そよ風のようなキックだった。そよ風蹴り、と田村は勝手に命名する。隣を見ると、やはり隣の列でも少しぽっちゃりとした女がそよ風蹴りを披露している。飯田橋のパンサージムはそよ風蹴りの発祥の地として長年語り継がれることになるだろう。

「はい、次」

三人目もそよ風蹴りの使い手だった。そして最後の四人目の女の番が回ってくる。ほっそりとした体つきの女で、長い髪はポニーテールにまとめられていた。ポニーテールの女はやや緊張した面持《おもも》ちで田村の前までやってきて、さきほど教えてやったファイティングポーズをとる。

「えい！」

そよ風蹴りではなかった。決して威力のあるキックではなかったが、基本の動きを忠実に真似てみようという、そんな気概が感じられるキックだ。

「はい、次」

「お願いします」

順番通りにミットを蹴っていく。やはり四人目のポニーテールだけ動きが別格だ。回数を重ねるにつれ、キックが上手くなっていく。どうすれば上手に蹴ることができるか。それを本人がきちんと考えているのは明らかだ。ほかの者はちょっとしたエクササイズを楽しんでいるというお遊戯会《ゆうぎかい》チックな雰囲気の中、彼女だけは必死にキックを習得しようとしていた。

「じゃあ、今度はパンチを打ちます。ワンツーです。さきほど教えたようにミットを叩いてみてください」

両手にミットを嵌め、それを前に出す。やはりポニーテールはここでも本気だった。ワンツーのパンチをそれなりのリズムで繰り出してくる。

「じゃあ次は三十秒間、続けてください。笛の音が鳴ったら次の人と交代です」

主にダイエットを目的としたメニューで構成されている。目指しているのは技術の向上ではなく、どれだけ気持ちよく汗を流せるかだ。パチンパチンとミットを叩いているだけだが、初心者たちはそれなりに充実した汗を流しているようだった。

「はい、次」

「お願いします」

ポニーテールの番が回ってきた。彼女は鋭い目つきで三十秒間、ワンツーパンチを繰り出した。キックと同じく威力はないが、自分のパンチを正確にミットに当てようという努力が見てとれる。

それからしばらく打撃系の練習が続き、本日のメニューは終了となった。タオルで汗を拭きながら、初心者たちはロッカールームに引き揚げていく。ただ一人、例のポニーテールを除いて。

「先生、いいですか？」そう言いながら田村のもとにポニーテールが近づいてくる。

「キックなんですけど、どうすれば上手に蹴れるようになるんですか。コツみたいなものがあったら教えてください」

彼女の目は真剣だった。どうやら本気で言っているらしい。彼女の目的が技術の向上であることは明らかだった。しかし彼女はビギナーコースを受講しているので、あまり多くを教えることはできない。断りたいところだったが、その真剣なまなざしに負けた。

「こっちへ」

彼女をサンドバッグの前まで案内する。そして田村は言った。

「蹴ってみろ」

「はい」

ポニーテールが蹴る。

「難しいかもしれんが、ヒットする瞬間に腰をクイッと前に出す感じだ」

「わかりました」

ポニーテールは真剣な顔でサンドバッグを蹴っている。

「いい調子だ。しばらく蹴ってみろ」

そう言い残して田村はその場を離れ、ベンチの上に置いてあった今日の受講生たちの名簿を見る。最初に自己紹介したとき、リエとかリカとか名乗ったような気がする。名簿の中に『友江《ともえ》里奈《りな》』という名前が見つかった。名簿を置き、再び彼女のもとに戻る。

飽きることなく彼女はサンドバッグを蹴っていた。

友江里奈と再びジムで顔を合わせたのは一週間後のことだった。彼女は何度か練習に参加したようで、見違えるほどに動きが様《さま》になっていた。様になる、というのは結構重要なことだ。何度やっても様にならない奴も数多くいる。

「先生、ちょっといいですか？」一時間の練習を終えたあと、里奈が話しかけてきた。「いつになったらああいう感じで練習できるようになるんでしょうか？」

里奈の視線の先にはリングがある。そこでは男たちがスパーリングをしていた。寝技中心のスパーリングで、お互いの関節を極《き》めようと動き回っている。

「ああいう練習は無理だろうな」

「どういうことですか？　ここに通えば強くなれるんじゃないですか」

「あいつらは練習生だ。あんたとは違う」

里奈が受講しているビギナーコースでは実践的なスパーリングをおこなうカリキュラムはない。ミット打ちが関の山だ。下手に難しい練習をさせて怪我でもされたら困るからだ。

田村が簡単に説明すると、里奈が唇を噛《か》んで言う。

「じゃあ私も月謝を払って練習生になればいいんですね」

「それも無理だな」

「なぜですか？」

噛みつくように訊いてくる。その目つきは真剣なものだった。

「あんたが女だからだ。悪いがうちのジムの練習生に女はいない。別に競技自体、最近じゃ女の選手も目立つようになった。だがうちじゃ練習生は男だけだ。女のあんたが混ざったら気が散って仕方がない」

打撃ならまだわかる。しかし今リングでおこなわれているような寝技のスパーリングに女を入れることはまず無理だろう。喜ぶスケベな練習生もいるはずだが、経営者であるパンサー斉藤はきっと許可を出さない。

「総合格闘技に興味があるのか？　どうしてもやりたいなら女を受け入れるジムを探してやってもいいけどな」

里奈は答えなかった。無言のまま床の一点に目を落としている。

「田村さん、軽くお願いできますか？」

リングの上から呼ばれた。若い男の練習生がこちらに視線を向けている。田村はうなずき、シューズの靴紐を結び直してからリングに上った。何の合図もなくスパーリングが始まり、まずは男がタックルを仕掛けてきたので、田村はそのタックルをうまくかわして彼の体の上に乗る。

男はさほど寝技が上手ではない。もともと空手をやっていたらしく、打撃系を得意とする男だ。ストライカーと言われるタイプだ。反対に寝技系の技を得意とする選手のことをグラップラーと呼び、こちらはレスリングや柔道経験者が多かったりする。

グラウンドでの攻防が続く。田村もどちらかというと打撃を得意としているが、今戦っている相手とは経験値が違う。何せ彼が小学校に通っていた頃からこのジムで腕を磨いているのだから。

三分ほど経ち、男が見せた一瞬の隙をつき、腕ひしぎ逆十字固めを狙う。男の腕が伸び切ったのを見計らい、すぐに田村は男の手を放した。

「ありがとうございました」

男が起き上がりながら言った。勝つには勝ったが、息が上がっているのは田村の方だった。まったく年はとりたくない。

それから代わる代わるスパーリングをおこなった。勝つこともあったし、負けることもあった。ただし勝った数の方が上回ったので、自尊心が傷つけられることもなく、無事にこの日の練習を終えた。

「田村さん、またお願いします」

「お疲れ様でした、田村さん」

ほかの練習生たちに見送られ、田村はリングから下りた。ここでは田村の仕事はフリーの宅配業者ということになっており、それを疑う者は誰もいない。

シャワーを浴びてからジムをあとにする。駐車場に停めたライトバンに向かって歩いていくと、細長い人影が近づいてくるのが見えた。私服に着替えた友江里奈だ。

「あの、すみません、先生」

あまり関わり合いになりたくないので、田村は彼女を無視してライトバンのドアを開け、後部座席にバッグを投げ入れる。背後で彼女が言った。

「お願いします。私、強くなりたいんです。先生、強くなるためにはどうすればいいんですか」

田村は答えずに運転席に乗った。里奈はドアの前ですがるような視線を向けている。別にルックスは悪くないし、どこにでもいる二十代の女性だ。なぜこうまでして強さを求めるのだろうか。それが気になった。

田村は窓を開けて言う。

「どうして強くなりたいのか。それを言う気があるなら、助手席に乗れ」

スイッチを操作して窓を閉める。里奈は下を向いて考え込んでいるようだった。一分だけ待ち、乗ってこなかったら車を出そうと思っていた。三十秒ほど経った頃、助手席のドアが開いて彼女が乗り込んでくる。

田村はエンジンをかけて車を発進させた。

「私、渋谷に本社があるお菓子のメーカーで営業をやってるんですよ」

車が走り出してすぐ、助手席に座った里奈が話しだした。田村でも社名を知っているほどの大手製菓メーカーだった。

「就職して四年目です。今、大企業のオフィスにお菓子スタンド――いつでも誰でも自由にお菓子を食べられるっていう、そういうのを置いてもらう事業を推進してて、飛び込みで営業してるんです」

アポなしで営業することも多々あるらしい。里奈の会社では大抵はコンビを組んで営業に回ることが多いという。

「うちの会社、去年から六十代の高齢者、要はほかの会社を定年退職した人を雇用するようになったんです。今、私が組んでいる方もそういう枠の人です。名前は瀬川《せがわ》さんというんですが……」

大手自動車メーカーの営業部に長年勤務した経歴が評価されての入社のようだった。里奈は今年の春から瀬川と組むようになった。最初のうちはいろいろなアドバイスや経験談がためになると感じていたが、ここ最近、彼の無茶な言動が目立つようになってきた。

「簡単に言うと、私のやることなすことすべてにケチをつけるんです。あの言い方はおかしい、あの態度は何だ。小言ばかり言うんです。最初はそれだけで済んでいたんですけど、徐々にエスカレートしてきて……」

異変が起きたのは三ヵ月ほど前のことだった。外回りの途中で立ち寄った喫茶店で、瀬川という男は突然キレたという。周囲に客がいる状況にも拘《かか》わらず、平然と大声を出して里奈を叱りつけた。しかもそれは一度だけでなく、似たようなことが何度となく繰り返された。

「仕事中だけじゃなく、プライベートにまで介入してくるようになったんです。夜中とかお休みの日に電話がかかってくるようになりました。電話でねちねちと説教されるんです」

パワハラというやつだろうか。社会的な地位や権力を利用した嫌がらせのことだ。生憎、田村が働く世界では無縁の話だ。

「自宅の場所を教えろって最近言われてるんです。絶対に教えるつもりはないですけど、会社は当然把握してるので、いつ彼が知ってもおかしくありません。もしあの人が突然うちを訪ねてきたら。そう考えると怖くて怖くて仕方ないんです。だから、だからどうしても自分の身は自分で守るしかないと思って……」

それで総合格闘技のジムに入ったというわけか。たしかに彼女の練習に対する熱の入れようはほかのビギナーコース会員とは明らかに違う。強くなりたい理由が明確にあるということだ。

「警察に相談した方がいいんじゃないか」そう言いながらも田村は内心警察は当てにならないだろうなと感じていた。「もしくは会社の偉い奴に相談してみるっていうのはどうだろうか。今の話を聞いた感じだと、その男がやってることは明らかにヤバいだろ」

「瀬川さん、人事部長と仲がいいんです。ゴルフ仲間らしくて、その関係でうちの会社に再就職したって話もあります」

会社というのも大変だな、と田村は他人事のように思う。田村には会社で働いた経験が一切ない。ずっと個人事業主としてやってきているので、組織に属して働いている人間を尊敬している。絶対に自分には無理だと思うからだ。

「だから自分の身は自分で守るしかない。私、強くならないといけないんです」

飛躍《ひやく》している。しかしそれだけ彼女が追い詰められている証拠かもしれなかった。警察も相手にしてくれないだろうし、会社も味方になってくれない。だとしたら頼るのは自分しかいない。

「スタンガンでも買った方がいいんじゃないか？」

「えっ？　スタンガン？」

「知らないのか？　押し当てると電流が流れるやつだ」

スタンガンは田村にとって重要な仕事道具の一つだ。プロ野球選手にとってのバットやグローブと同じ存在だ。実は今運転しているライトバンの車内にも合計して三個のスタンガンがあり、そのうちの一つを彼女に貸してやることもできる。だが世間一般ではスタンガンというのはそれほどメジャーな存在でなく、うっかりそれを見せてしまうと、どうしてこの人スタンガンなんて持っているのかしらとあらぬ疑いを持たれることになる。

「私、機械音痴《おんち》なんですよね」

「だったらスタンガンはやめておこう。ほかに相談できる相手はいないのか？」

「私、家族がいないんです。事故で死んじゃったので……保育園に通っているときのことなので、私はまったく憶えてないんですけどね。それからずっと一人で生きてきました」

「一人で？　親戚とかはいなかったのか？」

「いませんでした。だからずっと児童養護施設にいました」

田村自身も短い期間ではあるが、児童養護施設にいたことがある。できればあまり思い出したくない過去だ。助手席で里奈が続けた。

「だからどうしても自分自身が強くなるしかないんです。田村さんなら絶対に何とかしてくれる。そう思っていたんですけど……」

「ちょっと待て」思わず口を挟んでいた。「もしかして俺のことを知っているのか？」

どことなくそういう口振りだった。彼女は平然とした顔つきで答える。

「翼さんが教えてくれました。田村さんは強くて優しい人だから、きっと力になってくれるはずだって」

またあいつか。田村は深い溜め息をついた。


「健さん、こんばんは」

根本翼は悪びれることなく店に現れ、田村が座っているテーブル席の向かい側に腰を下ろした。新宿のカレー屋〈ｋａｄｄｏｏ〉には今日も客はいなかった。

「穴場的な店って感じですね。さすが健さん、いい店知ってるじゃないですか」

根本は新人の誘拐屋だ。まだ見習いといった立場で、何度か組まされたことがあるのだが、驚くほど涙もろく、そして人情家だ。つまり誘拐屋にはとことん向かない性格だ。それでも人材難の組織はこの男を一人前の誘拐屋に育て上げようとしているらしい。

「あれ？　健さん、カレー食べないんですか？」

根本が訊いてくる。テーブルの上にはビールの中瓶とグラスだけが置かれている。

「カレー、嫌いなんだ」

「さすがです。カレーが嫌いなのにカレー屋で待ち合わせる。相手の裏をかく戦法ですね」

別に裏をかきたい相手はいないが、説明するのも面倒だったので、田村はグラスのビールを飲み干してから手酌で注いだ。田村がメニューを見て、厨房にいる店主のアリに尋ねた。

「お薦めのカレーって何ですか？」

当然のことながら無口なインド人は答えない。さあ、といった風に首を傾《かし》げるだけだった。メニューをしばらく見てから、根本は瓶ビールとマトンカレーを注文した。

「お前、何か俺に言うことないか？」

「えっ？　どうということですか」

「友江里奈という女だ。今月から俺と同じジムに通い始めたOLだ。お前から紹介されたって言ってたぞ」

　さきほど新宿駅の近くで里奈は車から降りていた。小田急《おだきゅう》線に乗って帰るようだった。

「お前、俺の許可なく勝手に俺のことを誰かに紹介するのはやめろ」

「なぜですか？」

「決まってるだろ。俺たちは裏社会の人間なんだ」

　できるだけ交友関係を広げない。それが田村の流儀だった。田村が唯一、誘拐屋の仕事以外で社会と繋がっている接点がパンサージムだ。しかしそこではプライベートに関する話は絶対にしないし、たまに開催される練習生同士の飲み会にも仕事を理由に参加しない。

　いつ何が起こるかわからない。それが裏社会というものだ。ある日突然、素性が警察にバレてしまい、身を隠さなければならないときが来るかもしれない。そうした不測の事態に備え、できるだけ身軽にしておくべきだと田村は考えている。それは物だけではなく、人間関係も同じことだ。

「でも彼女、可哀想な子なんですよ」

根本も彼女がパワハラを受けていることを知っているらしい。涙は流していないが、彼女の境遇を慮ったのか、沈痛な表情で話し出した。

「ふらっと入った居酒屋のカウンターで彼女に会ったんです。何か凄い落ち込んでる感じだったから話しかけたんですよ。先月のことだったかな」

「ちょっと待て。お前まさか初対面の女に俺のことを教えたのか？」

「ええ、そうですけど」

開いた口が塞がらないとはこのことだ。仕事柄、恨みを買うこともたまにはある。もし彼女が俺に対して復讐を企てている者だったら、どうなっていただろうか。通っているジムを特定されてしまうなど、それこそ喉元にナイフを当てられるようなものではないか。

「僕、こう見えても人を見る目はあるので大丈夫です」なぜか根本は胸を張って言う。「あの子はいい子です。上司に立ち向かうために真剣に強くなりたいって思ってるんですよ」

アリがカレーを運んできた。マトンカレーと大きなナン、小鉢にはピクルスが盛られていた。

「これ、何ですか？」

根本がナンを指でさして言った。

「ダジャレか？」

根本はキョトンとした顔をしている。本当に知らないらしい。

「これはナンという食い物だ。カレーをつけて食うんだ」

「へえ、ご飯じゃないんですね」

根本はナンをちぎり、それをカレーにつけて口に放り込む。

「旨いっす。旨いっすね」

「よかったな」

「健さん、一度敵の顔を見ておくべきだと思うんですよ。明日あたりどうですか。里奈さんを困らせている瀬川って野郎の顔を一度拝んでおきましょうよ」

これ以上彼女の件に首を突っ込むつもりはなかったので、田村は無言のままグラスのビールを飲み干した。


「お、喫茶店に入るみたいですね」

一組の男女が喫茶店に入っていくのが見えた。品川駅の近くだった。なぜか田村は根本とともに友江里奈を尾行する羽目になっていた。健さんが行かないなら僕一人で行きますから。頑なに根本がそう言い張るので、同行するしかなかった。

根本が下手に動いて事態が厄介な方向に進んでいくのは不本意だし、特に今は誘拐の仕事を請け負っていないため時間に余裕があるのも事実だった。それに里奈はパンサージムの会員であるため、まったくの赤の他人というわけでもない。

「健さん、どうします？　僕たちも中に入りますか？」

田村は返事をせず、無言のままライトバンをコインパーキングに入れた。車から降りて喫茶店に向かう。コーヒーでも飲みたいと思っていたところだったのでちょうどいい。

店内に入ると八割方の席が埋まっていた。里奈とその上司、瀬川は窓際のテーブル席に座っている。その前後のテーブル席には先客が座っていた。中央に円形の大きなカウンター席があったので、その一角に座って彼女たちの様子を窺うことにした。

午後二時になろうとしている。朝から渋谷にある里奈の会社前で見張っていると、午前十時くらいに二人が会社から出てくるのが見えた。二人はそのまま車で品川に向かい、いくつかのビルをハシゴした。おそらく飛び込みで営業しているのだと想像がついた。里奈の前にはサンドウィッチの皿が、瀬川という男の前にはピラフの皿が置かれている。遅い昼食だろうか。

二人は無言のまま食事をとっている。客の大半はサラリーマン風の男だった。一人で来ている客が多いようで、ほとんどの者がスマートフォンを見ているか、テーブルの上で薄型ノートパソコンを眺めている。

「遅いんだよ、食べるのが」

その声ははっきりと聞こえた。窓際の席だ。瀬川という男が里奈に向けて放った言葉であり、その声は明らかに大きい。教壇に立ったベテラン教師が生徒全員に向かって語る声のようでもある。

「食事を味わっている暇なんてないんだよ、営業マンには。わかるか、私が言ってることが」

瀬川はすでにピラフを食べ終えていて、アイスコーヒーも飲み干していた。一方の友江里奈の前に置かれた皿の上には、サンドウィッチが三切れほど残されている。おそらくカップのドリンクもまだ入ったままだろう。

「私はな、君のためを思って言ってるんだよ。今月だってまだ一件も契約とれていないじゃないか。私に言わせれば危険水域なんだよ、危険水域。もっと危機感を持って仕事しないと駄目なんだって」

瀬川の声は大きく、周囲の客たちも完全に気づいていた。その威圧的な声に恐怖を覚えたのか、誰もが聞こえない振りでスマートフォンやノートパソコンに視線を落としている。

「いいか。仕事ってのは結果を出してナンボの世界なんだよ。私はこの業界で四十年近くやってきた。四十年だぞ。君が生まれる前から仕事をしてるんだ」

残念ながら俺も生まれていない。そう思いながら田村はコーヒーを口に運ぶ。隣の席に座っている根本が鋭い視線を瀬川に対して向けている。

「女だからってチヤホヤされるのは若いうちだけだ。女性の社会進出とかよく言ってるだろ。だったら男と同じ結果を出してみろ。そのくらいの気概を見せなきゃならないんだよ」

嵐が過ぎ去るのを待っているかのように、里奈は背中を丸め、テーブルの一点に視線を落としていた。おそらくこういう公開説教は日常茶飯事なのだろう。

「け、健さん」根本が震える声で言う。震えているのは声だけではなく、握り締めた拳も小刻みに震えている。「僕、我慢できないです。一発殴ってきていいですか」

「駄目だ」

「で、でも……」

気持ちはわからなくもない。瀬川はセクハラ、パワハラ、モラハラとあらゆるハラスメントを網羅したハラスメントの塊のような男だ。しかし公共の場で赤の他人を殴る行為は、いくら相手がハラスメントの塊と言っても許されるものではない。と考えるのは常人で、裏社会の住人である田村にはその常識が通用しない。いきなり奴を殴って失神ＫＯするのも悪くないと思う。しかしそれをしたところで里奈の置かれた状況が改善するとは思えなかった。

「何笑ってるんですか？　こんなときに」

根本に指摘され、田村は自分が笑っていることに気がついた。彼女の置かれた状況を改善する方法を考えている自分がいることに驚き、思わず笑ってしまったのだ。ハラスメントに悩むＯＬを救うのは誘拐屋の仕事ではない。

「おい、行くぞ、今日も残業だ。契約をとれるまで帰れないと思え」

瀬川が立ち上がり、店から出ていった。里奈も慌てて立ち上がって椅子に置いてあったバッグを肩にかける。通路を歩き始めた里奈が田村たちの存在に気づき、目を見開いた。どうしてここにいるの？　そういう目をしている。根本は小さくお辞儀をしていたが、田村は無視してコーヒーを飲む。

「早くしろ、何やってんだ」

「はい、すみません」

里奈がそう言って店から出ていった。彼女が座っていたテーブルの上には、食べかけのサンドウィッチの皿が置かれている。

左を制するものは世界を制す。これはボクシングの格言だが、ネットを制する者は犯罪を制す、と田村は常日頃から思っている。今やインターネットが全世界に普及し、多くの者がSNSを利用し、自分のことを発信しまくっているご時世だ。情報を収集するためにこれを利用しない手はない。

品川の喫茶店を出てから二時間後、田村は調布市《ちょうふし》にある一軒家の前にいた。瀬川の自宅の前だ。ネットで調べたら簡単にわかった。周囲には田畑もあり、どこか牧歌的な雰囲気もある。

「瀬川さんのところ、大変なのよね。半年くらい前かしら、奥さんが急に入院しちゃったみたいでね」

目の前には初老の婦人が立っている。俗に言う近所のおばさんというカテゴリーに分類される人種だ。マンション建設会社から委託されたリサーチ会社を名乗り、偽の名刺を渡しただけで、おばさんはいろいろと教えてくれた。調布市には優しい人が多いらしい。

「奥さんは重病なんですか？」

「だと思うわよ。だって半年経った今でも退院してきてないんだから。ご主人も大変よね。家事とか全部やらないといけないわけだし」

「息子さんが一人いるようですが、その方は？」

さきほど表札を見たところ、そこには三人の名前が書かれていた。瀬川夫婦とその息子のようだった。ちなみに瀬川忠雄《ただお》というのがあのパワハラ上司の名前で妻は徳子《とくこ》、息子は充明《みつあき》というらしい。

「息子さんはあまり見かけないわね。一緒に住んでるとは思うんだけど」

充明という一人息子について話を聞く。年齢は三十代半ば。大手銀行に勤めていたらしいが、就職して二、三年後に退職し、それ以来は働きに出ている形跡がない。いわゆる引き籠もりというやつか。

「前には奥さんと近所のスーパーで一緒になって、立ち話をすることもしょっちゅうだった。でも息子さんの話題は避けてた感じだったわね。あら、いけない。私、これから接骨院に行くところだったのよ」

そう言っておばさんが立ち去っていく。隣にいた根本が訊いてくる。

「健さん、どうしますか？」

田村は答えずに瀬川邸を見た。日本瓦の二階建ての一軒家だ。友江里奈に対する執拗なハラスメントを止めること。それが目的だ。

直接的な方法に頼るのは簡単だった。瀬川を拉致し、痛めつけ、ハラスメントをやめるように言い含めて解放する。非常に簡単な方法だが、それでハラスメントが本当に終わるのかと考えると甚《はなは》だ疑問だ。もしかすると瀬川の恨みの矛先《ほこさき》が改めて里奈に向かい、エスカレートするとも考えられる。

まずは情報収集が先だ。できれば瀬川の弱みを発見し、それをネタに恐喝するのがいいかもしれない。会社を辞めさせるのがベストだ。同じ会社の社員でなくなれば、里奈と行動することもなくなるのだから。

田村はライトバンに戻り、根本を乗せて走り出す。しばらく走って車を路肩に停止させ、車から降りてバックドアを開けた。トランクにはさまざまな工具や衣装などが積まれている。ベージュの作業着を出し、それに着替えた。根本も同じものに着替えさせる。「恥ずかしいっすよ」と文句を言いつつも根本も作業着に着替えた。車に乗り込んで説明する。

「いいか。これから瀬川の自宅に盗聴器を仕掛ける」

「そんなことができるんですか？」

「できる。簡単なことだ」

説明してから行動に移る。ライトバンを発進させ、瀬川邸の前に停めた。帽子を被りながら瀬川邸の敷地内に侵入する。根本がやや緊張した顔つきでついてきた。家の裏手に回り、電気メーターのボックスを開ける。中で誰かが電気を使っているのは明らかだった。

玄関に向かった。インターホンを押してしばらく待っていても反応はない。おそらく息子の充明は中にいるはずだ。

「すみません、電力会社の者です。瀬川さん、いらっしゃいますか？」

インターホンを押してから声を張り上げると、今度は反応があった。ドアが開き、中からスウェット姿の男が顔を覗かせた。無精髭《ぶしょうひげ》を生やした青白い顔をした男だった。

「すみません、瀬川さん」田村は帽子をとって言う。「実は電柱の工事をしておりまして、付近一帯が停電になる可能性があります。瀬川さんのお宅のような古い住宅の場合、ショートする危険があります。中のブレーカーの確認が必要なので、少しお邪魔してよろしいですか」

相手が疑うようであれば、すぐに退散しようと決めていた。瀬川充明は疑いの目を向けつつも、あごをしゃくって田村たちを中に招き入れた。

「わかった。早くしてよ」

「お邪魔します」

廊下を歩き、ブレーカーのある分電盤の前まで案内される。分電盤は台所にあった。作業を見守っていられると厄介だったが、充明は「早く頼むよ」と言い残して台所から出ていった。階段を上っていく足音が聞こえた。田村はすぐに作業を開始する。

まずは冷蔵庫の裏に一台、盗聴器を仕掛けた。さらにリビングに向かい、テレビの配線の中にもう一台の盗聴器を紛れ込ませる。根本は興味深そうに田村の作業を見守っている。できればもう一台は二階に仕掛けたいところだったが、それは断念した。

田村は廊下に出て、二階に向かって声を張り上げる。

「瀬川さん、終わりました。これで失礼させていただきますので」

靴を履いてから二人で外に出た。ライトバンの前に戻ると、根本が帽子を脱ぎながら言った。

「いやあ、うまくいきましたね、健さん」

どうして俺はこんな仕事を引き受けたのだろうか。いや、そもそも仕事ですらない。仕事というのは労働の対価として報酬が得られるものだ。これは仕事ではなく、ボランティアのようなものではないか。

この男と付き合うようになってからだ。田村は根本の顔をじろりと睨んだが、本人は平気な顔で笑っている。田村は溜め息をついてライトバンの運転席に乗り込んだ。

瀬川邸で動きがあったのは三日後のことだった。動きというより、音といった方が正解だろう。

田村は瀬川が帰宅する午後八時くらいから寝静まる午前零時くらいまで、瀬川邸の前で盗聴していた。父一人、息子一人で生活しているためか、会話などはほとんどなく、聞こえてくるのはリビングに仕掛けた盗聴器から飛んでくるテレビの音声だけだった。

今日も帰宅してくる瀬川の姿を見たが、三日前に喫茶店で目撃した威勢の良さはすっかり鳴りを潜めており、その背中には初老の男の悲哀さえも漂っていた。やはり妻が不在というのは大変らしく、いつもスーパーのレジ袋を持っていた。少なくとも買い物を担当しているのは瀬川なのだろう。

「息子は何やってんですかね」

助手席の根本が訊いてくる。別に呼んでもいないが、彼も毎晩律儀にやってきた。まあ田村自身も誰に頼まれたわけでもないのだが。

「どうせゲームでもやってんだろ」

盗聴しているのは夜の時間帯だけだが、彼が一階のリビングや台所に姿を見せる気配はなかった。おそらく二階に自室があり、そこに閉じ籠もっているものと考えられた。完全に引き籠もりだ。

三十代の男が一日中部屋に引き籠もっている。何をしているかといえば、ネットゲームくらいしか想像できなかった。三日前一瞬だけ見た息子は青白く、決して健康的とは言えない風貌だった。すでに専門の業者に息子のネット使用状況について調査を依頼してある。金さえ積めばある程度の情報は入手できる時代だし、当然裏の社会にもネット専門の情報屋がいるのである。

時刻は午後十一時を回っていた。昨日と一昨日の盗聴結果では、瀬川は夜の十時からテレビのニュース番組を見て、十一時台でテレビを消していた。それからは就寝するようで、室内はまったくの無音状態となる。

『……おい』

最初に聞こえたのは男の声だ。その声の感じからして息子の充明だと思われた。充明らしき男が続けて言う。

『聞いてんのか、おい。呑気にビールなんて飲んでんじゃねえよ』

やはり息子だな、と田村は確信する。ニュース番組の音声に紛れて、さらに男の声が聞こえてくる。

『何で醬油買ってきてんだよ。塩味買ってこいって言っただろうが』

『……そうだったか』

『そうだったか、じゃねえよ。わざわざメモして置いてあっただろ』

買い物の件で揉めているらしい。助手席に座る根本が「カップ麵ですかね」と言い、その線もあるなと田村も思った。

『わ、わかった。明日必ず……』

『明日まで待てねえよ』

『だがもうこんな時間だし……』

物音が聞こえた。総合格闘技をやっている田村にはその音が何をしている音なのか、はっきりとわかった。人が人を殴っている音だ。

しばらくして静かになる。部屋から出ていく足音が聞こえた。テレビの音声に荒い呼吸が混じっている。やがてテレビの音声が途絶えた。助手席の根本が言う。

「酷いっすね」

「まあ、親子の問題だからな」

「健さん、薄情なこと言わないでくださいよ」

「俺は誘拐屋だからな。お前が人情に厚過ぎるんだよ」

いわゆる家庭内暴力というやつだろう。今日が初めてというわけではなく、日常的に繰り返されていると考えられた。

ここから先は推測だ。瀬川忠雄は息子から受ける家庭内暴力に悩まされており、それが過度のストレスとなり、精神を完全に病んでいる。その結果として発生したのが友江里奈に対する一連のハラスメント行為だ。部下を苛《いじ》めることにより、彼自身が何とか精神のバランスを保っているのかもしれなかった。しかし里奈にとってみればいい迷惑だ。瀬川親子の問題が赤の他人である彼女に災厄となって降りかかっているのだから。

「あ、出てきましたよ」

瀬川邸から人影が出てくるのが見えた。瀬川が息子の言いつけに従い、塩味の何かをこれから買いにいくものと予想された。瀬川はいったん立ち止まり、自宅の方に目を向けていたが、やがて再び歩き出した。田村たちが乗るライトバンが停まる場所とは反対方向に歩き去っていく。コンビニにでも行くのだろう。

「健さん、警察に通報した方がいいんじゃないすかね」

田村は答えなかった。警察に通報しても状況が改善するとは思えなかった。根本的な問題を解決しなければ、里奈に対するハラスメント行為は止まらないはずだ。

「攫うか」

「えっ？　マジっすか？」

「それしかないだろ」

「でも健さん、相手は一日中部屋に引き籠もっているんですよ。どうやって誘拐するんですか」

「違う。誘拐するのは父親の方だ」

息子を誘拐するというのも考えた。いくら引き籠もっているとはいえ、誘拐する方法はいくらでもある。誘拐して、専門業者に引き渡すのだ。若い女が一番高く売れるのは間違いないのだが、男でも使い道はあるらしく、それなりの値段で引きとってくれる。

しかし息子がいなくなっただけで父親の精神状態が果たして元通りになるのか、問題はそこだった。どうして息子が父親に対して暴力を振るうようになり、父親はされるがままになっているのか。それを知る必要がある。

「だったらすぐにやった方がいいんじゃないですかね」

「そうだな。俺もそう思っていたところだ」

田村は運転席から降り、バックドアを開けた。仕事は迅速に。それが田村の流儀だ。


一時間後、田村たちは調布市の郊外にある廃工場の中にいた。パイプ椅子には瀬川忠雄が座っている。手首と足首は結束バンドで拘束され、目にはアイマスク、口にはガムテープが貼られている。

簡単な仕事だった。コンビニから戻ってきた瀬川に背後から近づき、スタンガンで気絶させて車の中に引き込む。基礎中の基礎だ。誘拐のハンドブックがあれば第一章で紹介されるような手順だった。

「やっぱりラーメンでしたね」

そう言いながら根本がコンビニ袋の中を覗き込んでいる。息子に塩味のカップ麺を買ってこいと言われ、間違って醤油味を買ってきてしまい、息子に暴力を受けて夜中にコンビニに行く。そしてその帰り道に誘拐されてしまう。不運な男だ。

「おい、占いのアプリ、あっただろ」

以前、元ピアニストを誘拐したとき、根本が占いアプリを使っていたのを思い出した。まだ瀬川が目を覚ます気配はないので、彼の懐から財布を出し、その中に入っていた免許証で彼の誕生日を確認する。九月生まれの蠍座《さそり》だ。

「蠍座は絶好調ですよ。ラッキーフードは塩ラーメンって書いてあります」

「変だな。どこから見ても不運なのにな」

財布を懐に戻していると、瀬川が小さく呻いた。意識が戻ったようだ。田村は瀬川に向かって言った。

「おい、俺の声が聞こえるか？」

瀬川は答えなかった。おそらく彼の頭の中はパニックに陥っているはずだ。今、自分がどんな状況に置かれているのか。それがわからず、困惑で言葉も出ないのだろう。黙り込むか、それとも騒ぎ出すか。大まかに分けて反応は二通りだ。

「あんたは俺たちに誘拐された。叫んでも無駄だ。大声を出しても誰も助けにこない。わかるな。残念ながら神様は休暇中だ」

頭がそれほど悪くない人間であれば、決して騒いだりしない。どうにかして助かりたいと思い、相手には逆らわない方が賢明だと考えるからだ。田村は瀬川の口に貼られたガムテープを剝がした。予想通り瀬川は声を上げることなく沈黙している。

「訊かれたことだけに答えろ。息子はいつからあんな風なんだ?」

予期せぬ質問に面食らったのか、しばらく瀬川は声を発しなかった。田村は瀬川の腹のあたりを軽く叩く。叩くというより、撫でるといった感じなのだが、瀬川は恐怖で顔を歪《ゆが》めた。視界を奪われていると些細《ささい》な刺激が恐怖を生む。

「今夜も息子に殴られたんだろ」

見た感じでは外傷はなく、だとしたら衣服に隠れた箇所を殴られたのだと容易に想像がついた。卑怯者の発想だ。瀬川が話す気配がないので、田村は続けて言った。

「でも悪いのはお前の方だけどな。息子は塩味のカップ麵を欲しいと言ってたんだろ。間違って醬油味を買ってしまったのはお前の致命的なミスだ。ミスをすればペナルティが与えられるのは当然だ」

瀬川は言葉を発しない。黙ったまま唇を嚙み締めている。スマートフォンが震えているのを感じ、とり出して画面を見ると情報収集を依頼したネット専門の情報屋からだった。田村は二人をその場に残して廃工場から出る。深夜一時になろうとしており、周囲の雑木林から虫の音《ね》が聞こえてきた。

「はい、もしもし」

「俺だ。少し調べてみたんだが」情報屋が説明する。「瀬川充明って奴は朝から晩までネット三昧の生活を送ってるようだな。オンラインゲームに嵌まってるらしい。かなり重度の課金者だ」

「なるほどな」

予想通りだ。ヨガで瞑想《めいそう》に耽《ふけ》るタイプにも思えなかった。

「ネットショッピングは〈テッパン〉を利用してたみたいだな。購入履歴のリストを今送ったところだ」

「ありがとう。助かるよ。誘拐したい奴がいたらいつでも言ってくれ」

通話を切り、田村は工場の裏手に停めてあるライトバンに向かい、中に置いてあったタブレット端末を出し、情報屋から送られてきたリストを見る。〈テッパン〉というのは大手ネットショッピングのサイトで、何から何までとり揃えているのが売りだ。

充明は主にアニメのDVDやコミックを買っているようだ。月に一度程度の割合で利用しているらしい。ただし半年ほど前に一度、やや傾向の異なる商品を購入しているのが気になった。青いビニールシートだ。三メートル四方のものを二枚も購入している。引き籠もりの男が花見や遠足に行くとは想像できなかった。

田村が思い浮かべたのは瀬川邸の庭だった。郊外にある一戸建ての家なので、それなりの広さの庭だった。さきほど瀬川が息子にラーメンを買いに行かされたとき、一度足を止めて自分の家を見ていた。あれは自分の家ではなく、庭を見ていたのではないだろうか。

田村は工場内に戻る。根本が話す声が響き渡っている。

「……わかりますよ、僕。瀬川さんの気持ち、凄いわかります。実の息子にあんな風にされて……辛《つら》くてたまらない気持ちはよくわかります」

勝手に同情し、涙を流している。もはや驚くことはなかった。田村はさして気にも留めずに瀬川の足元に置かれた彼の携帯電話を手にとった。折り畳み式のガラケーと言われる携帯電話だった。電話帳を一通り見て、確信を強めた。

「選択肢は二つだけだ」

田村がそう言うと、瀬川が顔を上げた。アイマスクをしているのでその表情ははっきりとわからないが、どこか不安げな顔つきだ。

「まず一つ目。お前の息子を誘拐し、専門の業者に引き渡す。二度とお前は息子と顔を合わせることはないだろう。いい年して引き籠もっている息子を放り出す最大にして最後のチャンスだ」

里奈の顔が脳裏をよぎる。ジムで必死になってミットを蹴っている女。あの女に対するハラスメントの原因を除去することが最優先事項だ。家庭内暴力をふるう息子がいなくなれば、瀬川のストレスも間違いなく軽減するはずだった。

「二つ目。お前が自首するんだ」

すかさず根本が口を挟んでくる。

「おかしいですよ。自首するなら息子の方じゃないですか。この人は……」

「いや、違う。自首するのはこの男だ。妻を殺害してしまった容疑でな」

田村がそう言うと、瀬川が観念したように首を垂れた。

「半年ほど前でした。息子の充明にガツンと言わねばならんなと思い立ちました。父親が引き籠もりの息子と無理心中を図った事件をニュースで見て、このままじゃマズいと思ったんです」

そんなニュースがあったことを田村も憶えていた。仕事がない日の午前中は図書館で過ごし、必ず新聞は隅から隅まで目を通す。茨城《いばらき》あたりで起きた事件ではなかったか。

「銀行を辞めて以来、息子の充明は一日中自分の部屋でゲームばかりしてました。最初のうちはそのうち部屋から出てきて、以前の息子に戻るだろうと思っていましたが、気がつくと十年近くたってしまいました。私が現役で働けるうちにどうにかしようと思ったんです」

すでにアイマスクは外してある。瀬川は淡々とした様子で話している。

「二階の充明の部屋に行きました。外に出て働け。それが嫌ならこの家から出ていけ。そう言ってやるつもりでした。しかし──」

うるせえんだよ、俺に指図《さしず》するんじゃねえ。廊下に出てきた充明は激昂し、二人は摑み合いになった。妻の徳子が見兼ねたように後ろから割って入ろうとしたらしい。二人とも落ち着いて。ねえ、落ち着いてってば──。うるさい、お前は引っ込んでろ。

「そう言って私は妻の手を振り払ったんです。かなり勢いがあったようで、彼女はバランスを崩してしまい、階段から転がり落ちました。実は妻が転がり落ちたことにまったく気づかなかったんですよ。息子と数分間押し問答していて、それからようやく妻がいないことに気づいたんです。すぐに階段を下りて妻の元に向かったんですが、すでに妻は息をしていませんでした。耳の穴から血が流れていました」

瀬川はパニックになった。妻の遺体を呆然と見下ろすことしかできなかったという。しかし意外にも息子の充明は冷静で、自分の母親の遺体を一階の和室に運び込んだ。

「息子は警察に通報せずに妻の遺体を隠す気のようでした。事故とはいえ、妻を殺してしまったのは私です。私を助けるためにやっているんだ。そのときはそう思っていたんですが」

充明は外の庭に深い穴を掘った。以前、徳子が家庭菜園をやっていたことがあり、そこの土が比較的柔らかかったようだ。そして通信販売で購入したビニールシートに遺体を包み、それを庭に掘った穴に埋めた。

「俺が親父の罪を隠してやったんだ。そう言って息子はさらに横暴になりました。それまで以上に金をせびるようになりました。そして気づいたんです。息子にとって私は金蔓《かねづる》だったんだなと。だから警察に出頭させたくなかったんですよ。私がいなくなってしまえば、金を得る方法がなくなってしまいますから」

事故とはいえ妻を殺害してしまった罪の意識に苛《さいな》まれ、さらに自宅に帰ると横暴な息子が待っている。瀬川の精神は完全に崩壊し、その結果として仕事で組んでいる若い部下にその矛先が向いた。里奈にとってはいい迷惑だ。

「健さんはどうしてわかったんですか？　妻が死んでるって」

「入院している。周囲にはそう言い訳していたようだな。さきほどこの男の携帯を見たところ、病院らしき番号が電話帳に見当たらなかった。半年間も入院しているなら登録しておくのが普通だろ」

田村は手に持っていた瀬川の携帯電話の指紋を丹念に拭きとり、それを彼の胸ポケットの中に入れた。

「自首する。そう考えていいんだな」

田村がそう言うと、瀬川が小さく笑みを浮かべた。

「ええ。そうしたいと考えてます」

すっきりした顔をしている。今日の——正確には日付が変わってしまったので昨日だが、蠍座の運勢は上々らしい。瀬川が自らの罪と向き合い、息子の暴力から解放され、本来の自分をとり戻そうとしている。そういう意味ではこの男にとって意味のある一日だったことだろう。

「瀬川さん、大丈夫です。きっと警察もわかってくれますから。瀬川さんのせいじゃない。悪いのは息子さんです」

根本が目に涙を浮かべて瀬川に向かって語りかけている。それを無視して田村は言った。

「これから警察に連れていく。それでいいな？」

「お願いします」

おそらくさほど重い量刑にはならないだろう。殺そうという意思があったわけではなく、過失致死に当たるはずだ。息子は死体遺棄の罪になると思われた。そうなると、瀬川は今の会社をこのまま続けるわけにはいかないだろう。

「ここであったことは忘れてくれ」田村は念を押すように言った。「警察に出頭したのはあくまでも自分の意思ってことだ。俺たちはお前とは無関係だし、お前は俺たちの存在を綺麗さっぱり忘れる。その方がお互いのためだ」

「あなたたちは、いったい……」

「僕たちはですね、実は」

普通に答えようとする根本の頭を小突いて黙らせる。

「俺たちは通りがかりの一般人だ。あくまでも自首するきっかけはお前自身が導き出した結論ってことにしてくれ。息子にラーメンを買いに行くことを命じられ、その帰り道に不意に思い立ったってわけだ」

田村は瀬川の背後に回り、彼の手足を拘束していた結束バンドをカッターナイフで切った。

「ありがとうございました」手首を押さえながら瀬川が言った。「そろそろ厳しいかなって思ってたところなんです。妻を殺《あや》めてしまったのは半年ほど前、寒い冬のことでした。最近暖かくなってきたせいか、庭から悪臭のようなものが漂っているような気がしてならなかったんです」

いずれにしても金にならない誘拐をしたのは初めてだったし、誘拐して礼を言われるのも初めてだった。まあ長くこの仕事をしていれば、たまにはこんな日があってもいいのかもしれない。そんなことを思いながら、田村は廃工場をあとにした。

「はい。では五分休憩にしましょう」

トレーナーの声にミット打ちの練習がいったん終わる。今夜も田村はビギナーコースの練習にトレーナーとして参加していた。ビギナーコースは好評らしく、日増しに会員の数が増えている。今も十人以上の会員――大半が仕事帰りのOLたちが汗を拭きながら談笑している。練習終わりに一杯飲みにいく約束をしているようだ。

「先生、お疲れ様です」

そう言いながら近づいてきたのは友江里奈だった。その顔は穏やかなものだった。今日も最初から練習に参加しているが、以前のようなストイックな感じは完全に消え失せ、ほかの女たちと一緒にスポーツ感覚でミット打ちに興《きょう》じている。

「俺は先生じゃない」

「先生は先生ですよ」

「元気そうだな」田村は声をひそめた。「例のパワハラ上司はどうなった?」

「実はですね」

そう前置きして里奈が説明を始めた。瀬川忠雄が妻を殺害し、その遺体を息子の充明が自宅の庭に埋めたというニュースはここ数日間話題になっている。世間の非難は身勝手な息子に向けられていて、瀬川忠雄には同情の声が集まっているらしい。

「……で、瀬川さん、やはり解雇されてしまうみたいです。それを聞いたら何だか可哀想になっちゃって」

女というのは不思議な生き物だ。あれほどハラスメント行為を受けていたというのに、今は同情を寄せているのだ。まったく理解できない。

「でもよかったな。その男と会うことは二度とないな」

「ええ、多分」

「だったらこのジムに通う必要性もないんじゃないか」

彼女がこのジムに通い始めたきっかけは強くなりたいからだった。パワハラによる身の危険を感じ、護身術を身につけるという名目でこのジムに入ったのだ。危険が去った今、もうこのジムに通う意味はさほどない。

「そうなんですけどね。実は瀬川さんの代わりに若い男の子と組むことになったんです。その子、結構可愛い感じの男の子で……。わかります？」

わからない。いや、むしろどうでもいい。里奈は少し照れた感じで続けた。

「その子と四六時中一緒に行動することになるんですよ。私、最近ちょっと太り気味で、ダイエットしないといけないないと思って」

「なるほど。そういうことか」

「だから先生、引き続きよろしくお願いします」

里奈がぺこりと頭を下げてから去っていき、ほかの女の会員たちと談笑を始める。その会話の内容からして、練習後に行く食事の場所を探しているのだと容易に想像がつく。ダイエットをしたいのであれば、まずは食事制限からスタートするべきだと思ったが、田村はそれを口には出さずにペットボトルの水を飲んだ。

「じゃあレッスンを再開します。ミット打ちをしますね。ワンツーパンチです。トレーナーの持つミットにパンチを叩き込んでください。ワン、ツー、ワン、ツー。テンポよく打つように」

田村は両手に嵌めたミットを前に出し、ビギナーでも打ち易い位置と角度で構えた。田村たちトレーナーの前に会員が並ぶ。田村の列の先頭は里奈だった。

「お願いしますっ」

里奈が近づいてくる。そしてワンツーパンチを繰り出した。さほど威力のないパンチだったが、彼女は満足そうな顔つきで、ミットを楽しそうに叩いている。

エチケット4 贔屓《ひいき》の力士を応援する

「大物よ、今度の獲物は」

田村が椅子に座るのを待っていたかのように、目の前で直子が言った。場所は新宿にあるカレー屋だ。今は田村たちのほかに客の姿はない。夜は大抵空いているので、こういう話をするのに適している店だ。

「大物か。久し振りだな」

誘拐の世界で大物と言うと、まず思い浮かぶのが政治家だろう。それも大臣クラスだ。セキュリティポリスに警護されていたりすると難易度が格段に跳ね上がり、同時にギャラも百万円を超えてくる。あとは指定暴力団の組長クラス、指名手配中の凶悪犯なども大物と言える。どちらも報酬を期待できる獲物だった。

「で、どんな奴なんだ？」

「この男よ」

直子が一枚の写真をテーブルの上で滑らせた。手元に来た写真を手にとって眺め、田村は首を傾げた。

「どう？　大物でしょ？」

「たしかに」

そこに写っているのは裸の男だった。裸といっても正確には廻《まわ》しを一枚巻いている。政治家でも暴力団の組長でも指名手配中の凶悪犯でもなく、彼は力士だった。しかも半年前に大関に昇進したばかりの日本人力士だ。四股名《しこな》は浜乃風《はまのかぜ》。久し振りに誕生した日本人大関にマスコミが大騒ぎしたのは記憶に新しい。

「本当にいいのか？」

「何が？」

「相手は大関だ。誘拐してしまっても問題ないんだな」

「原則的に依頼は断らない主義だから」

今は場所中ではないため、おそらく浜乃風は自分の相撲《すもう》部屋にいるはずだ。浜乃風が所属しているのは浜乃海《はまのうみ》部屋という由緒正しい相撲部屋だった。親方は元大関の大《おお》浜田《はまだ》で、今は浜乃海親方と呼ばれている。

「ちょっと訳ありみたいよ、その力士」

「どういうことだ？」

「親方と揉めてるんだって。急に出世して調子に乗っちゃったのかもしれないわね。二日前、亀戸《かめいど》にある浜乃海部屋から姿を消したらしいわ。まだマスコミは報道してないけど、鼻の利く記者はいろいろと嗅ぎ回っているみたいよ」

警察に行方不明届を出すわけにもいかず、困り果てた浜乃海親方が知人に相談。相談の末、こうしてここに話が回ってきたというわけだ。

「それで、居場所はわかっているのか？」

家出してしまった大関の潜伏先を見つけるのは誘拐屋の仕事ではない。当然のように直子が言った。

「もちろん。写真の裏を見て」

写真を裏返すと、そこには住所が書かれている。東中野《ひがしなかの》だった。直子が説明する。

「高校の同級生が住んでるアパートに転がり込んでるみたいね。その同級生は普通のサラリーマンよ」

その同級生の名前は岡野《おかの》といい、浜乃凪とは高校の相撲部で同じ釜《かま》の飯《めし》を食べた間柄らしい。GPSの反応からして、浜乃凪は一日中岡野の部屋に閉じ籠もっているとのことだった。

「それでタムケン、どうやって攫うつもり？」

「そうだな」

実はさきほどからずっとそれを考えていた。標的の身長は百九十センチ、体重百五十キロの重量級だ。これまで誘拐してきた標的の中でも特大のサイズと言える。スタンガンで気絶させて車に載せるという、その作業だけでも一苦労だ。

「麻酔銃だろうな。スタンガンは効かない可能性もある」

「でしょうね。麻酔の量も増やした方がいいかもしれない」

「それはいいだろ。熊じゃあるまいし」

店主のアリが料理を運んできた。直子の前に三種のカレーとナン、付け合わせのピクルスが置かれる。そして田村の前に置かれたのは一見してピザのような食べ物だ。それを見て直子が言った。

「何それ？」

「ナンピザだ。旨そうだろ」

本格的なカレーが好きではない田村は、この店に来たときはナンにマヨネーズを塗り、コーンやツナを載せて食べていたのだが、それにも最近飽きてきたので、アリに頼んで作ってもらったのだ。ナンの生地にトマトケチャップを塗り、そこにハムやらタマネギなどを載せた上にチーズをかけて焼いたものだ。

「旨いな。しばらくはこれでいこう」

「普通にカレー食べればいいじゃないの」

「嫌いなんだ。それを知っててこの店を指定してくるのはお前だろ」

「あ、そうそう」ナンをちぎりながら直子が言う。「浜乃風って重いでしょ。いくらタムケンでも一人じゃ無理かもしれないと思って、もう一人手配しておいたから」

やはりな。田村は溜め息をつく。そんなことだろうと思っていた。

「どう？　タムケン。彼とコンビを組むのも慣れたでしょ。あの子、モノになりそうかしら？」

田村はそれに答えず立ち上がり、厨房に向かって「タバスコ」と声をかけた。無口な店主は無言のままタバスコの瓶を渡してきた。田村は席に戻り、タバスコをかけてからナンピザを口に運ぶ。やはり旨い。そのへんのピザよりも旨いのではないだろうか。

「実際のところ、相撲ってどうなんですかね？　僕、ほとんど相撲中継なんて見たことありませんよ」

助手席に座る根本翼が缶コーヒーを飲みながら言った。場所は東中野の住宅街の一角だ。行動は迅速に。新宿のカレー屋を出た田村は、早速浜乃風が潜伏していると思われるアパートに向かった。そしてついさきほど根本も合流した。時刻は午後十時を過ぎている。

「どこか強いっていうイメージがないんですよね。ほら、基本的に力士って太ってるじゃないですか。努力してない感じがするっていうか」

実は田村は相撲が好きだ。場所中は必ずテレビ中継で取組を見るし、新聞や雑誌も隈《くま》なくチェックする。なかでも最近のお気に入り力士は何を隠そう、大関に昇進したばかりの浜乃風だ。

浜乃風達哉《たつや》、本名風岡《かざおか》達哉。二十四歳になったばかりの若者だ。埼玉県川越《かわごえ》市に生まれ、相撲を始めたのは中学生のときだった。みるみるうちに結果を出し、全国大会で上位に食い込む活躍を見せ、相撲の強豪校として知られる埼玉県所沢《ところざわ》市の高校に進学し、そこで三年間汗を流した。もっとも大きな戦績は三年時のインターハイ準優勝だった。

もともと角界入門を希望しており、高校卒業と同時に浜乃海部屋に入門して、すぐに初土俵を踏む。デビュー戦を勝利で飾ったはいいものの、プロの壁にぶち当たったのか、それからしばらく結果が伴わない苦悩の日々が続く。

転機が訪れたのは入門して四年目のことだった。それまでの地道な練習が報われたのか、成績が上がってくるようになった。その年の十一月場所で十両優勝を決めると、初場所での新入幕が決定した。

浜乃風という力士の特徴は、その若さにして粘り強い相撲のとり口だった。決して派手な技があるわけではないが、どんな相手に対しても臨機応変に対応することができた。特に土俵際に追い詰められてからの粘りには定評があり、そこからのうっちゃりなど、たまに豪快な技で観客を魅了した。

入幕後の二年間で殊勲賞《しゅくん》一回、敢闘賞《かんとう》二回、技能賞《ぎのう》二回の活躍を見せ、半年前に遂に幕内最高優勝の賜杯《しはい》を勝ちとった。そして大関に昇進することが決定し、一躍世間の注目を浴びる結果となったのだ。大関となってからは優勝争いに食い込めていないが、いずれ再び優勝できるのではないかと田村もひそかに期待している。

「相撲は国技だからな。応援するのは日本人として当然だ」

「健さん、相撲好きなんですか？」

「悪いかよ」

「相撲のどこが好きなんですか？」

根本に訊かれ、田村は即答する。

「必ず決着がつくからだ。引き分けもないし、判定もない。こういうスポーツはなかなかない」

「なるほど」

大抵のスポーツ・格闘技は判定決着が採用されている。引き分けになった場合はポイントで勝敗を決めたり、サッカーのようにPKなどをやることもある。しかし相撲は決着がつくまで取り直しだ。大相撲の本場所では一日平均して百八十番近い取組がおこなわれるが、どの勝負も完全決着だ。

「でも本当にまだ帰ってきてないんですかね、その岡野って人」

さきほど岡野という男が住む二〇一号室のインターホンを鳴らし、「宅配便です」と中に向かって声を張り上げてみたのだが、反応はまったくなかった。

「準備しておけよ。勝負は一瞬で決まる」

田村にしても力士を誘拐したことなどない。しかも相手は浜乃風だ。田村は自分が珍しく緊張していることに気がついた。

それから五分ほど経過したとき、ようやく動きがあった。向こう側から歩いてきた男が目当てのアパートの敷地内に入り、ポストの前で立ち止まったのだ。会社帰りのサラリーマンといった感じの男で、買い物袋を手にしている。男が覗いているポストの位置からして、二〇一号室のポストだと確認できた。こいつが岡野だ。

「行くぞ」

短く言い、田村は運転席から降りる。根本も慌てて助手席から降りてきた。小走りでアパートに向かう。男が外階段を上っていくのが見えた。田村もあとに続く。二〇一号室のドアの前で男が立ち止まり、鍵穴にキーを差し込むのが見えた。

今だ。

田村はダッシュで男のもとに向かい、「悪いな」と詫びてからスタンガンを使用する。男はビクンと跳ねたあと、脱力した。その体を受け止めてから、ゆっくりと廊下に寝かせた。そして二〇一号室の鍵を開け、中に入る。

ごく普通のワンルームの間取りだった。奥にテレビが置いてあり、その前に巨漢の男が座っている。その浴衣《ゆかた》姿は間違いなく、大関浜乃風だった。浜乃風はゲームをやっていたようで、両手でコントローラーを握っている。いや、実際には分厚い手に覆われてコントローラーは隠れてしまっているのだが。

「すまない、大関」

普段は絶対に標的に向かって声などかけない。しかし相手はあの浜乃風なのだ。将来、横綱になるかもしれない関取に対し、問答無用で麻酔銃を発射することなどできない。そんなことをしたら相撲ファン失格だ。

すでに田村の手には麻酔銃が握られている。一見してオートマチック式の拳銃のようにも見えるが、組織の特注品である麻酔銃だ。成人一人を昏倒させる分だけの麻酔薬が仕込まれている。

「俺の仕事はあんたを連れ去ることだ。手荒な真似はしたくない。俺と一緒に来てくれないか？」

浜乃風はゲームのコントローラーをフローリングの上に置きながら答えた。

「もし断ったらどうしますか？」

丁寧な言葉遣いだった。理路整然とインタビューに答える彼の姿はテレビの相撲中継で何度も見たことがある。

「これが見えるな？　麻酔銃だ。いくら大関でも薬の力には勝てないはずだ。神様が休暇中だと思って諦めてくれ」

「わかりました」そう言って浜乃風は立ち上がる。やはり大きい。立つとその巨体に圧倒される。「あなたの言う通りにしましょう。ところであなた方は誰の差し金ですか？」

「残念ながら答えることはできない。俺の仕事はあんたを連れ去ることだ。依頼人の素性は知らないんだよ」

「了解です。行きましょうか」

入ってくるときには気づかなかったが、玄関に三十センチほどの下駄《げた》が置いてある。玄関近くまで歩いてきた浜乃風が顔をしかめた。部屋の外に倒れている岡野に気づいたからだ。

「すまない、大関。彼には眠ってもらうしか方法がなかった」

「高校の同級生です。何も言わずに僕を泊めてくれました。さっきメールが来て、残業になるけど帰ったらカレーを作るって言ってました」

彼が手にしていたスーパーの袋を見る。ジャガイモやニンジンが入っていた。これからカレーを作るつもりだったのか。

浜乃風は腰を落とし、気絶している岡野の体を軽々と持ち上げた。それを見た根本がその怪力に目を見張っている。奥のベッドに岡野を寝かせてから、戻ってきた浜乃風は下駄を履いた。

「行きましょうか」

麻酔銃は懐にしまったが、何かあった場合に備えてグリップは握ったままにした。

しかし浜乃風は特に不審な動きを見せることなく、外階段を下りていく。

浜乃風にはライトバンの後部座席に乗ってもらうことにした。窮屈そうで、結った髷《まげ》が天井につきそうだった。それでも我慢してもらうしかない。田村はライトバンを発進させた。

「大関、夕飯はまだなのか？」

後部座席に座る浜乃風に訊いた。彼の身柄はいったん市谷にある一時保護施設に運ぶように直子から指示を受けていた。

「まだですね。お昼にカップ麵を食べましたけど」

「夕飯はカレーを作るようなことを言ってたが、本格的なカレーはどうだろうか。本場のインド人が作る香辛料が効いたやつなんだが」

新宿なら通り道だし、アリの店なら人目を憚ることなく食事ができるだろうと思ったのだ。この巨体はさすがに目立つため、そこらへんのファミレスにお連れするわけにはいかない。

「普通のカレーライスは好物なんですけど、本格的なやつはちょっと苦手ですね」

その回答を聞き、田村はテンションが上がるのを感じた。本格的なカレーが苦手。

俺と同じではないか。

しばらく車を走らせていると、ある看板が目に入った。カラオケ店だった。個室に入ってしまえば周囲の目を気にすることもないだろう。そう思って田村は近くのコインパーキングに車を乗り入れた。

受付には若い店員がいた。浜乃風の姿を見て驚いたような顔をしたが、すぐに個室へと案内された。煙草《たばこ》の匂いが染みついた部屋だ。それでも人目を気にせずに食事をとることはできそうだった。

「好きなものを頼んでくれ」

そう言って田村は浜乃風にメニューを手渡した。それを眺めてから浜乃風が言った。

「じゃあ、エビピラフを」

「意外に小食なんですね」

根本が言う。やや上から目線の言い方だった。根本からは相撲に対する尊敬の念を感じられない。この男には国技に対するリスペクトというものがないのだろうか。田村は浜乃風に向かって言った。

「大関、遠慮しないで好きなものを好きなだけ食べてくれ」

「いいんですか？」

「ああ。こいつの奢《おご》りだ」

「健さん、そりゃないですって」

「それじゃあ」浜乃風はテーブルの上に広げたページに手の平を置く。大手チェーンの店らしく、写真つきでメニューが紹介されていた。「このページのものを全部、二人前ください」

「お安いご用だ、大関」

「勘弁してくださいよ」

根本が泣き声で言ったが、田村は構わずに備え付けの受話器を持ち上げて注文した。注文を終えて受話器を置くと、浜乃風が訊いてくる。

「お二人はご職業は何ですか？」

「あまり知らない方がいいだろうな。あんたは将来横綱になるかもしれんお人だ。俺たちみたいな裏社会の人間と関わり合いにならない方がいい」

「たしかにそうかもしれません。こういう仕事をしていると人間関係が狭くなりがちなんですよ。他業種の方に興味がありまして」

礼儀正しく、言葉遣いも丁寧だ。ますます好感度がアップした。田村は言う。

「ほかの仕事に興味を持つのは悪いことではないが、俺たちとはあまり関わり合いにならない方がいい。もう二度と顔を合わせることもないだろうしな」

市谷の一時保護施設に送り届ければ、それで仕事は終わりだ。あとは彼の誘拐を依頼した親方が引きとりにくることだろう。

「お待たせいたしました」

ドアが開き、料理が運び込まれてくる。まずはエビピラフとドライカレーと焼きそばが二人前ずつ。それからも続々と料理が運ばれ、すぐにテーブルの上は料理で埋め尽くされた。浜乃風はそれらの料理を一品ずつ淡々と食べていく。見事な食べっぷりだ。

「健さん、俺、払えないっすよ」

「皿でも洗うんだな」

瞬く間に浜乃風はすべての料理を食べ終えた。食器も綺麗でご飯粒一つ残っていない。店員を呼び、空いた食器を下げてもらう。そろそろ出ようかというところでスマートフォンに着信が入る。直子からだ。

「タムケン、今どこ？」

「飯食ってる。あと十五分で市谷だ」

「テレビ観られる？　チャンネルは……」

液晶テレビにはカラオケのコマーシャルが流れていた。このテレビでは通常の地上デジタル放送は観られないらしい。バッグからタブレット端末を出して、すぐに直子がいったチャンネルを選択する。

『風岡さん、ちょっとお話を聞かせてください。大関が失踪したというのは本当でしょうか？』

マイクを持ったレポーターの声だ。そのマイクは一人の女性に向けられていた。着物を着た五十代くらいの女性だ。田村はその女性を知っている。浜乃風の母親、風岡恵子《けいこ》だ。大関昇進会見のときに一緒に取材に応じていた姿は記憶に新しい。

『風岡さん、お願いします。少しお話を聞かせてください』

レポーターの声に困惑したように風岡恵子は顔をしかめている。田村はちらりと浜乃風の顔を見た。険しい顔で田村の持つタブレット端末を目にしている。自分の失踪の発覚より、母親がマスコミの餌食《えじき》になることに怒りを覚えているようだった。内心は腸《はらわた》が煮えくり返っているかもしれない。

風岡恵子は無言のままマンションのエントランスに駆け込んでいった。

「誰かがマスコミにリークしたのね、きっと」電話の向こうで直子が言った。「そっちは大丈夫？　尾行なんてされていないでしょうね」

「俺を誰だと思ってる」

「とにかく彼の居場所がマスコミに知れ渡ったら厄介よ。タムケン、気をつけて」

通話は切れた。念のため外に不審な車が停まっていないか、確認しておく必要がある。田村は根本に命じ、確認に向かわせた。

「あの、教えてください」と浜乃風が言う。「どのくらい今の状態が続くんでしょうか？」

「さあな。それは俺のあずかり知らぬところだ」

そもそもの発端は浜乃風と彼の師匠である浜乃海親方との対立だと聞いている。何が原因か知らないが、浜乃風は部屋から失踪した。親方との対立原因がクリアにならない限り、この問題は解決しないだろう。

「これから僕が向かう場所ですが、運動はできますか？」

「できないことはないが、まあ激しい運動は無理だろうな」

「この二日間、満足に稽古ができていません。お願いします、健さん」

根本が言っているのを耳にしたのだろうか。標的に名前を知られてしまったのは不本意だが、あの浜乃風に名前で呼ばれるのはどこかこそばゆい。

「宿泊場所は稽古ができるような場所にしてもらえると有り難いのですが」

今は六月中旬だ。来月から名古屋場所が始まる。五月場所は勝ち越したが、中日《なかび》を待たずに優勝争いから脱落した。大関に昇進してちょうど半年、浜乃風にも期するものがあるのかもしれない。

「任せておけ」

思わずそう返事をしている自分に驚く。だがまあ今回は特別だ。相手はあの大関浜乃風なのだから。


「うわあ、本当に浜乃風じゃないか。いや驚いた」

パンサー斉藤は浜乃風の巨体を見て、目を見開いた。飯田橋にある総合格闘技のジム〈パンサージム〉に来ていた。ここは田村が仕事がないときはほぼ毎日通うジムで、会長である元プロレスラーのパンサー斉藤に無理を言い、一晩使わせてもらうことにしたのだ。

「会長、すまないね」

「いいって、タムケンさん。さっきテレビで見たけど、いろいろ大変みたいじゃないか。この騒ぎの中、稽古をしたいっていうのが素晴らしいよ。大関になるだけのことはあるね」

パンサー斉藤は元プロレスラーであるため、力士に対して共感するものがあるのかもしれない。

「自由に使ってよ。鍵は棚の上に置いておくから。大関、頑張ってね」

そう言ってパンサー斉藤はジムから出ていった。ジムは毎日午後一時に開くことになっている。今夜と明日の午前中はみっちりと稽古に専念できるはずだ。根本にはコンビニに買い物に行かせている。

「こういうところで稽古するのは初めてなので、ちょっとテンション上がります」

浜乃風はそう言って十キロのダンベルを軽々と持ち上げて、嬉しそうに上げ下げしていた。無邪気な子供のような顔だった。

「大関、もしよかったら教えてくれないか？　何が理由で部屋から逃げ出したんだ？」

しばらく浜乃風は無言でダンベルを上下させていたが、やがてそれを床に置き、近くにあったベンチに座った。彼が座るとベンチがやけに小さく見えた。

「親方は僕にとって父のような存在でした。僕が小さい頃からよく可愛がってもらいました」

相撲ファンの田村はそのあたりのエピソードについてよく知っている。しかし田村は黙って話を聞いていることにした。

「親方は僕の死んだ父と同じ相撲部の同期だったんです。父が交通事故で死んだとき、僕はまだ四歳かそこらでした。父が死んで以降、親方は僕たちに何かと目をかけてくれました」

浜乃風の父の死因については公表されていないが、交通事故だったというのがネット上の噂だった。噂は本当だったというわけだ。

「相撲を始めたのも親方の影響ですね。僕が幼い頃、親方は大関として活躍してました。それを見て相撲を始めたんです。母も応援してくれました」

浜乃風がマスコミ受けする要因として挙げられるのが、母一人子一人という家族構成だ。女手一つで息子を育て上げ、息子も母の期待に応じて力士となる。そのサクセスストーリーの裏に秘められた母と子の物語に人々は魅了されているのだった。さらに死んだ父の友人だった浜乃海親方の尽力。マスコミが放っておかない美談のオンパレードだ。

「入門してからも親方にはお世話になりっ放しです。相撲の技術的な指導はもちろん、プライベートの部分でも相談に乗ってもらっていました」

高校を卒業したばかりの若者が角界に入るのだ。力士である前に人としてどうあるべきか。それを教えてくれたのが浜乃海親方だった。文字通り育ての父と言ってもいい存在だ。

「一週間くらい前でした。大事な話があると親方の部屋に呼ばれました。そろそろ身を固めないか。そう言って一枚の写真を手渡されたんです」

お見合い写真だったという。後援会長の娘だった。浜乃風の後援会長は遠藤《えんどう》という男で、都内で焼肉店を数店舗経営している実業家だった。彼の娘とはパーティーなどでも顔を合わせたことがあり、知らない仲でもないらしい。

「断りましたよ。まだ結婚は早いと思いますし、仮にするなら相手くらい自分で探します。でも親方は結婚しろの一点張りで、そのうちギクシャクし始めてしまって……」

二日前の稽古のあとに、またその話になった。結婚しろ。力士は早いうちに身を固めた方がいい。その繰り返しに辟易し、遂に反論してしまった。そして口論になり、浜乃風は部屋を飛び出した。

「親方には感謝してます。反論してしまったことは反省してます。あんなに面倒をみてくれた恩人なので」

「結婚すればいいだろ」田村はごく率直な感想を口にする。「結婚が早い方がいいというのは間違ってはいないと思うけどな。その後援会長の娘だが、もしかしてブスなのか？」

「いえ、可愛いです」

「だったら問題ないだろ」

「そうなんですけどね……」

その煮え切らない態度が面白い。土俵上で見せる精悍《せいかん》な顔つきが嘘のようだ。ファンやマスコミにチヤホヤされても、二十四歳の若者であることに変わりはない。

「ただいま戻りました。健さん、マジ重くて死にそうですよ」

根本がジムの中に入ってくる。ペットボトルの飲み物やパンを大量に買ってこいと命じたのだ。根本は買ってきた袋を床に置いた。

「大関、ここでゆっくり休んでくれ。この場所はマスコミに嗅ぎつけられることもない」

「何から何までありがとうございます」

田村はジムを出た。一応周囲に目を光らせる。怪しい車は停まっていない。駐車場に停めたライトバンに乗り込むと、根本が助手席に座りながら言った。

「健さん、実は浜乃風のファンなんですね」

じろりと根本の顔を一瞥《いちべつ》し、田村は無言でエンジンをかけた。

まだ仕事は終わりではなかった。いや、仕事という意味では浜乃風を誘拐した時点で終わっていた。サービス残業とでも言えばいいだろうか。

時刻は深夜零時になろうとしている。田村は江東区《こうとうく》北砂《きたすな》の十二階建てのマンションの前にいた。助手席には根本の姿もある。このマンションには浜乃風の母、風岡恵子が住んでいる。さきほど見たニュースでレポーターに追われて彼女が駆け込んでいった建物だ。今はマスコミの姿は見えなかった。マスコミの連中も働き方改革とかで日付が変わる前に撤収したのかもしれない。

「健さん、ネットでニュースになってますよ、浜乃風の失踪。稽古の方針を巡って親方と対立してるって書いてあります」

マスコミはまだ真実に辿り着いていないようだ。親方から強引にお見合いを勧められたことが両者の対立の原因だが、田村には腑に落ちない点があった。浜乃海親方が浜乃風の意に反したお見合い話を勧めるはずがないと思うのだ。

幼い頃から父親代わりで浜乃風の面倒をみてきたとされている浜乃海親方。そんな親方だからこそ、浜乃風の意思を第一に尊重するのではないか。

ではなぜ親方は浜乃風にお見合い話を持ちかけたのか。相手は後援会長の娘だと聞いている。相撲部屋というのは後援会のバックアップなくしては成り立たないものであり、後援会長の意見には耳を傾けなくてはならないという理屈はうなずける。しかし部屋の出世頭の結婚相手なのだ。いくら後援会長の娘といえどもそう簡単に決められるものではない。

「健さん、ここで張ってて何か意味があるんですか？」

「帰りたきゃ帰っていいぞ」

「健さんが帰るまで帰りません」

母親のマンションを見張る。確証があっての張り込みではない。しかし可能性はゼロではないと思った。さきほどテレビで一瞬だけ見た風岡恵子の表情は、何かを知っていそうな顔つきだった。

根本はスマートフォンに目を落としている。ゲームでもやっているのかもしれない。不思議なことにこの男とコンビを組むようになってから、一筋縄ではいかない仕事ばかり引き受けているような気がする。もっとも今回の場合は田村の相撲好きが高じて、半ば強引に首を突っ込んでいるわけなのだが。

「お前、普段は何をしてるんだ？」

考えてみれば根本とあまりプライベートな話をしたことはない。彼がどこに住んでいるのか、どんな仕事をしているのか、そういったことはまったく知らなかった。根本はスマートフォンから目を離さずに答えた。

「特に何も」

「ほかに仕事をしてないってことか。よく食っていけるな」

彼はまだ見習いのため、一人で誘拐の仕事を任せられることはない。その稼ぎは微々たるものだと思われた。

「僕、こう見えても十年ほど商社に勤めていたんです。その退職金と貯金があるので、今はそれで生活してます」

商社勤めを辞めてまで、この男は誘拐屋になろうとしている。人に歴史ありという言葉通り、この男にも胸に抱えたものがあるようだが、プライベートを詮索しないのはこの業界のルールでもある。

「でも浜乃風、本当に偉いですね。今どきあんな若者珍しいですよ」

根本がそう言った。半分涙声だった。根本のスマートフォンを覗き込むと、そこには浜乃風の写真が見える。ネットで彼のこれまで歩んだ半生を調べたようだ。

「特にこの二人三脚のエピソード、本当に泣けます」

有名な話だ。浜乃風が小学生だった頃の話だった。運動会で母と二人で二人三脚に参加したはよかったが、当時から体格がよかった浜乃風は母親とうまくバランスをとることができず、結局最下位の成績だった。それに浜乃風親子は二人で悔し涙を流したというものだ。

「幼い頃にお父さんを亡くしているんですね。お母さんも立派です。健さんのご両親はどういう方ですか？」

答える義理はないし、答えたくもない。裏社会の人間というのは誰しも人に言いたくない過去を抱えているものだ。黙っていると田村の目にヘッドライトの光が飛び込んできた。

一台のワンボックスワゴンが走ってきて、田村たちが乗るライトバンの前方に停車した。「隠れろ」と短く言い、田村はシートを後ろに倒した。根本も同じようにシートを倒して横たわる。田村は顔を出してワゴンを観察した。

ワゴンにしばらく動きはなかった。中から周囲の様子を窺っているのは明らかだった。やがてマスコミは見張っていないと判断したのか、後部座席から人影が出てくるのが見えた。巨大な人影だった。

「ここに待機してろ」

そう言い残して運転席から降り、田村はマンションに向かって駆け出した。エントランスから中に入ったところでその背中が見えた。オートロックのタッチパネルの前に一人の男が立っている。おそらく特注のスーツ。浜乃海親方だった。

「だ、誰だ？」

親方が訊いてくる。その目には不審の色が浮かんでいる。弟子の失踪がマスコミに嗅ぎつけられたのだ。部屋は当然マスコミが見張っているはず。ここまでやってくるのも一苦労だったに違いない。

「申し訳ないが名前は言えない。あんたの可愛い弟子を預かっている者と言えばわかるだろうか」

本来であれば身柄を引き渡したいところだが、この騒ぎでそれもできなくなってしまっている。浜乃風はしばらく身をひそめているのが賢明だろう。

「達哉は……いや、大関はどこだ？」

「今は都内の安全な場所にいる。ところで浜乃風の母親に何の用だ？」

親方は答えない。元大関だけあって貫禄《かんろく》のある体つきだが、今は覇気が失われてしまっているように見える。一連の騒動で憔悴《しょうすい》しているのだろうか。

「この騒ぎの中、あんたはわざわざここにやってきた。マスコミにバレる可能性もあったはずだが、その危険を顧みずにここを訪れた。あんたにとってよほど大事な人間がこのマンションに住んでるということだな」

親方は周囲を見回し、低い声で言った。

「本当に大関は無事なんだな」

「無事だ。俺は嘘はつかない」

「わかった。信用しよう」

そう言って親方がオートロックのタッチパネルのボタンを押すと、自動ドアが音もなく開いた。

「あの子は……あの子は無事なんですね？」

着物を着た女がそう訊いてくる。浜乃風の母親、風岡恵子だ。田村は素《そ》っ気《け》なく答えた。

「無事だ」

「よかった。本当によかった」

マンションの一室に案内された。割と広めの部屋だった。風岡恵子は苦労して息子を育てたと聞いている。今は息子も大関となり、金銭的にも楽な暮らしをしているようだ。

「で、二人の関係は？」

田村がそう訊くと、風岡恵子は隣を見た。そこには浜乃海親方が座っている。額の汗をハンカチで拭きながら親方は弁明する。

「違うんだ。私と彼女は、そんな……」

「いいんですよ、親方。はっきり言った方がいいと思います」

風岡恵子がきっぱりと言った。田村の経験上、こういうときは男よりも女の方が腹をくくるものだった。

「親方には昔からよくしてもらいました。死んだ主人と同級生でした。女手一つで息子を育てていくのは大変でしたし、特にあの子が相撲を始めてからは、親方には何かと面倒をみてもらいました」

だが、決して一線を越えることはなかったという。浜乃海親方には妻がいた。子供はいないようだが、今年で結婚して二十年目らしい。

「妻とは離婚協議中なんだ」今度は親方が話し出す。「去年から関係がギクシャクしていてね。向こうに男ができたんだと思うが、そのあたりのことを詳しく知るつもりはない。順調に行けば十一月の九州場所までには何とかなるかもしれない」

「親方の言う通りです。付き合い始めたのはつい最近のことです」

嘘を言っているようには見えなかった。まあ二人とも五十を超えたいい大人なので自分の行動には責任をとれる年齢だ。問題はそこではないので、田村は本題に入る。

「あんたたちは慎重に関係を続けていたはずだが、それに気づいた人間がいた。違うか?」

二人は顔を見合わせた。目と目を合わせるだけで互いの意思を確認できる。そこに二人の親密さを感じとれた。口を開いたのは親方だった。

「おっしゃる通りです。離婚が成立するまでは彼女とのことは内密にするつもりでした。私どもがお忍びで通う小料理屋があるんですが、そこで目撃されてしまったんですよ」

「後援会長だな」

「どうしてそれを……」

「ただの勘だ」

今回の浜乃風の失踪の原因は、親方が突然見合いを勧めたことだ。相手は後援会長の娘。そこに何かあると勘繰《かんぐ》るのは当然のことだ。

「小料理屋でたまたま二人でいるところを後援会長に見られてしまいましてね。すぐに彼は私たちの関係を疑ったらしいです。それからしばらくして会食がありました。二週間ほど前のことで、参加者は私と彼女と後援会長の三人だけでした。その席で会長が言ったんです。できれば浜乃風とうちの娘の縁談を進めてくれないか、とね」

もし断るようなら二人の関係を言い触らしてもいいんだぞ。言葉にこそ出さなかったが、そういうニュアンスは伝わってきたらしい。二人は相談のうえ、お見合いの話を浜乃風に持ちかけた。

「あいつにとっても悪い話じゃないと思ったんですけどね。後援会長の娘さんは大手不動産会社に勤めていて、器量も悪くない。力士としても身を固めるのは早い方がいい。ところが……」

浜乃風が予想以上に反発した。話し合いは平行線を辿り、そして遂には激しい口論にまで発展してしまい、浜乃風は部屋を飛び出してしまった。

「あの子の人生です」ずっと黙っていた風岡恵子が口を開く。「あの子の結婚相手を私たちが決めることはできません。やはり私が身を引くしかないのかもしれませんね」

つまり別れると言っているのだ。それを聞いた親方が言う。

「ちょっと待ってくれ。何も私たちが……」

「それしか方法はないわ。あの子に結婚を無理強いするわけにはいかないもの。それにあの子、もしかしたら好きな子がいるのかもしれないわよ。母親の勘ね」

やれやれ。田村は内心溜め息をつく。浜乃風は大人たちの色恋沙汰に巻き込まれているだけなのだ。将来の横綱候補にあらぬ気苦労をかけていることにどうしてこいつらは気づかないのか。

「話はわかった。大関の身柄は明日中に引き渡されることになるだろう」

田村はそう言って立ち上がる。親方たちが何か言っていたが耳を貸さず、風岡恵子の部屋から出た。エントランスから外に出たところで、一台の車が走ってくるのが見えた。黒いワンボックスカーだ。

その車は田村のライトバンの隣に急停車した。中から降りた黒い人影がライトバンの助手席に手をかける。田村は走り出していたが、ライトバンまでの距離は二十メートルほど離れている。

助手席から根本が引き摺り下ろされるのが見えた。あの馬鹿、鍵をかけてなかったのか。根本はワンボックスカーの後部座席に押し込まれ、そのまま車はタイヤを鳴らして発進した。

田村は唇を嚙む。だからコンビなど組みたくないのだ。何の抵抗もせずに誘拐される誘拐屋など聞いたことがない。

深夜の二時。田村はライトバンを運転している。長い夜だ。

さきほど三宅兄弟の弟から電話があった。三宅兄弟というのは田村と同じ誘拐屋だ。無口な兄とお喋りな弟というコンビで、以前一度別件で顔を合わせたことがある。以下、そのやりとり。

「タムケンだな」

「そうだ」

「あんたの相棒を預かった」

「俺は相棒だと思っちゃいないが」

「浜乃風、あんたが匿《かくま》ってんだろ。実は俺たちも浜乃風を探してんだ」

「今回は俺の方が早かったな」

「それについては認める。で、提案なんだが、あんたの相棒と浜乃風を交換しないか？」

「それはできない相談だな」

「とにかく一度話そうや。今から言うところに来てくれ。場所はな……」

　というわけで、こんな夜遅くに車を走らせる羽目《はめ》になってしまったのだ。三宅弟が指定してきたのは品川区内にあるファミレスだった。駐車場にライトバンを停める。店の中に入ると、深夜だが半分ほどの席が埋まっていた。若者が多い。

「こっちだ」

　窓際の席で手を挙げている男がいた。三宅兄弟の弟だ。青い作業着のような服を着ている。兄も一緒だった。近くにいた店員にコーヒーを注文してから、田村は二人が待つテーブル席に向かった。

「あれ？　相撲とりは連れてこなかったのか？」

　三宅弟が言う。二人ともクリームソーダを飲んでいる。田村は答えた。

「連れてくるわけないだろ。そっちこそ根本はどうした？」

「駐車場の車の中にいるよ。今は眠ってるんじゃないか。なあタムケンさん、さっきの取引、真剣に考えてくれたか？」

　同じ標的を誘拐屋同士がとり合う。カブるという表現を使うのだが、三宅兄弟とカブったのはこれで二度目だ。因縁浅からぬ同業者と言えるだろう。

　運ばれてきたコーヒーを一口飲んだ。三宅兄弟は落ち着いている。二人ともかなりの場数を踏んでいる誘拐屋だ。業界での評判もいい。俺の次くらいに。

「あんたの相棒、大丈夫か？　さっきまでずっと泣いてたぞ」

「だから相棒じゃないと言ってるだろ」

「浜乃風、どこに隠してる？」

「そいつは教えられないな」

すでに駆け引きは始まっている。今回に関しては浜乃風を渡すつもりは毛頭ない。三宅兄弟にしても同じだろう。一度請けてしまった仕事をキャンセルするのは誘拐屋の面子《メンツ》に関わる問題だ。

「悪いんだが」田村はコーヒーカップを脇にどけて言う。「今回は引くつもりはない。いくら金を積まれても俺は下りない。となると下りるのはお前たちだ」

田村は浜乃風の将来を真剣に考えていた。思えば誰かの将来を真剣に考えたことなどこれまでの人生で一度もなかったかもしれない。しかしあの若者は違う。相撲界の未来を担《にな》って立つ存在なのだ。

「俺たちだって下りる気はねえ」

「だとしたら早いもの勝ちだ。先に身柄を押さえたのは俺だ」

「だったらあのノロマの命をもらってもいいんだな」

根本を連れ去られたのは痛恨のミスだった。あれがなければ三宅兄弟に首を突っ込まれることもなかったはずだ。しかし田村も手をこまねいていたわけではなく、きちんと手は打ってある。懐から封筒を出し、それをテーブルの上に置いた。

「これを見てくれ」

三宅弟が封筒をとり、中から一枚の紙を出してそれを広げる。兄の方も覗き込むようにして紙に目を落とす。二人の顔つきが変わるのがわかった。

「この件から下りてくれるのであれば、そのツアーの手配をしてやってもいい」

「マジかよ、あんた……」三宅弟が興奮気味に言う。「ど、どうやったらこんなチケット手に入れられるんだよ。しかも往復ビジネスクラスじゃんか。信じられねえよ」

フィロキセラというヒップホップアーティストのライブチケットだ。二人がフィロキセラを崇拝していることは前回会ったときに知っていた。二週間後にフロリダ州マイアミでおこなわれるフィロキセラのライブチケットと現地ホテルの宿泊代、及び往復の航空チケットだ。直子に無理を言い、何とか手配してもらったものだ。かなりの出費だが、半分は組織が出してくれることで話がついた。三宅兄弟には恩を売っておくべきだと組織も判断したのかもしれない。

三宅兄弟は顔を寄せ合って小声で話し合っている。しばらくして結論が出たらしく、三宅弟が言った。

「取引成立だ。俺たちは下りる。この件には手を出さない」

「助かる」

「それにしてもこんなレアチケット、よく手に入ったな。しかもマイアミまでの往復ペア航空チケットまで」

「せいぜい楽しんできてくれ」

二人はとても嬉しそうだ。普段は寡黙な兄まで笑顔を浮かべている。よほど嬉しいのだろう。

「ところで話は変わるが」田村はコーヒーを一口飲んでから二人に訊いた。「お前たちに依頼したのは誰だ？　できればそれを教えてくれると嬉しい」

答えたのは三宅弟だった。

「百地会《ももちかい》だ」

意外だった。百地会は渋谷を縄張りとする指定暴力団だ。なぜ百地会が浜乃風の誘拐を画策したのだろうか。その疑問に答えたのも三宅弟だった。すでにこの一件から下りると決めたので、どうでもよくなったのかもしれない。

「俺たちに接触してきたのは百地会の幹部だ。だが実際に誘拐を依頼したのは別の男だぜ」

　百地会の幹部と面会したのは百地会の事務所近くの喫茶店だったらしい。その幹部は一人で来て、今回の仕事を依頼した。

「俺たちが座ってる斜め前の席に一人の男が座ってた。やけにこっちを気にしてる男でな、すぐにピンと来たよ」

　その男が本来の依頼人であり、伝手を頼って百地会の幹部に浜乃風の誘拐を依頼した。しかし人任せにするのが頼りなく思ったのか、誘拐屋との交渉の場を隠れて見守っていたのではないか。それが三宅弟の推測だ。

「その男だが、どんな男だった？」

　田村は訊くと、三宅弟は笑みを浮かべて答えた。

「俺たちは依頼人を必ず撮影する。昔、痛い思いをしたからな」

「ほう、いい心がけだな」

　かつて誘拐の仕事を引き受けたものの、そのまま報酬を払わずに逃走した依頼人がいたという。それ以来、三宅兄弟は交渉の場に行くのは弟で、兄は離れた場所からこっそり写真を撮ることにしているようだ。何かあったときの保険として。田村は組織からの仕事を受けているため、そういう苦労はしたことがない。個人でやるのも何かと大変そうだ。

「これがその写真だ」

渡されたスマートフォンには強面《こわもて》のいかにもヤクザといった男が写っている。この男が百地会の幹部だろう。

「斜め後ろにいるだろ。少し太った中年の男。多分そいつが依頼人だぜ」

たしかに中年男性が座っているのが見えた。男の素性に心当たりはまったくない。なぜこの男は浜乃風の誘拐を依頼したのだろうか。

「この画像、送ってくれると助かる」

「任せておけ」

店を出ることになった。会計は割り勘にした。駐車場へ出て三宅兄弟のワンボックスカーに向かう。三宅弟が後部座席のドアを開けると、そこには根本翼が座っている。ガムテープを口に貼られ、手足も拘束されていたが、平和な顔をして眠っていた。

助手席で寝ていた根本が目を覚ましたのは、田村が車を出してしばらくしてからだった。田村は前を向いたまま言う。

「誘拐屋が誘拐されてどうする？」

「すみません」

根本はしおらしく謝った。ただしあまり根本を責めることはできない。相手は三宅兄弟だ。これまでに数多くの仕事をこなしてきたベテランなので、彼らに狙われたらどれほど注意力のある人間でも逃げ切ることは困難だ。

時刻は午前二時三十分を回っている。田村はこのまま飯田橋のパンサージムに向かうつもりだった。一人残してきてしまった浜乃風のことが心配だった。まあ時間も時間だし、彼も眠りに就いていることだろうが。

「健さん、どういう取引をしたんですか？」

根本が訊いてくる。気になるのは当然だろう。誘拐され、根本もあの兄弟の人となりを知ったはずだ。そう簡単に解放するわけがないと根本もわかっているのだ。

「政治的取引ってやつだ。お前が気にするようなことじゃない」

「でも……」

「お前は見習いだ。もっと俺が気をつけるべきだった」

浜乃風の実の母親、風岡恵子と浜乃風の師匠、浜乃海親方が恋愛関係にあった。さらに二人の密会現場を後援会長に目撃され、親方はそれをネタにされ、強制的な見合い話を進めざるを得なかった。それが現時点でわかっていることだ。

「家、どこだ？」

「えっ？　僕の家ですか？」

「当たり前だ。送っていくから場所を教えろ。どのあたりだ？」

「結構です。自分で帰るので」

「帰るっていっても電車は終わってるぞ」

「大丈夫です。タクシー拾うので」

「タクシー拾うくらいなら、俺が……」

「いいです。停めてください」

強い口調で言うので、田村はブレーキを踏んでライトバンを減速させた。ハザードランプを出して路肩に停車する。

「本当にいいのか？」

「ええ。大丈夫です」

もしかして自宅の場所を知られたくないのではないか。そんな想像が脳裏をよぎるが、自宅の場所を秘密にする理由が思いつかなかった。ただ、考えてみればこの根本翼という男のことをあまり知らないことに改めて気づかされた。住んでいる場所も知らなければ、家族構成やその生い立ちなど、何一つ知らない。知っているのは携帯番号くらいだ。

しかし本人が嫌がるのであれば余計な詮索をしないのがこの世界の流儀でもある。

「この後、早い時間から動いてもらうことになる。仮眠程度だと思ってくれ」

「僕、誘拐されてずっと眠ってたんで大丈夫です。それじゃ」

根本がそう言ってライトバンから降りた。田村は再びライトバンを発進させる。バックミラーに映る根本は身動きもせずにずっと田村の車を見送っていた。


騒々しい音で目が覚めた。時刻は午前六時前。三時間も眠っていない。場所は飯田橋にあるパンサージムのロッカールームだ。

ジムに向かうとそこには浜乃風の姿が見えた。下は短パン、上半身は裸だ。柱を突いている。鉄砲という稽古だ。大関の背中にはうっすらと汗が滲んでいる。

「すみません、起こしてしまいましたか」

田村の存在に気づき、浜乃風が小さく頭を下げた。田村は答える。

「構わない。続けてくれ」

ベンチに座り、浜乃風の稽古を眺める。至福の時間だ。目の前で大関浜乃風が稽古をしており、それを独占して眺めていられる。これほど幸せな時間はそうはない。

スマートフォンに着信が入ったので、田村は電話に出た。かけてきたのは浜乃海親方だった。さすが相撲部屋の親方だけあり朝が早い。向こうも騒々しいので、おそらく朝稽古の最中だろうと思われた。

「昨夜はどうも」そう言ってから親方は早速本題に入る。「送ってくれた画像を確認した」

三宅弟から送られた画像を親方に転送したのだ。浜乃風の誘拐を百地会に依頼した中年男性とはいったい誰なのか。

「で、知ってる顔だったか？」

「ああ。後援会長の遠藤だ」

「なるほどな。そういうことか」

自分の娘と浜乃風を結婚させようと画策していた黒幕だ。そのために浜乃海親方の弱みにつけ込んだ。さらには失踪中の浜乃風の身柄を確保するため、暴力団を通じて誘拐屋を雇ったというわけか。

「親方、聞いてくれ」田村は説明する。「後援会長の斜め前に座ってる男がいるだろ。そいつは簡単に言うとヤクザだ。反社会的勢力ってやつだな。後援会長を黙らせたいなら、その画像を見せてやるといい」

「わかった。そうさせてもらう。先代から世話になっていたんだが、最近の彼の横暴ぶりには辟易していてね」

パーティーを我がもの顔で仕切り、所属力士に対して自分の部下のように接する。彼の父親は人格者として知られていたが、その息子である現後援会長の評判はすこぶる悪いらしい。

「助かった。恩に着る」

通話は切れた。浜乃風は四股を踏んでいる。また電話がかかってくる。今度は根本からだった。

「健さん、僕です。根本です。健さんの相棒の根本翼です」

「自己紹介はいい。何かわかったのか？」

「ええ、わかりました」

根本は東中野に行っている。昨日まで浜乃風が潜伏していたアパートの住人、岡野に話を聞くためだ。浜乃風とは高校の同級生という話だったが、大関クラスになればもっと別の潜伏先を見つけることもできたのではないかと疑問を覚えたのだ。昨日入った東中野のアパートの部屋は狭く、お世辞にも快適とは言い難い環境だった。

「健さんの読み通りでした。同じ相撲部だったみたいですけど、頻繁に連絡をとり合うような仲ではなかったみたいです」

高校卒業後、浜乃風はすぐに相撲部屋に入門した。同じ相撲部の仲間と距離ができても不思議はなかった。しかも今は大関だ。飲み会などに気楽に顔を出せる立場ではない。

「浜乃風はある人物の居場所を知りたがっていたみたいです」

「誰だ？」

「ええとですね……」

続けられた言葉を聞き、田村は腑に落ちた。やはり浜乃風も年頃の男の子だというわけだ。通話を切り、田村は浜乃風に目を向ける。すり足で移動していた。重心も低く、地を這う大蛇のようでもある。

しばらく稽古は続いた。それを見ているだけで楽しかった。午前七時になった頃、いったん稽古を中断して浜乃風がこちらに向かって歩いてきた。

「稽古を見るのがそんなに楽しいですか？」

「もちろん」田村は自分が笑みを浮かべていることに気づいた。「大関の稽古を間近で見られるなんて光栄だ。ところで大関、稽古が終わったら朝飯を食うんだろ。生憎ちゃんこ鍋は用意できないが」

田村はタブレット端末を出し、目当てのページを表示させてから浜乃風に見せる。

大手牛丼チェーンのメニューだ。

「注文すれば届けてくれるらしい。俺の奢りだ。好きなだけ食べてくれ」

「本当ですか。牛丼、大好きなんですよ」

そう言って浜乃風は少年のように純粋な笑みを見せた。彼の太い指がタブレット端末をさす。

「並盛でいいのか。遠慮しないでもっと……」

すると浜乃風は並盛の＋の表示を何度も押す。九回押したところでタブレット端末から指を離した。牛丼並盛十人前。さすが大関。何だか嬉しくなってくる。

「玉子をつけるか？」

「お願いします」

生玉子を十個追加し、注文の画面に遷移する。届け先を入力してタブレット端末をベンチの上に置き、浜乃風に言った。彼は二リットルのペットボトルの水を飲んでいる。

「大関、例の見合いの件だが、多分流れるはずだ。それに後援会長も交代する可能性が高い」

「何から何までありがとうございます」浜乃風が頭を下げる。裸の上半身には汗が滲んでいた。決して肥満体というわけではなく、ナチュラルに鍛えた感じが伝わってくる。「この恩は忘れません」

「忘れてくれ」

「そういうわけにはいきませんよ。何か僕にできることがあったら言ってください。どんなことでも結構です。僕にできることであれば、何でもやります」

「あまりそういうことは言わない方がいい」

「僕は本気ですから。期限はありません。何か要望があったら、いつでも言ってください」

田村は少し考えてから、大関の顔を見上げて言った。

「だったらお願いがある。牛丼を食ったらすぐに出発だ」

その保育園は練馬《ねりま》にあった。練馬北ひまわり保育園という名称だった。田村は保育園の前にライトバンを停車させた。助手席には根本、後部座席には浜乃風が巨体を小さくさせて座っている。

　浜乃風が怪訝そうな顔つきで窓の外を見た。フェンスの向こうは園庭になってい

て、園児たちが声を上げて走り回っている。

「ここはいったい……」

　恩返しとして何でもする。浜乃風がそう言ったから連れてきたのだ。田村は運転席

から降り、後部座席のドアを開けてから言った。

「大関、あんたに会わせたい人がいるんだ」

　浜乃風が降りてくる。その巨大な躰《からだ》はやはり目立ち、早くも園児の数人が浜乃風の

存在に気づいて歓声を上げた。保育園児でも相撲という競技を知っているらしく、そ

れが田村は嬉しかった。

「岡野に聞いたんだ」

　田村がそう言うと、浜乃風が反応する。「岡野君に？」

「今朝の話だ。根本が岡野のアパートを訪ね、話を聞いてきた」

　岡野の話によると、同期の中で角界入りしたのは浜乃風一人であり、さらに彼が一

気に出世してしまったことから、岡野たち同期は浜乃風に対して遠慮していた部分が

あったという。そういったことを浜乃風に伝えると、彼は少し淋《さび》しそうに言った。

「大関、着いたぞ」

「それは僕も感じてました。卒業直後には何度か集まりに誘ってもらっていたんですけど、稽古が大変だったので誘いを断ってしまったんですよ。成人式にも行けなかったし、そのうち誘われることもなくなりました」

「だが大関は岡野のアパートを訪ねた。あんたなら豪華なホテルに泊まることもできただろうに、交流が途絶えている旧友の元を訪ねた。それはどうしてだ？」

浜乃風は答えなかった。園児たちがこちらに向かって押し寄せている。園児たちの目当てはもちろん浜乃風だ。フェンス越しに手を伸ばしてくる園児もいた。

「大関、手を振ってやったらどうだ？」

田村がそう言うと、浜乃風が照れたように園児たちに向かって手を振った。すると園児たちは興奮したように歓声を上げる。園児ども、この雄姿を目に焼きつけるがいい。

「すみません」そう言いながら近づいてきたのは初老の男性だった。「あの、浜乃風関ですよね。私、この保育園の園長をしております。いつも応援しています」

騒ぎを聞きつけた園長がやってきたようだ。これは都合がいい。田村は園長の肩に手を回し、小声で言った。

「保育士を探してる。名前は鳥谷《とりたに》美幸《みゆき》。こちらに勤めてると聞いたんだが」

ヒントになったのは昨夜の風岡恵子の言葉だった。浜乃風に好きな子がいるのかもしれない。そう言っていたのだ。

「美幸ちゃんだったら」と園長は保育園の方に目を向けた。園児たちに囲まれるように数人の保育士が立っているのが見える。そのうちの一人を指でさして園長が言った。「あの子ですよ。あの子が美幸ちゃんです。おーい、美幸ちゃん。ちょっとこっちにおいで」

ご丁寧にも園長は鳥谷美幸なる保育士を手招きしてくれる。園長の声に気づいた保育士がこちらに向かって歩いてくるのが見えた。可愛らしい感じの女で、メガネをかけていた。髪を後ろで一つに束ねている。浜乃風が声を震わせて言う。

「け、健さん、まさか……」

「そうだ。あの子が鳥谷美幸だ。大関が探してたクラスメイトだよ」

岡野から聞いた話だ。三日前に突然浜乃風は訪ねてきた。急な来訪に驚くも岡野は旧友との再会を嬉しく思い、夜通し昔話に花を咲かせたらしい。大関がしきりに知りたがっていたのは高校時代の旧友たちの現在の近況で、中でも気にしていたのが鳥谷美幸のことだった。彼女と浜乃風は小学校から高校までずっと一緒で、バレンタインに鳥谷美幸がチョコを渡したこともあったらしい。

しかし残念ながら岡野も彼女の近況についてほとんど知らず、仲間たちにメールで聞いたようだった。昨夜、その知らせを持って帰宅したところ、田村たちに遭遇したというわけだ。

「大関、あんたは見合い話を持ちかけられ、このままだと本当に結婚させられてしまうと焦った。そこで思い出したのが彼女のことだったんだ」

鳥谷美幸がフェンスの近くまでやってきた。フェンスの高さは大人の胸のあたりまであるが、こちら側に立つ浜乃風は簡単に乗り越えてしまえそうだ。それでも二人はフェンス越しに見つめ合っている。

「お久し振りです」

彼女が小さく頭を下げると、浜乃風も照れたように言う。

「お、お久し振りです」

「凄い活躍だね。テレビで応援してるよ」

「あ、ありがとう」

このままでは話が先に進みそうにない。彼女も仕事中であり、あまり長時間拘束できない。園児たちは浜乃風の巨体を見上げて喜んでいる。田村は浜乃風の隣に立ち、鳥谷美幸に向かって言った。

「悪いんだが時間がない。今月のどこかで大関と二人きりで食事をしてくれ。いつなら空いてる？」

鳥谷美幸はキョトンとした目でこちらを見ている。田村は続けて言った。

「いつなら空いてる？　たとえば来週あたりはどうだろうか」

「ら、来週だったら週末は大丈夫です」

「決まりだな。大関、来週末どうにかして予定を調整してくれ」そう言いながら田村は鳥谷美幸に一枚の紙片を手渡した。「ここに大関の電話番号とアドレスが書いてある。今後は自分たちでやりとりしてくれ。ガキじゃあるまいし、そのくらいはできるだろ」

「は、はい。ありがとうございます」

「では俺たちはこれで」

田村は浜乃風の肩をポンポンと叩いてからライトバンに戻った。しばらく待っていると浜乃風が後部座席に乗り込んでくる。彼が乗っただけでその重さで車体の重心が後ろに移動するのをはっきりと感じる。田村はエンジンをかけた。

「大関、手を振ってやれ」

窓の外では園児たちがこちらを見ている。鳥谷美幸の姿もある。浜乃風が手を振ると、園児たちは大きな歓声を上げた。

「本当にありがとうございました」

浜乃風が礼を言う。ライトバンは路肩に停まっていた。亀戸にある浜乃海部屋の近くだ。部屋の前には浜乃風失踪のニュースを聞きつけたらしく、十人くらいの報道陣が集まっている。

さきほど直子から連絡があり、浜乃風を部屋まで送り届けるように指示を受けた。これで仕事は終わりだ。浜乃風は失踪しておらず、知人宅に宿泊しただけである。さきほどマスコミ各社にそういう文面のファックスを送付したらしい。それでも暇なマスコミ連中はこうして部屋の前で待機している。ご苦労なことだ。

「別に礼を言われるようなことはしていない。俺は依頼された標的を誘拐し、指定された場所に送り届けただけだ」

「もう、会えないんですか？」

「多分な」

たった一日一緒にいただけだが、田村は普段は感じることのない淋しさを感じていた。こんなことは絶対に有り得ないことだが、誘拐の対象者が現役力士、しかも大関浜乃風ということもあり、いろいろとサービスをしてあげたのも事実だ。

「健さん、そんな淋しいこと言わないでくださいよ」助手席に座る根本が言う。その目はうっすらと涙で滲んでいる。まったくこの男は……。「せっかくこうして仲良くなったんです。僕、相撲あまり見ないですけど、今後は必ず見ます。浜乃風を応援します」

誘拐屋と相撲とり。絶対に交わることのない両者がこうして同じ車に乗っているというのは奇妙な縁だ。後部座席で浜乃風が話しだした。

「僕、高校卒業してすぐに部屋に入りました。とにかく強くなりたい。番付を上げたい。その一心でガムシャラに稽古に取り組んできました。気がつくと大関になっていたって感じです。とにかく稽古を優先させてきたんで、あまり相撲以外のことを知らないというか……。本当に昨夜から今までの経験っていうのが、僕にとって未知の世界で楽しかったです」

感傷的にならない。それが誘拐屋のルールだ。田村は素っ気なく言った。

「悪いが大関、さっさと降りてくれるか？　次の仕事が待ってるんだ」

浜乃風が後部座席のドアを開けた。降りようとしている浜乃風の背中に向かって根本が言う。

「健さん、つれないこと言ってますけど、本当は浜乃風関のことが大好きなんですよ。超がつくほどの相撲ファンで、しかも浜乃風関の大ファンなんですよ。これからも健さん、あなたのことをずっと応援し続けると思います」

「余計なことを言うんじゃない」

浜乃風がライトバンから降り、後部ドアを閉めた。その場で大きく頭を下げる。そして顔を上げた浜乃風は部屋の方に向かって歩き出した。

その存在はあっという間に気づかれてしまい、たちまち報道陣に囲まれた。それでも大関浜乃風は悠然とした足どりで歩いていった。報道陣の質問も無視しているようだった。部屋の前で立ち止まった浜乃風は、一度こちらに目を向けて会釈をしたのち、部屋の中に消えていった。

任務完了。田村はエンジンをかけ、車を発進させた。

エチケット5　飛んできたボールはよける

いつ頃か正確な時期は知らないが、この国では体罰というものがアウトになった。うさぎ跳びでさえ駄目になったらしい。教育者にとっては生きづらい世の中になったものだと田村は他人事のように思う。

たった数十年前まで常識だったことが、今や非常識だと言われる時代だ。たとえば田村が子供だった頃は運動中に水分を摂《と》ることはタブーとされていた。急に水を飲むと心臓が破裂するとか、そんなことまで言われていた。しかし今はどうだ。運動中はマメに水分を摂ることが推奨され、小学校の体育の授業でも給水タイムが設けられているという。カーリングに至っては試合中にスイーツまで食べている始末だ。運動中にスイーツ。まったく謎だ。

「酷い監督だと思わない？」

直子がそう言って千切ったナンにカレーをつけて口に運ぶ。場所はいつものように新宿のカレー屋〈kaddo〉。無口なインド人が営むその店は今日もほかに客はいない。

「私がこの子の親だったら絶対に抗議してたわよ」

彼女が見ているタブレット端末にはここ三日間ほど世間を騒がせている動画が再生されている。

何者かがスマートフォンで撮影した動画だ。どこかのグラウンドに青いユニフォームを着た少年たちが整列している。全員で二十人くらいはいるだろうか。少年たちの前には帽子を被りサングラスをかけた男が立っており、少年たちに何やら話しかけている。男の足元にはサッカーボールが転がっていて、少年サッカーチームの練習の一コマだとわかる。

監督が選手たちに向かって檄《げき》を飛ばしているようだ。やがて監督らしき男は背中を向け、数歩歩いた。指導が終わったものかと思われたが、次の瞬間、男は信じられない行動に出る。再び少年たちの方を向いた男は助走をつけ、地面に転がっていたサッカーボールを蹴ったのだ。

男の蹴ったボールは一番前の列に立っていた少年の顔面に当たった。ボールをぶつけられた少年はよろけるように倒れた。何が起こったのか理解できないのか、周囲にいる少年たちは戸惑ったように立ち尽くしているだけだった。動画はそこでぷつりと終わる。

この動画がネット上に公開されたのは三日前のことだった。すぐに話題となり、動画は拡散した。やがて問題となったチームの名称や男の名前も特定された。

〈三鷹東《みたかひがし》ジュニアＦＣ〉というのがチーム名で、ボールを蹴ったのはチームの監督である亀井日出雄《かめいひでお》という六十五歳の男性だった。長距離トラックの運転手として働いていたが、三年前からチームの監督に就任したらしい。

「で、今回の依頼は？」

田村が訊くと、直子が口の端についたカレーを舌で舐めながら答える。

「決まってるでしょ。炎上中の監督よ」

「なるほど」

田村は誘拐を生業《なりわい》としている。依頼された標的を誘拐するのが田村の仕事であり、この業界ではそれなりに名を知られている存在だ。

誘拐というのはれっきとした犯罪であるのは間違いなく、田村の仕事もそれなりにヤバい仕事であるのは疑いようのない事実だ。犯罪絡みの依頼も多いが、中には今回のように世間からバッシングを受けている者を一時的に世間から隔離するため、仕事を請け負うこともある。この場合、依頼してきたのは炎上している監督の家族、友人といったところだろう。

SNSが普及し、手軽に動画をアップできる時代になった。毎日のようにどこかで誰かが不適切な行為を動画にアップし、それが原因となって炎上――コメント欄に世間の非難が殺到し、それが原因となって生活に支障が出ている人間、企業が続出している。

「亀井って男だけど、自宅には帰っていないみたい。マスコミに押しかけられて大変らしいわよ。ちょうど大きな事件も起きてないし、ワイドショーでもずっととり上げられてるしね」

あまりテレビを観ない田村でも知っているくらいだから、かなり話題になっているということだ。三鷹東ジュニアFCは地元のサッカー少年団であり、その運営は保護者などのボランティアに支えられている。三鷹市内に本社がある食品加工会社がスポンサーとなっていて、実質的なオーナーという立場にあるようだ。すでに監督の亀井日出雄の更迭《こうてつ》は決まっているというが、その食品加工会社のホームページにも否定的な書き込みが寄せられているとの話だった。

「最近では年だからトラックの運転はしていなかったみたい。それでサッカーチームの監督を任せられたって話。調査部の報告によると、現在は勤めている運送会社の本社に寝泊まりしてるらしいわね」

じっと嵐が過ぎ去るのを待っているのだろうか。仮に今、弁明をしても火に油を注ぐのは明らかだった。

まあ簡単な仕事だな、と田村は楽観する。標的は素人であり、居所も見当がついている。早ければ明日中には何とかなるかもしれない。

「あ、言い忘れたけど、今回の仕事、根本君にも一緒にやってもらうから」

「断る」

「遅いわ。もう頼んじゃった」

根本翼。誘拐屋見習いの男だ。驚くほどの人情家で、得意技は同情の涙を流すことだ。簡単だったはずの仕事の難易度が高まったのを田村は感じた。いや、仕事自体は完遂できるはずだが、問題はその過程だ。あいつがいるといないとでは、仕事の流れが変わってくる。なぜか奴が関わると事態が変な方に向かっていく傾向があるのだ。

「そういうわけだから、よろしく」

直子は涼しい顔でそう言って、テーブルの上に封筒を置き、それをこちらに向かって滑らせた。中には組織が調べた対象者のデータが入っているはずだ。田村は小さく溜め息を吐きながら封筒を摑みとった。

「可哀想ですよ。こんなことされたらショックで人間不信に陥《おちい》っちゃうんじゃないすかね」

助手席に座る根本が言った。三鷹市にある運送会社の近くだった。時刻は夜の十一時を過ぎている。根本はさきほどからスマートフォンで例の動画を繰り返し見て、ボールを当てられた子供に同情している。その言葉はワイドショーの街頭インタビューを受ける主婦の感想と大差はない。

運送会社の事務所は二階建てになっている。すでに看板の電気は消えているが、事務所の二階の一室から光が洩れていた。亀井日出雄という男がこの事務所で寝泊まりしているのであれば、あの部屋にいるものと考えられた。ここに来る前に同じ三鷹市内にある亀井の自宅を念のため訪ねてみたが、そこには誰もいなかった。マスコミらしき車が一台、家の前に停まっていた。

「今のご時世、体罰って一発アウトじゃないですか。この亀井っておじさん、どうしてそれがわからないのかなあ」

侵入方法は考えてある。多少強引だが、窓ガラスを割って中に侵入し、二階で寝ているであろう、亀井日出雄を誘拐するのだ。音を立てずに窓ガラスを割る方法は知っているし、そのための工具も持っている。問題は亀井を車まで運ぶ労力だが、その点においては根本の存在が活きるはずだった。今回に限っては。

そろそろ準備を始めようか。そう思っていた矢先、動きがあった。事務所の出入口から人影が出てきたのだ。その人影は事務所を出て歩き始めた。事務所から二十メートルほど離れたところに従業員の控室らしきプレハブの建物があり、その脇に自販機が見えた。人影はその自販機に向かって進んでいる。飲み物を購入するために外に出てきたのだ。

この機会を逃す手はない。田村はライトバンの運転席から降り立った。フェンスを乗り越え、敷地内に入る。「ちょっと、健さん」と背後で根本の声が聞こえたが、それを無視して闇の中を進む。ちょうど自販機の前に立っている男の影が見えた。田村は上着のポケットに手を入れ、麻酔銃をとり出した。見た目はオートマチックの拳銃だが、発射するのは麻酔が仕込まれた針だ。組織が開発した特注品だ。

足音を立てず、接近する。自販機のライトで男の顔が照らされ、亀井で間違いないと確認できた。麻酔銃で狙いをつけようとしたそのときだった。背後で物音が聞こえる。かなり盛大な音で、それを耳にしただけで田村は何が起きたのか理解した。根本が足を踏み外してフェンスから落ちたのだ。

音に気づいたのは田村だけではなかった。自販機の前で男がこちらに振り返ってい
た。田村との距離は七、八メートルほどだ。

「だ、誰だ？」

亀井が訊いてくる。お前を誘拐しに来た、とは言えない。とりあえず田村は手にし
ていた麻酔銃を上着のポケットにしまう。

「ちょっと散歩を」

「嘘つくな。マスコミか？　話すことは何もないぞ」

「違う。マスコミじゃない」

「だったら何の用だ？　勝手に敷地に入ってくるな。不法侵入だぞ」

やはり撃ってしまった方が早そうだ。もう一度上着のポケットに手を入れて麻酔銃
のグリップを握ったとき、背後から近づいてくる足音が聞こえた。

「すみません、健さん。足を踏み外してしまって」

人前で名前を呼ぶんじゃない。そう言いたいのをこらえ、田村は根本を睨む。しか
し根本はその視線に気づかずに前に出て、亀井に向かって言った。

「顔面ＰＫの人、ですよね？」

マスコミが今回の騒動を顔面ＰＫと報じているのは田村も知っていた。インパクトのあるネーミングだと思うが、実際に被害者である少年の立場で考えれば、あまりにも馬鹿にしているのではないかとも思える。

「やっぱりマスコミの人間だな。話すことなど何もない。帰ってくれ」

亀井はそう言って歩き始めた。右手にはペットボトルが握られている。事務所に入る前に片づけなければならない。そう思って麻酔銃のグリップを握り直すと、根本が亀井の背中に向かって声をかける。

「僕たちと一緒に来てください」

亀井が立ち止まった。振り返ったその顔には不審の色が浮かんでいる。

「一緒に来いだと？　どういうことだ？」

「あのですね」と根本は勝手に説明を始める。「僕たち、誘拐屋です。誘拐するのが仕事なんです。依頼された標的を誰にも知られずに連れ去る。それが仕事なんです」

「誘拐？　な、何を言ってるんだ」

これから誘拐する標的に対し、それを宣言する。まったくこの男は、と田村は嘆息する。根本は真顔で続けた。

「誘拐といっても、悪いことばかりじゃないんです。たとえば今回の仕事だってそうです。あなたのことを心配に思った誰かが、一時的に匿っておこうと思って依頼したんだと思います。僕たちと一緒に来た方があなたは安全です。いつまでここに潜んでる気ですか？　会社にも迷惑がかかっているんじゃないですか？」

なぜ依頼人が亀井を誘拐したいのか。それは田村にもわからない。根本の言う通り、亀井の身を心配した何者かが彼を匿うために誘拐を依頼した可能性は高い。もちろん特ダネを狙ったマスコミが依頼をしてきたという可能性もあるが、そっちの線はないだろうというのが田村の印象だ。組織がマスコミを毛嫌いしているのを知っているからだ。そもそも依頼人の正体を田村たち誘拐屋が知ることはほとんどないし、聞いても直子は教えてくれない。立ち入ったことは聞かないのが業界のルールだ。

「悪い話じゃないと思うんですよね。僕たちと一緒に来れば、あなたは今の状況から抜け出すことができます。しばらく静観して、落ち着いたらまた元の生活に戻ればいいんです」

「ほ、本当にそんなことができるのか？」

半信半疑といった顔つきで亀井が訊いてくる。それは当然だ。これからお前を誘拐するが、その誘拐はお前にとって有意義なものになるだろう。そう説明されて納得する者などいないはずだ。

「できますよ。星川初美って知ってます？　二時間ドラマによく出てる女優です。数ヵ月前に彼女が若い俳優と不倫してワイドショーを騒がせたことがあったじゃないですか。あのとき彼女を誘拐したのは僕たちなんです」

そう言って根本は胸を張る。亀井は黙って根本の話に耳を傾けていた。それにしても、と田村は内心驚いていた。この根本という男、意外に口が達者ではないか。

「どうですか？　僕たちと一緒に来てくれませんかね。あ、勘違いしないでほしいんですけど、僕たちはあなたを必ず誘拐します。僕は平和的に事を進めようとしているのであって、もし言うことをきいてくれない場合は別の手段に訴えます。この人、怖いですよ」

根本が振り返って田村の方に目を向けた。田村は肩をすくめ、それから上着のポケットから麻酔銃を出した。見せつけるかのように麻酔銃の銃口を亀井に向けた。

「わ、わかった」亀井が小刻みにうなずいた。「言う通りにする。だから撃たないでくれ。お願いだ」

「じゃあ行きましょうか」

根本が亀井に寄り添い、ライトバンに向かって歩き始めた。

「どうです？　いい部屋だと思いませんか？」

一時間後、田村たちは市谷にある一時保護施設にいた。亀井にあてがわれた部屋は1DKだった。家具や家電は備えつけられていて、食事のメニューも豊富だ。あの運送会社の事務所で寝泊まりするより数倍は快適のはずだ。

「本当にここに泊まっていいのか？」

戸惑ったように亀井が言う。当然だろう。いきなり連れ去られて、豪華なマンションの一室に案内されたのだから。田村は亀井の容姿を観察する。ごく普通の初老の男だ。ベージュのパンツに白いシャツという地味な格好だった。長年トラックの運転手をしていただけのことはあり、よく日に焼けている。

「どうぞどうぞ。お金はかからないのでご心配なく」

少年の顔面にボールをぶつけ、炎上中の男だ。しかし目の前の男を見ると、そんな酷いことをする人間だろうかという気もしてくる。

「どうしてあんな真似をしたんですか？」

いきなり根本が訊いた。さきほどまでの穏やかな表情はどこかに消え去り、その顔つきは真剣なものだった。亀井が訊き返す。「あんな真似？」

「決まってるじゃないですか。顔面ＰＫですよ。あんなことして、相手の子が可哀想だとは思わないんですか？」

亀井は答えず、下を向いて黙っている。すでに騒ぎが起きて三日が経ち、あのとき何が起きたのか、関係者の証言で徐々に明らかになっていた。関係者というのはその場にいた少年が大部分を占めている。

その日は土曜日だった。リーグ戦がおこなわれ、三鷹東ジュニアFCは都内のグラウンドで練馬のチームと対戦したらしい。結果は惨敗で、試合終了後にミーティングがおこなわれた。実はその試合、今後のリーグ戦を戦っていくうえで重要な一戦だった。

試合の反省点を話しているうちに監督の様子が変わっていったという。最初は技術面のアドバイスが中心だったが、徐々にエスカレートしていった。なぜ勝てないんだ。どうしてお前たちは踏ん張れないんだ。お前たちは気持ちで負けているんじゃないか。

高ぶる気持ちを抑えられなかったのか、亀井は足元に転がっていたサッカーボールを蹴った。彼自身、少年に当てるつもりはなかったのだろう。しかしあろうことか、亀井が蹴ったボールは正面に立っていた少年の顔面を直撃してしまう。

これが、少年たちの証言により、明らかになった真相だ。亀井にとっては不運としか言いようがない。しかもたまたま動画を撮られていて、それがネットに流れてしまったのが痛かった。あの映像のインパクトは大きく、言い訳のしようがない。

「監督、謝りましょうよ。せめてあの子にだけは謝った方がいいと思います」

根本が亀井に向かって言う。実はボールをぶつけられた被害者の父親がワイドショーのインタビューに応じていて——首から下だけしか映らないように配慮されていた——そこで証言していた。事件発覚後、亀井からは何の連絡もなく、謝罪の言葉もないと。

「事件から三日も経って、顔を出しにくいっていうのもわかります。でも謝った方がいいです。悪いことをしたら謝る。それが基本です。もしあれなら僕が同行してもいいですし、何だったらセッティングを引き受けてもいいですから」

おいおい待て、と田村は苦笑する。どこまで首を突っ込めば気が済むのだ、この男は。謝罪の場をセッティングし、それに同行するのは誘拐屋の仕事ではない。お前、いつからこの男のコンサルになったんだ？

亀井は無言だった。これ以上、波風は立てたくないはずだ。謝罪したいという気持ちもあるだろうが、今さら少年の家族に顔向けできないだろう。

「謝罪したいのであれば、僕に連絡してください。いつでも待ってます」

それは無理だ。この施設は外部との接触は禁止されている。ネットもないし、電話もない。いずれにしても亀井をここに連れてきた時点で仕事は終わりだ。亀井が今後どうなろうが知ったことではない。

「帰るぞ」

そう言って田村は部屋から出た。根本もあとからついてくる。ドアを閉める間際、根本は中に立っている亀井に向かって言う。

「一晩考えてみてください。明日も顔を出しますので」

まったくどこまでお人好しなのだろうか。その心理が田村にはまったく理解できなかった。

その翌日、田村はなぜか三鷹市に向かって車を走らせる羽目になっていた。飯田橋のジムで汗を流していたところ、突然根本が押しかけてきたのだ。ほかの練習生の目もあることから無下《むげ》に断るわけにもいかなかった。

「僕もジムに通えば、健さんみたいに強くなれますかね」

「無理だな」

一晩たっても亀井には謝罪する意思はないらしい。ただし根本が頼みごとをされ、それを引き受けてしまったという。

　自宅の庭で一匹の柴犬《しばいぬ》を飼っており、その犬に餌をやってほしいというのが亀井の依頼だった。自宅を出て運送会社の事務所に来る際、三日分の餌を置いてきたのだが、そろそろ餌も尽きることだろうというのが亀井の話だった。さきほどスーパーマーケットに寄り、ドッグフードを一袋買ってきた。犬の餌をやるのが誘拐屋の仕事の一つになったのはいつからだろうか。

　昨日も訪れていたので、亀井の自宅の場所はわかっていた。住宅街の中にある一軒家だ。こぢんまりとした二階建ての家で、ここで亀井は一人で暮らしているようだった。昨日は家の前を素通りしただけだったので、犬を飼っていることには気づかなかった。

「マスコミの車はなさそうですね」

　事件発生から四日が経ち、そろそろ世間の関心も薄れているのかもしれない。路上にライトバンを停め、家の前に立つ。まずはポストを覗いてみることにする。

　ダイレクトメールや宅配ピザのチラシに混ざり、一枚のハガキが入っているのが見えた。東京都の囲碁《いご》連盟からのハガキで、月例会開催のお知らせだった。囲碁をやっているのだろうか。囲碁とサッカー。意外に多趣味な男のようだ。

郵便物をポストに戻してから家の敷地内に入る。小さな庭が見え、そこに寝そべっている柴犬が顔を上げた。あまり番犬として役に立っているとは言えず、田村たちの顔を見て大きな欠伸《あくび》をした。

「犬の名前は？」

「さあ。聞いてません」

「じゃあどう呼べばいいんだよ」

「別に呼ばなくてもいいんじゃないですか」

田村は前に進み、柴犬に向かって手を突き出した。柴犬は田村の手の匂いをくんくんと嗅《か》いでいる。犬は嫌いではない。

「これですね。自動餌やり機」

根本が犬小屋の後ろでそれを見つけた。コーヒーメーカーにも似た形状の機械だ。亀井は長距離トラックの運転手として家を空けることが多かったため、その頃からこの機械を使っているとの話だった。根本が買ってきたドッグフードを自動餌やり機の中に補充している。タイマーが作動し、決められた時間に餌が出てくるというわけだ。

一度だけ、犬を誘拐したことがある。別居中の夫婦が飼い犬の所有権で揉めて、妻の方が依頼してきたのだ。ラブラドール・レトリバーだった。警戒心の強い犬だったので、やむなく麻酔銃を使ったのだが、これまでこなしてきた仕事の中で唯一心が痛んだ瞬間だった。大抵、誘拐される者にはそれなりの理由というものがある。だがあのときのラブラドールには何の理由もなく、ただ夫婦喧嘩の犠牲になっただけなのだ。犠牲者ならぬ犠牲犬だ。

「行きましょうか」

餌の補充を終え、根本が立ち上がる。田村はもう一度柴犬の頭を撫で、心の中で別れを告げる。達者でな。

歩き始めたとき、ちょうど小さな人影が家の敷地内に入ってくるのが見えた。学校帰りとおぼしき小学生だった。黒いランドセルを背負っており、手には白いビニール袋を持っている。少年が立ち止まり、警戒した目でこちらを見ていた。着ている服はヴィッセル神戸のレプリカユニフォームだった。背番号は八。アンドレス・イニエスタの背番号だ。元FCバルセロナの選手であり、田村は個人的に史上最高のミッドフィルダーだと思っている。

「僕たちは怪しい者じゃないよ」

そう言って根本が前に出る。怪しい者ではないと言っているが、こうして勝手に他人の家に侵入している時点で十分に怪しい。

「亀井監督に頼まれて、犬に餌をやりに来たんだ。もしかして君も？」

少年が手にしている袋には缶が入っている。犬の餌に見えなくもない。少年がこくりとうなずくと、根本が笑みを浮かべて言った。

「そうなんだ。偉いね。もしかして君、監督の教え子さん？」

少年はまたうなずく。三鷹東ジュニアＦＣに所属しているということだろう。小学校高学年くらいだと思われた。ランドセルの横にカードがついており、そこには『五年二組　北島悠太《きたじまゆうた》』と書かれていた。

「僕たち、今回の騒動について調べてるんだ。もしよかったら少し話を聞かせてくれると嬉しいんだけど」

根本がそう言ったが、北島少年は首を横に振った。

「何も喋っちゃいけないって言われてるので」

北島少年は踵《きびす》を返して歩き出した。その背中に向かって田村は声をかけた。

「せめて名前くらい教えてくれないか？　亀井にボールをぶつけられた子の名前だ」

「桑原《くわはら》君。桑原栄斗《えいと》君」

「最後に教えてほしいんだが、イニエスタを応援してるのか？」

北島少年は首を横に振った。

「これ、父が勝手に買ってきたんです。僕はメッシの方が好きです」

そう言って北島少年は去っていった。

「今っていろんな色のランドセルがあるんですね。僕の小学校では男子は黒で女子は赤って決まってたのに」

三鷹東小学校の校門前にライトバンを停め、出てくる児童たちを観察していた。校門の前には蛍光色の腕章を巻いた男性が二人、帰宅していく児童たちを見送っている。ボランティアだろう。ああして通学路のあちらこちらに立ち、児童たちを危険から守るために目を光らせているのだ。ご苦労なことだ。

たしかに根本の言う通り、カラフルなランドセルを背負った子供たちが下校していく。ただ傾向のようなものはあるようで、意外に似たような色合いのランドセルを背負っている。男子は黒か濃紺で、女子は赤やブラウン系が三鷹では流行《はや》っているらしい。

「健さん、それより昨日の子にどんな用事があるんですか?」

「いいから黙って探せ」

昨日、亀井の自宅の庭で会った北島少年を探していた。校門から出てくる男子児童を観察しているのだが、なかなか北島少年は出てこない。

校門前のボランティアの男がこちらを気にしていた。六十代くらいの男で、おそらく定年退職して自宅で暇を持て余していたところ、自治会に声をかけられてあそこに立っているものと思われた。子供に手を出す奴がいたら懲らしめてやる。そういう気概を持った目つきで田村たちが乗るライトバンをちらちらと眺めている。

しばらく待っていたが、北島少年が校門から出てくる気配はない。時刻は午後四時を過ぎていた。ボランティアの男はやはり田村たちのライトバンを気にしているようだ。ジャージを着た男性が校門から出てきて、児童たちに手を振っているのが見えた。教師のようだ。ボランティアの男が教師に近づき、こちらを見ながら何やら耳打ちしていた。いい兆候ではない。いったんこの場を離れた方がよさそうだ。

「あの子じゃないですか」

ライトバンのエンジンをかけたとき、根本が校門の方を指でさした。三人ほどの子供が並んで歩いてくる。たしかに真ん中を歩く少年の顔に見憶えがあった。北島少年は紺のランドセルを背負って歩いている。三人はこちらに向かって歩いてきた。

田村は車を発進させた。三人の姿を見失わぬよう、バックミラーで確認しながら車を走らせた。しばらく走っては車を停め、三人の動きを追ってからまた発進させる。そんなことを何度か繰り返しているうちに、三人のうちの一人が手を振りながら角を曲がるのが見えた。一人になった子が北島少年だった。

ライトバンから降り、田村は北島少年のあとを追った。今日はヴィッセル神戸のユニフォームを着ていない。田村はその背中に声をかける。閑静な住宅街のため、周囲に人の気配はない。

「北島君、ちょっといいか」

田村がそう声をかけると、少年は肩を震わせるようにして立ち止まった。それから北島少年はこちらに振り向いて笑みを浮かべた。

「こんにちは。昨日のおじさんたちですね」

「学校帰り？」

「見ての通りです。それより何の用ですか？」

「今日はイニエスタのユニフォームを着てないんだな」

北島少年は答えなかった。根本は意味がわかっていないようで、首を傾げて田村たちのやりとりを眺めている。

「昨日、君は黒のランドセルを背負っていた。でも今日は紺だね。日替わりで別のランドセルを使っているということだろうか？」

ランドセルというのは意外に値が張る。二つや三つを使い回すという話は聞いたことがない。自分の予想は間違っていない、そう確信したのは校門を出たところで彼が背負っているランドセルの色に気づいたときだ。

「昨日、君は亀井監督の自宅を訪ねるに当たり、わざわざ別の子からランドセルを借りてそれを背負った。自宅付近にマスコミがうろついていて、声をかけられた場合に備えたんだな。ランドセルの名前を見せれば、マスコミの連中も君の正体に気づかない。昨日はマスコミの人間はいなかったが、たまたま犬に餌をやっていた俺たちが騙されたというわけだ」

「健さん、じゃあこの子はいったい……」

根本がつぶやくように言う。北島少年は無表情のまま田村の顔を見上げていた。何を考えているか、まったくわからない顔をしている。能面のようだ。

「君は昨日、ヴィッセル神戸のユニフォームを着ていた。父親が買ってくれたっていうのは本当だろう。でも君はそれほどイニエスタを好きではないらしい。ではなぜ君の父親は八番のユニフォームを選んだのだろうか」

田村が気になったのは名前だ。北島少年の名前ではなく、亀井にボールをぶつけられたという、例の少年の名前だ。

「桑原栄斗。エイト。八番。君が桑原君なんだろ」

田村がそう言うと、少年がにやりと笑った。やるな、おじさん。そんなことを言いたそうな笑顔だった。

「タロウのことはずっと気になってた。タロウっていうのは監督が飼ってる犬の名前。でもマスコミの人たちが見張ってたから監督の家には近づくことができなくて」

北島少年改め桑原栄斗少年を連れ、近くのファミレスを訪れていた。小学生なのでコーラかクリームソーダあたりを注文するものかと思っていたら、生意気にも栄斗少年はアイスティーを注文した。田村はアイスコーヒー、根本は黒蜜《くろみつ》きなこソフトクリームだった。これではどちらが子供かわからない。

「監督とは仲が良かったのか？」

田村が訊くと、栄斗が答えた。

「まあまあかな」

「タロウを心配して餌をやりにいく。まあまあとは思えないがな」

栄斗は答えない。彼こそが世を騒がす顔面ＰＫの犠牲者だ。だが顔に怪我は負っていないようだった。まあサッカーをやっているくらいだから、咄嗟《とっさ》に急所を外すくらいの反射神経は持ち合わせているということか。

「お前の家は金持ちなのか？」

「僕の家？　そこそこかな」

「父親は何を？」

「広告代理店」

「母親は？」

「フラワーアレンジメントの先生」

どちらも縁遠い世界だった。それにしても俺はなぜファミレスでガキとお茶をしているのか。そんな疑問が一瞬だけ頭に浮かぶ。すでに亀井日出雄の誘拐は終え、仕事は終了している。以前なら終わった仕事に対して見向きもしなかったはずだ。

隣でソフトクリームを食べている根本翼をちらりと見る。この男と会ってからだ。こいつと組むようになってから余計なことに首を突っ込むようになったのだ。もしかして俺はこいつから影響を受けている？　そんな馬鹿なことはあるわけない。そう思いつつも田村は言った。

「チームが負けたことを不甲斐《ふがい》なく思い、監督が怒りに任せてボールを蹴った。そしてそのボールが一番前に立っていた少年にぶつかる。それをたまたま撮影していた何者かがネット上にアップする。これが世間が思い描いている今回の騒動の構図だ」

若干下火になりつつあるものの、いまだにワイドショーではこの問題から派生した全国の体罰ネタをとり上げている。別の大事件が起きない限り、永遠に続きそうな感じだった。

「俺はこの騒動の裏には別の思惑が隠されていそうな気がする。知っていることがあったら話してくれないか？」

「ノーコメント」

涼しい顔で栄斗少年は言う。田村は続けて訊いた。

「監督はわざとお前にボールをぶつけた。違うか？」

「ノーコメント」

ふざけたガキだ。しかしここで逆上するのは大人ではない。田村は質問の方向を変えてみることにした。

「騒動があった日、お前は試合に出たのか？」

「出てないよ」

「レギュラーではないってことか？」

「ずっとレギュラーだったけど、ここ最近は試合に出てない」

「調子が悪いのか？」

「調子は普通。でも先発メンバーを決めるのは監督だから」

桑原栄斗はここ最近レギュラーから外されていた。そんな栄斗の顔面にたまたまボールが当たった。やはり偶然と考えていいのだろうか。しかし田村は目の前に座る少年の態度が気になった。落ち着いた態度なのだが、どこか落ち着き過ぎているようにも見える。

誘拐屋という仕事柄、田村は秘密を抱えた人間と接することが多い。汚職事件のデータを隠し持つ政治家の秘書や、談合の疑いのある大手ゼネコンの幹部などなど。栄斗少年の態度にはそういう秘密を隠す者特有の匂いが感じられた。

「お前にボールが当たったのは偶然なんだろうか？」

「ノーコメント」

やはり裏がある。彼の口振りから田村はそう察する。次はどんな質問を投げかけようかと思案していると、栄斗が不意に立ち上がる。

「ご馳走様でした。そろそろ塾に行かないといけないので」

栄斗は店内を横切り、店から出ていった。平日は塾で、休日はサッカーか。小学生というのは思った以上に忙しそうだ。

同じサッカーのことならサッカーをやっている奴に話を聞くのが早い。そう思った田村はスマートフォンで検索し、三鷹市内にあるフットサル場に足を運んだ。厳密に言えばサッカーとフットサルは違う競技だが、両者の差はラーメンとチャーシューメン程度だろう。

三鷹東ジュニアFCについて詳しい人物はいないか。受付の男にそう訊いたところ、僕でよければと受付の男が自ら申し出てくれた。聞くところによると男は三鷹市のサッカー協会の役員を務めており、三鷹東ジュニアFCの内情も知っているという。たまに臨時コーチをすることもあるそうだ。

「亀井さんはいい人ですよ。あんないい人がいるのかなって思うくらいです。最近、監督をやってくれる人がいなくて困ってるんです。野球とかもそうみたいですけどね。報酬も雀の涙で、その割に拘束時間も長くて、好きじゃないとやってられない仕事ですから。その点、亀井さんは文句一つ言わずに監督業をやってくれてます」

保護者からの評判も上々だったらしい。もともと長距離トラックの運転手だったため、大型バスの運転もできるのも都合がよかった。大会や遠征では彼が率先して運転手を引き受けてくれたという。

「これを見たとき、どう思った？」

田村はタブレット端末を出し、例の動画を再生した。見たくないといった感じで目を背けてから受付の男が言う。

「信じられませんでしたよ。フェイクニュースってやつだと思ったくらいです。ああいうことをするような人じゃないですから」

だが実際には事件が起きており、これほどまでの騒ぎに発展している。受付の男が続けて言った。

「そもそもなんですけど、三鷹東ってそれほど強豪チームじゃないんです。こう言っちゃ失礼ですけど、勝とうが負けようがどっちでもよくて、サッカー楽しめればそれでいい、そんなチームなんですよ。だから負けたからって選手を叱りつけるっていうのも聞いたことないですから」

地元に密着した少年サッカーチームといったところか。そもそも強さを求めるのであれば、運送会社勤務の六十代の男に監督をお願いしたりしないはずだ。

「ボールをぶつけられた少年を知ってるか？」

フットサルのコートは二面ある。ガラス張りになっているため、ここ受付からもコートを見渡すことができた。今は片方で小学生らしき子供たちが、もう片面では仕事を終えたサラリーマンと思われる男たちがボールを追って汗を流している。受付の男がコートに目を向けて答えた。

「栄斗君ですよね。知ってますよ」

「どんな子だ?」

「サッカーは巧《うま》いです。リーダーとしてみんなを引っ張っていくタイプの子です。一ヵ月くらい前だったかな、審判を頼まれて三鷹東の試合に行ったんですけど、そのときは試合には出ていませんでしたね」

「調子を落としていたんだろうか」

「だと思いますよ。そのあたりのことは監督じゃないとわかりません。ただ、お父さんはうるさかったみたいですけど」

広告代理店に勤めているという栄斗の父親のことだろうか。

「栄斗君のお父さん、昔サッカーやってたみたいで、保護者会でも結構な発言権を持ってるんですよね。実際に試合にも必ず応援に駆けつけるし、差し入れとかも結構するみたいで、周囲からも一目置かれてました。これは別の保護者から聞いた話なんですけどね」

とある保護者がこのフットサルコートの利用者で、その人物がここで話したことらしい。この数試合、息子がレギュラーを外されていることを栄斗の父親は快く思っておらず、周囲に不満を漏らしているというのだ。

「かなり頭に血が昇っているみたいで、監督にも直談判《じかだんぱん》したみたいです。それでも監督は栄斗君を試合で起用する素振りは見せなかったみたいですね。問題の動画が撮られた日におこなわれた試合でも、栄斗君は試合には出てませんから」

干されていた、ということだろうか。何か思うところがあり、亀井は意図的に栄斗を試合に出さないようにしていたのか。でもそんなことをして何の意味があるのだろうか。

亀井日出雄と桑原栄斗の間には何かあると田村は感じていた。そうでなければ亀井の愛犬の餌の心配などしないはずだ。

「二ヵ月くらい前だったと思うんですけど、亀井監督と栄斗君が一緒に歩いているのを見かけたことがありますよ」

「どこで？」

「この近くの公民館に入っていきましたよ。何の用だったのかな。あ、いらっしゃいませ」

団体客がやってきたので、受付の男がそちらに目を向けた。それを機に受付から離れることにした。誰かがゴールを決めたらしく、フットサルコートで歓声が聞こえた。目を向けると男がガッツポーズしながら駆け回っている。元気で何よりだ。

「あれじゃないの。その父親っていうのが曲者《くせもの》なんじゃないの」

夜、田村は新宿のカレー屋にいた。直子も一緒だ。根本はすでに帰宅している。直子はカレーを食べているが、田村の皿にはピザ風のナンがある。最近ハマっているやつだ。これが非常に旨く、メニューとして出せば売れると田村は思っているのだが、それを伝えても無口なインド人店主のアリはうんともすんとも言わない。

「息子を試合に出してもらえなくて、逆ギレしたんじゃないの、その父親」

顔面PK騒動の顚末《てんまつ》だ。炎上していた監督は無事に誘拐して一時保護施設に収容したものの、その後に飼い犬への餌やりを頼まれてしまい、そこから妙な展開になってしまっている。

「父親に執拗な嫌がらせをされて、あの監督が今度は息子に向けてキレちゃったのよ、きっと」

「その線はないだろうな。あれは二人が意図的に仕組んだものだと俺は考えてる」

「わざと騒動を起こしたってこと？　そんなことして何の意味があるのよ」

「わからん。だから調べてるんだ」

亀井と栄斗が公民館に入っていくのをフットサルコートの受付の男が目撃していた。さきほど公民館の前を通ってみたが、中に入りづらいので素通りしてしまった。どうも行政的な建物というのは苦手だ。

「でも変わったよね、タムケン」

カレーをつけたナンを口に放り込みながら直子が言う。田村は訊いた。

「変わった？　俺が？」

「そうよ。前だったらこんな余計なことに首を突っ込むことはなかったでしょ。ザ・仕事人って感じで、あまり無駄口を叩くこともなかったじゃないの」

「あいつのせいだ」田村は根本の顔を思い浮かべる。「奴が犬の餌やりなんかを勝手に引き受けるからだ。俺は好きでやってるわけじゃない。ところであいつ、いつまで使うつもりだ？」

「さあ。今どき志願してくる子は珍しいしね」

みずから誘拐屋になろうと申し出る。そういう人材は珍しいらしい。ほかにも仕事は無限にあるし、そもそも誘拐屋というのは報酬は悪くないのだが、仕事の本数が少ない。その割に仕事自体は結構ハードで、しかも犯罪行為に手を染めることになるのでリスクが高い。なり手がないのは当然だ。

根本は単純で人が好さそうな男であるが、実際には奴のプライベートについて田村は何も知らない。しかしそれが裏社会における人との付き合い方ではあるのだが。

「でも二人は公民館で何やってたんだろ。子供向けの教室とかあるのかな」

話が戻る。二人が公民館に入っていったとフットサルコートの受付の男が話していた。二ヵ月くらい前のことらしい。

「教室？　公民館では教室が開かれているのか？」

「知らないの？　パソコン教室とか料理教室とか、そういう趣味の教室が開かれてるのよ。運営は自治体だから、結構安く受講できるのよ」

「それは初耳だ」

公民館というのは役所の出張所のような機関だと思っていたが、どうやら違うようだ。地域の交流を図るための教育機関としての側面もあるらしい。裏社会の人間にとって基本的に役所というのは縁遠い存在だし、そもそも田村は住民登録すらない。

「市のホームページで調べてみたら？　その公民館でどんな催し物がやってるか、多分掲載されてるわよ」

「そういうものなのか」

早速ホームページを調べてみると、たしかに直子の言う通り、公民館で開催されている講座一覧が載っていた。蕎麦《そば》打ちまで教えてくれるとのこと。つまり蕎麦屋を開きたければ公民館で教えてもらえるということか。いい世の中だ。そのうちの一つの講座に目が吸い寄せられた。講座の名称と内容、それと開催日程などが掲載されている。

「タムケン、もう一本ビール頼まない？」

「ああ。任せる」

空返事をして、田村はスマートフォンに目を落とす。亀井日出雄という少年サッカーの監督と、その教え子である桑原栄斗。二人が何をやりたいのか、やろうとしていたのか、その謎の一端が垣間見えた気がした。

その翌日、田村はまたしても三鷹市に足を運んでいた。根本も一緒だ。昨日、桑原栄斗が歩いてきた道で待ち伏せしている。午後四時過ぎ、昨日と同じように三人の児童が歩いてきた。角に差しかかったところで栄斗はほかの二人と別れて、こちらに向かって歩いてくる。田村が運転席から降りると、その姿を見た栄斗が立ち止まって苦笑した。

「おじさん、悪いけど今日も塾なんだ」

「悪いが、こっちも大事な話がある。乗れ」

田村はそう言ってライトバンの後部座席のドアを開ける。仕方ないなと言わんばかりに肩をすくめ、栄斗が車に乗り込んだ。田村も運転席に乗り、車を発進させた。向かった先は亀井監督の自宅だった。根本は昨夜、市谷の一時保護施設に行き、亀井と面会したという。暇な男だ。そして着替えを持ってくるように頼まれたらしい。すぐに亀井の自宅に到着した。庭には柴犬のタロウがいて、尻尾を振って歓迎してくれた。タロウはどうやら栄斗に懐いているようだ。彼が頻繁にこの家に出入りしている証拠でもある。

「じゃあ僕、監督の着替えをとってきますね」

根本がそう言って亀井から借りた鍵を使って家の中に入っていった。田村は栄斗に向かって言った。

「今回の騒動は、お前と監督の自作自演だと思うんだが、違うか？」

「どうしてそう思うんですか？」

栄斗は否定もせず、逆に訊き返してくる。こういうところが子供らしくない。

「うーん、どこから説明したらいいだろうか」そう田村は切り出した。「お前と監督は仲が良かった。二人で歩いているところを目撃した証言もあるし、あのタロウという犬だってお前に懐いているように見える。これは俺の推測だが、お前はサッカーを辞めたかったんじゃないか？」

栄斗は答えなかった。黙秘というやつだ。それで？　といった感じでこちらを見上げている。仕方なく田村は続けた。

「ここ最近、亀井はお前をチームのレギュラーから外した。別にお前が調子を落としたからではなく、二人で相談して決めたことだろうな。もしお前がレギュラーから外れれば、お前の父親が激昂してサッカーを辞めさせるかもしれない。それを期待したんじゃないか」

二人の企みは成功したとは言い難い。栄斗の父親は激昂して監督に詰め寄り、息子にサッカーを辞めさせるどころか何とかして息子をレギュラーに復帰させようとした。目論見は完全に外れたわけだ。そこで二人は次の手に打って出る。

「そもそもあの動画だが、サッカーが巧い奴、運動神経に優れた奴ならボールをよけられたと思うんだ。しかしお前は敢《あ》えて正面からボールを受けた。おそらくヘディングの要領じゃないか。額のあたりにボールを当てにいく感じだ。あの動画を投稿した者は明らかになっていないが、お前たちがどこかにスマホを固定して、それで撮影したんだ」

少年サッカーチームの試合後のミーティングなど、誰も撮影しようとは思わない。考えられるとすれば保護者くらいであり、実際にワイドショーのコメンテーターたちは動画を投稿したのは保護者の一人だと勝手に決めつける論調だ。しかし保護者が撮影したのであれば、解《げ》せない点が一つだけある。栄斗の顔面にボールが当たった瞬間、撮影者は声一つ発しないのだ。もしも保護者であるなら、戸惑いの声を上げるなり、非難の声を発するなり、何かしらのリアクションがあってもいいのではないか。

「ちょっとした騒ぎになり、お前の父親が腹を立てる。そしてお前は三鷹東ジュニアFCを退団し、サッカーを辞めることになる。それがお前たちが思い描いた計画だった。しかし世間は想像以上の反応を見せた。まさかこれほどの騒ぎに発展するとは思ってもいなかったんだろうな」

ほかにめぼしい政治・芸能ニュースもなく、世間は過剰なまでに反応した。それに一番驚いたのは本人たちではないか。たかが一本の動画をネットにアップするだけで、世界が激変してしまったのだから。

「俺は別にこの話を暴露しようとか、そういうことは思っちゃいない。だがな、俺は亀井の逃走を手助けした身だ。真実を知っておく権利くらいあると思ってな。どうだ？　今日もノーコメントか？」

田村はそう訊くと、栄斗は小さく笑みを浮かべて答えた。

「大体当たってるね。おじさんの言う通りだよ。僕がサッカーを辞めたい理由、わかる？」

「さっき公民館に寄って話を聞いてきた」

「全部お見通しってわけだね」

そう言いながら栄斗は玄関から亀井監督の自宅に入った。靴を脱ぎ、中に上がる。

「おじさんも入って」と言い残し、勝手知ったる我が家を案内するかのように奥に歩いていく。田村はあとに従った。

片づいた部屋だった。殺風景ともいえるかもしれない。窓際に囲碁の碁盤《ごばん》が置いてあるのが見え、碁盤の両脇には座布団が敷かれている。亀井が囲碁を趣味にしていることは一昨日ポストに投函《とうかん》されていたハガキを見て知っていた。囲碁連盟から届いた月例会の案内状だ。連盟に入るからには、亀井はそれなりの腕前なのだろう。

「三年くらい前だったかな」栄斗が碁盤を見て話しだす。「サッカーの友達数人でここに遊びにきて、そのときに監督から囲碁を教えてもらった。最初は難しいなと思ったけど、やっていくうちに楽しくなってきた。こんなに楽しいとは思わなかった。ゲームなんかよりも囲碁の方が全然面白かった」

囲碁に夢中になった栄斗は、学校帰りにこの家に立ち寄り、亀井と囲碁をするようになったという。とはいっても栄斗も塾通いで忙しかったし、亀井も運送会社での仕事もあったため、二人で囲碁を楽しむ時間は一週間に一度あればいい方だった。

「もっと囲碁をやりたい。そう思ったのは今年に入ってからだった。で、監督に連れてってもらったのが高校生の全国大会。そこで戦ってる高校生の姿を見て、僕もああなりたいと思った。サッカーなんかやってる場合じゃないって本気で考えるようになった」

さきほど公民館に寄って話を聞いた。週に一度、高齢者を対象とした囲碁教室がおこなわれていて、小学生もそこに参加できないか、それを打診するために二人は公民館を訪れたという。いろいろな指し手と対戦した方が勉強になると亀井が提案したことだったらしい。市側の出した回答は、保護者の同意が得られれば可、というものだった。ということはつまり、栄斗は囲碁教室に参加できないのだ。理由は保護者の同意を得られないからだ。

「僕の父親、とにかくサッカーが大好きで、僕をＪリーガーにさせようと必死なんだ。中学からサッカーの強豪校に行かされるところだったけど、さすがにそれは回避できた。中学から寮生活は可哀想って母親が反対してくれたからね。でもこのままだと高校からは千葉の強豪校に行かされると思う」

どうにかしてサッカーを辞め、もっと囲碁に力を注げる環境に身を置きたい。栄斗は思い悩み、その苦悩を栄斗以外に唯一知っていたのが亀井監督だった。栄斗に囲碁を教えた張本人でもあるため、親身になって相談に乗ってくれた。

「まずはレギュラーから外してもらうことにした。うちの子はあまりサッカーが巧くないんじゃないか。プロなんて無理じゃないか。そう思わせようとしたんだけど、結果は逆効果だった。父は監督に食ってかかった」

うちの子をレギュラーから外すなんて指導者としてどうかしている。そう言って栄斗の父親は監督に難癖をつけた。

「あとはおじさんも知っての通りだよ。思った以上の反響で驚いた。あんな騒ぎになるとは思わなかった。監督までいなくなってしまうなんて……」

「で、サッカーを辞めることはできそうか？」

田村が訊くと、栄斗は肩をすくめた。

「三鷹東ジュニアを退団するのは決定事項。お父さんは次に所属するチームを探してるよ」

サッカー少年とその監督が思いついた他愛もない計画。それが連日のようにワイドショーを賑わすまでに発展してしまったというわけだ。それに亀井に至ってはしばらく雲隠れせざるを得ない状況だ。失ったものは大きい。

「亀井という男は監督を辞めるつもりだったんだな」

「そう。今期一杯で辞めるって言ってた。そうじゃなかったらあんな計画に手を貸してくれたりしないよ」

田村の読み通りだった。監督をこれからも続けようと思っていたら、あんな危ない橋を渡ったりしないはずだ。田村は言った。

「サッカーを辞めたいなら、はっきりと親に言うべきだな。それをしなかったら監督が犠牲を払った意味がない」

栄斗は答えなかった。しかしその顔つきからこの少年はすでに心を決めていることが伝わってくる。

「おじさん、囲碁できる?」

「できない。やりたいと思ったこともない」

「面白いのに」

誘拐屋という仕事も意外に面白いし、趣味でやっている総合格闘技も面白いが、それとは違う面白さが囲碁にもあるのだろう。

「お待たせしました、健さん」

そう言って根本が居間に入ってくる。右手に紙袋を持っていた。亀井から頼まれた着替え一式が入っているに違いない。根本が立つ後ろの壁には賞状などが飾ってある。囲碁の大会で入賞したときの賞状のようだった。それらと一緒に一枚の写真が額縁に入れて飾られている。

かなり古い写真のようで、色が褪《あ》せてしまっている。一台のバスの前に数人の男が立っていた。制服を着ていることから、彼らがバスの運転手であることはわかった。

田村はごくりと唾を呑み込む。写真の中央には若かりし頃の亀井が立っていて、その隣には制帽を被った一人の男が立っている。忘れ去ったはずの顔だった。俺の人生を激変させた男が、写真の中ではにかんだ笑みを浮かべていた。

嘘だろ、どうしてこの男が、ここに――。

田村の心の中で、封印していたはずの過去が蘇った。

今から二十年前、その事故は起きた。

千葉市内の県道を走行していた路線バスが対向車線に侵入、走ってきた大型トラックと激突した。衝突後もバスはなおも直進し、ガードレールを突っ切って高さ五メートルの崖下に落ちるという大事故だった。

三十名の乗客のうち、大人子供あわせて十二名が命を落とし、残りの乗客も重軽傷を負った。その乗客の中に田村の両親もいた。ちょうどその日は休日だったため、二人は買い物に出かけた帰りだったらしい。

田村は高校に進学したばかりだった。何が起こったのか、正直よくわからなかった。朝までは普通に自宅にいた両親が、夕方には警察の霊安室で顔に白い布をかけられて並んでいる。その事実を受け入れることなどできなかった。霊安室――実際には遺体が多いため急遽会議室に遺体を運び入れたらしい――には遺族が多くかけつけ、それぞれの遺体の前で泣き崩れていた。田村が憶えているのは、遺族たちが自分の父の、母の、子の死を悼《いた》み、泣き叫ぶ声だけだった。

田村の父親は電力会社に勤めるサラリーマン、母親は専業主婦だった。二人とも北海道の出身で、東京で出会って結婚した。当然、田村は父か母、どちらかの親戚に引きとられることになるはずだったが、田村をどちらが引きとるかで親戚同士が揉めた。なかなか行く先が決まらぬまま時間だけが流れ、やがて児童相談所の人がやってきた。

きて、施設に入ることを告げられた。生まれたときからずっと住んでいた市営住宅を出て、同じ千葉市内にある施設に入所した。

結局一年ほどで田村はその施設から逃走することになる。両親の死のショックから立ち直る前に、いきなり見ず知らずの少年少女たちとの共同生活が始まり、それについていけなかったのだ。施設内で孤立し、高校でも荒れた。自暴自棄な態度をとるようになり、いつしか柄《がら》の悪い連中と付き合うようになっていた。

施設から逃げ出し、高校も退学した。仲間数人で東京に行き、そこでバイトをして――ヤバい荷物を運んだり、いかがわしいビデオを売ったりして小銭を稼いで暮らした。なるようになると思っていた。

東京で暮らすようになって五年ほど経った頃、田村は当時流行っていたクラブに出入りするようになり、そこで幅を利かせていた自称音楽プロデューサーと仲良くなる。実際にはその男はプロデューサーなどではなく、若い女をたぶらかして水商売で働かせているだけの男だった。しかし当時の田村にはその自称音楽プロデューサーがかっこよく見え、彼と同じブランドの服を着て、同じ美容室に通い、彼に少しでも近づこうと必死だった。

ある日、クラブから出た帰り道、いきなり目の前に停まったワゴン車の中に引き摺り込まれた。一瞬のうちの出来事で何が起こったのかわからなかった。そして無人の工場に連れていかれ、数人の男にとり囲まれることになった。誘拐されたことに初めて気づいたが、自分に誘拐される価値がないことを田村が一番知っていた。男たちも気づいたようだった。間違った男を誘拐してしまったことに。彼らは自称音楽プロデューサーを誘拐しようとしていたのだが、似たような格好をしている田村を誤って連れ去ってしまったのだ。

男たちも田村の処遇に迷っているようだった。解放したいところだったが、顔を見られてしまっている。田村は黙って成り行きを見守るよりほかに何もできなかった。口にガムテープが貼られていた。

一人の男が懐から何かを出した。拳銃だと一目でわかった。殺されると悟ったが、不思議と恐怖は感じなかった。ああ、殺されるんだな。そう達観している自分がいた。バスの事故で両親が死んだとき、田村自身も半分死んだようなものだとずっと思っていた。

銃口が向けられたそのとき、女の声が聞こえた。女は田村に向かって言った。

あいつを呼び出したら助けてやってもいい。どうする？　ここが運命の分かれ道。助かりたいならあの男を呼び出しなさい。

そう言って女は一台の携帯電話を地面に転がした。その女が直子だった。当時、直子は現場の仕事を学ぶために研修と称して誘拐屋の仕事を手伝っていて、そこに居合わせたのだった。断る理由はなかった。田村は携帯電話を使って自称音楽プロデューサーを呼び出し、解放された。解放といっても完全に自由になったわけではなく、それ以来たびたび直子らの仕事を手伝うようになった。

あんた、この仕事向いてるんじゃない？　本格的にやりたいなら鍛えてやってもいいわよ。

直子にそう言われ、田村は誘拐屋として生きていく覚悟を決めた。あれから十年以上の時が流れ、今では業界内で田村の名を知らぬ者はいないほど、確固たる地位を築いている。

「あんたか」

田村が部屋の中に入ると、亀井日出雄は一瞬だけ怪訝そうな表情を浮かべた。市谷にある一時保護施設だ。田村は手に持っていた紙袋をフローリングの上に置いた。

「根本から預かってきた着替えだ」

「無理を言って申し訳ない」

田村はスマートフォンを出し、一枚の画像を呼び起こした。さきほど亀井の自宅の壁に飾られていた写真を撮影したものだ。それを亀井に見せながら言う。

「亀井日出雄。丸亀《まるかめ》交通の元専務だな」

丸亀交通。二十年前、事故を引き起こした路線バスを運営していたバス会社だ。亀井自身もおそらくバス運転手として働いていたに違いない。父親は丸亀交通の社長であり、ゆくゆくは父から会社を譲り受ける予定だったと推測できる。

「俺を、知ってるのか？」

亀井が驚いた顔でそう言った。亀井のことは知らない。しかし事故を引き起こした運転手、加藤武治《かとうたけはる》のことは忘れたことはない。写真の中で亀井と並んで写っている男だ。加藤は幸いなことに捻挫《ねんざ》などの軽傷で済み、退院時には多くのマスコミに取り囲まれた。そのときの映像を田村もニュースで見たが、すっかり憔悴した地味な男がカメラに向かって何度も何度も頭を下げていた。加藤は事故直後、救命活動をせずに真っ先にバスから降り、逃げていた。その行動が世間のバッシングを集める結果になっていた。

「実はな、俺の両親はバスの事故で死んだんだ」

田村がそう言うと、亀井が目を大きく見開いた。震える声で亀井は言った。

「まさか……いや、君はもしかして、田村君じゃないか？」

どうして俺の名前を知っているのか。そんな疑問が浮かんだが、亀井は事故当時には丸亀交通に勤務していたのは明らかなことなので、遺族の顔を憶えていても不思議はなかった。あの頃とは顔立ちも変っているが、面影は残っているのだろう。田村が押し黙っていると、それを肯定のサインと受けとったらしく、亀井が話し始める。

「あれからもう二十年になるのか。当時、私は君のもとへと何度も謝罪に出向いていた。あれは千葉市内の施設だったと思う」

うろ覚えだが記憶に残っている。ただし施設の職員によって追い返されていたはずだ。最終的に丸亀交通側からある程度の補償金が支払われたはずだが、その金はおそらく北海道に住む親戚が受けとっていると考えられた。しかしそのことで文句を言うつもりはない。施設から抜け出し、行方をくらませてしまったのは田村自身なのだから。

「本当にすまなかった。君には一度謝罪したいと思っていた。遺族の中で面と向かって謝ることができなかったのは君だけだ」

亀井はその場に膝をつき、土下座をして頭を下げた。二十年前、この男はこうして遺族たちに頭を下げて回ったのだろう。

「昔のことだ。頭を上げてくれ」

気にしていないと言えば嘘になる。しかし二十年という時が流れた今、事故を引き起こした運転手を恨む気持ちなど消え去っていた。ただし今でも時折考える。あの事故がなかったら自分はどんな人生を送っていたのか、と。少なくとも誘拐屋などにはなっていなかったことだろう。

「あの運転手だが、どうしてる？」

田村が訊くと、亀井が怪訝な顔つきでこちらを見た。田村は続ける。

「悪いが、当時のことはまったく憶えていない。放り込まれた施設に慣れるのに精一杯でな」

「なるほど。そういうことか」亀井は立ち上がった。「加藤は死んだよ。自殺だ。事故を起こした一年後くらいだったかな。罪の意識から逃れることができなかったんだろう。もともと精神的にタフなタイプではなかったからな」

「そいつはお気の毒に」

「可哀想なのは残された家族だ。妻と二人の子供がいた。奥さんの方は心労で体を壊し、旦那を追うように死んじまったよ。たしかに事故に遭われた被害者の皆さんには顔向けできない。でも加害者の方の人生もズタズタだ。やりきれないよ、まったく」

そう言って亀井は溜め息をつく。事故の原因は加藤の居眠り運転だと聞いている。

「とにかくすまなかった。許してくれ」

亀井は膝に手を置き、深く首を垂れる。田村はそれを見て言った。

「よしてくれ。謝罪の言葉が欲しくてここに来たわけじゃない。あんたの自宅で写真を見てな、ちょっと気になっただけだ。もう二度と会うこともないだろう」

田村は玄関に向かって歩き出す。背後で亀井の声が聞こえた。

「待ってくれ。一つ教えてくれないか。私を助けてくれたのは誰なんだ?」

つまり今回、亀井の誘拐を依頼した人物のことだ。

「悪いが俺は知らない。あんたのことを心配した誰かじゃないか」

「心当たりがないんだ。私には家族もいないし、親しくしている友人もいない」

「だが実際にあんたはこうしてここにいる。誰かが金を払い、あんたを匿うように依頼したんだ」

腑に落ちないといった感じで亀井は首を捻っている。ドアに手をかけたとき、上着のポケットの中で振動を感じた。スマートフォンに着信が入っていた。とり出して画面を見ると、そこには見知らぬ番号が表示されている。

「もしもし?」

聞こえてきたのは子供の声だった。やや上擦《うわず》った声から興奮が伝わってくる。

「おじさん、やったよ。さっきお父さんに正直に話したんだ。サッカーを辞めて、囲碁をやりたいって。そしたら……」

「ちょっと待て、その話を聞くのは俺じゃない方がいい」

田村は耳からスマートフォンを離して、それを亀井の胸に押しつけた。亀井は怪訝な顔つきでスマートフォンを耳に当てる。

「はい、お電話代わりました。……おう、栄斗か。……何？　本当か。本当なんだろうな。……それは良かった。良かったじゃないか。……いや、こっちは元気でやってるよ。心配するな。それより……」

会話はまだ続いている。田村は壁に寄りかかり、二人の通話が終わるのを待つことにした。

「良かったじゃない。やっぱり何事にも裏があるってことね」

新宿のカレー屋にいた。目の前には直子が座っている。今日は腹が減っていないので、ピクルスをつまみにしてビールを飲んでいるだけだ。顔面ＰＫ騒動の裏側にあった顛末を聞かせてやると、直子はナンをちぎりながらうなずいた。

「囲碁かあ。ジジ臭いけどサッカーよりはいいかも。知的な感じがするしね。目指せ羽生《はぶ》名人ね」

「それは将棋《しょうぎ》だろ」

今回の件は偶然の産物だと思う。たまたま誘拐した男が、例のバス会社の関係者だっただけだ。そこに何者かの思惑が介入した形跡はまったくない。普段は記憶の底に沈んでいる昔話を、久し振りに思い出したような気がしていた。

「そういえば」直子がビールを一口飲んで言った。「さっき上司から連絡があったんだけど、根本君が辞めるみたい」

「辞めるって、何を？」

「この仕事に決まってるじゃないの」

つい数時間前まで一緒だったが、そんなことは一言も言っていなかった。水臭い奴だな。そんな風には決して思わないが、辞めるなら辞めるで何かしら口にするのが筋ではないか。多少は世話してやったつもりだ。

「彼と何かあったの？」

「何もない」

思い当たるようなことは何もなかった。今回の件でもお人好しぶりを遺憾なく発揮していただけだ。これまでの奴の行動そのものだった。

「で、組織としてはどうするんだ？」

誘拐屋は一応裏社会の仕事であり、そこで見聞きしたことは決して口外できない部類の秘密だった。辞めたいと言って、はいそうですかと温かく送り出してくれるわけがない。

「彼は見習いだからね。誓約書的なものを書かせて終わりじゃないかしら」

半年間ほどの付き合いだった。いつも一緒に仕事をしていたわけではなく、たまに奴と組まされて仕事をしただけの関係だ。根本と一緒だといつも事態が二転三転し、余計な面倒を背負い込む羽目になったものだ。

「もしかして淋しい？　根本君が辞めちゃうのが」

田村の顔を覗き込むようにして直子が訊いてくる。田村は上体を反らして顔を背け、グラスに残っていたビールを飲み干した。

「そんなわけないだろ」財布を出し、千円札を一枚、テーブルの上に置いて立ち上がる。「先に行くぜ。次の依頼を待ってる。アリ、またな」

無口なインド人店主に声をかけてから店を出た。暗い路地を歩き、繁華街へと通じる通りへと出る。ポケットからスマートフォンを出す。通話履歴の中に『根本翼』という文字を見つける。一瞬だけ迷ったが、田村は画面を消して再びスマートフォンをポケットにしまう。

奴には奴の事情があるのだろう。去る者は追わず。それがこの業界のルールだった。

エチケット6　コンプライアンスは基本守る

「これが当日の最終スケジュールでございます。ご確認くださいませ」

矢野真紀《やのまき》は渡された書類に目を落とした。そこには披露宴当日のスケジュールが事細かに記されている。まさに分刻みであり、コンサートやライブイベントのタイムスケジュールを眺めているようでもあった。これが私のため――正確には私たちのためにおこなわれるとはにわかには信じられないのだが、もう後戻りはできないところまで来てしまっている。

「ご不明な点がありましたら何なりとお申しつけください」

ここは品川にあるホテルだ。来週の日曜日、真紀はこのホテルの式場で結婚披露宴を挙げる。十日後に迫っているが、まだ実感が湧かない。

大きなホテルのため、真紀たちの披露宴と同時刻に三組の披露宴がおこなわれるらしく、今も隣のブースでは別のカップルが最終スケジュールを確認している。担当者にいろいろ質問しており、準備に余念がない様子が伝わってくる。それに比べて、私は……。

隣にいるはずの彼がいない。今日はホテルのロビーで午後七時に待ち合わせをしていたのだが、一向に来る気配がないのでこうして真紀一人で説明を聞いている。電話をしても繋がらないし、メッセージを送っても反応はない。送ったメッセージが既読になることもなかった。少し心配だ。

婚約者の名前は土肥《どい》傑《すぐる》といい、三年前に飲み会で知り合った。彼は六歳年上で、今年で三十八歳になる。おっとりとした好青年だ。あまり頼りになりそうにないのだが、意外に人から頼りにされるという、少し変わったタイプの人だ。それでも一緒にいて気が楽だし、見た目と違って責任感も強い。この人とならやっていけそうだ。付き合い初めてから割と早い段階で、真紀は傑との結婚を意識していた。そして実際、その予感はこうして現実のものになろうとしている。

「気をつけていただきたいのは到着時間ですね。余裕を持ってこちらにお越しいただくことをご提案いたします。電車やバスなどの公共交通機関の一時的な運転見合わせ、突発的な渋滞など、当日何が起こるかわかりませんので」

「わかりました。気をつけます」

ハンドバッグの中から着信音が聞こえた。普段はマナーモードにしているのだが、今日は彼からいつ連絡があってもいいようにと解除していた。スマートフォンを出すと、傑から着信が入っている。「失礼します」と担当者に声をかけてから真紀は席を立った。

「もしもし？　傑さん、今どこにいるの？」

「ごめん、真紀。今日はちょっと行けそうにない」

「最終確認なんだよ。来てくれないと困るよ」

「わかるよ、俺だって。でもこの状況じゃちょっと無理だ。ニュース、見てないのか？」

「ニュース？　何かあったの？」

「うちの会社、ヤバいんだよ」

ここはホテルの三階にある打ち合わせ専用のフロアだ。待合室のところにテレビがあったので、そちらに足を運んでテレビの画面を見る。男性アナウンサーが原稿を読んでいて、テロップに『カントリーホーム』という文字があって真紀はハッと息を呑む。カントリーホームというのは傑が勤める建設会社だ。

「いったいどうしたの？」

「それがさ……」

傑が早口で説明する。カントリーホームは都内を中心に展開している住宅建設会社で、主に建売《たてうり》住宅を販売することで知られている。年間で百棟《むね》前後の建売住宅を建設し、それを販売しているらしい。業績は順調に伸びていて、今では赤坂《あかさか》の高層ビルの中にオフィスを構え、従業員も百人近くいるようだ。

それが今朝、新聞に一つの記事が掲載された。某新聞社だけのスクープ記事であり、内容はカントリーホームの施工不良を指摘するものだった。元従業員の証言と内部文書がニュースソースとなっていて、それによるとカントリーホームでは建設費用を節約するため、つまり儲けを増やすために仕様書に記載されているものとは違った材料を使ったり、または材料そのものを減らしているというのだ。具体的には安い断熱材を使ったり、もしくは壁一面に入れる予定の断熱材が一部欠損したままの状態で引き渡すなど、そういうことが常態的におこなわれていると記事には書かれていた。

「参ったよ、寝耳に水ってやつだ。今も電話が鳴りまくってるし」

電話の向こうからオフィスの騒々しさが伝わってくる。取材の依頼も殺到し、今も会社の前にはマスコミの人間が待ち構えているという。しかもこんな非常事態であるというのに社長は行方をくらましてしまったというので驚きだった。先陣を切って対応しなければならないボスが姿を消す。まさに現場の混乱が伝わってくる。

「とにかく取材対応をしなくちゃいけないんだ」

「どうして？　どうして傑さんが？」

傑は総務課の総務係長という肩書きだ。職場は本社オフィスで、従業員の給与計算や現場で使う部材の発注などが主な仕事と聞いている。

「総務ってことは、何でもやるってことみたい。何でも屋だね」

傑の性質が仇《あだ》になってしまったわけだ。周囲から頼られてしまい、対応の最前線に立たされてしまったのだろう。しかも本人も責任感があるタイプなので、そこから逃げ出そうともしないし、そもそも逃げるなどとは決して考えないタイプだ。だから結婚を決めたのだけど、今回に限っては……。

「私一人で最終確認なんてできないわよ。傑さんも見てくれないと……」

「ごめん、真紀。部下から呼ばれてる。悪いけど行かないと。またかけるよ」

通話は一方的に切られてしまう。テレビのニュースは違うトピックに変わっていた。テレビでとり上げられるほどの事件に彼の会社が巻き込まれ、よりによって彼自身が対応を任される責任者になってしまったのだ。

私たちの結婚式、いったいどうなってしまうのだろうか。真紀は溜め息をつき、肩を落として歩き出した。

※

「コンプライアンス？　何の話だ？」

　田村は直子に向かって訊いた。コンプライアンス。法令遵守という意味だ。裏の世界で生きている住人にとっては縁遠い言葉だ。直子は千切ったナンにキーマカレーをつけながら言う。

「ほら、ここ最近いろいろうるさくなってきたでしょ。特に世間の目っていうか、風当たりっていうの？　そういうのが厳しくなってきたから、組織も変革を始めたみたいね」

　場所は新宿のカレー屋だ。今日も田村たち以外に客はいない。

「闇営業とか、世間を騒がせたじゃない。だから雇ってる業者と取り決めを交わそうっていうのが組織の方針みたいなの」

「俺は個人で働いてる。組織に雇われてるつもりはない」

「ごめんごめん。そうだったわね。でもタムケン、私の気持ちだってわかってよ。中間管理職の悲哀《ひあい》ってやつね」

直子は誘拐ブローカーで、組織に所属している人間だ。組織というのはもともと政府直轄の人攫い機関のようなものだったらしい。それが政府の手を離れ、今でも裏社会で脈々と続いているというわけだ。今もその名残りが色濃く残っていて、役職名などもそうだ。直子は主査という役職らしいが、それがどの程度のレベルなのか田村は知らない。

一般人が思っている以上に誘拐は頻繁に発生しており、それがビジネスとして成立している。今日も一件、仕事をこなしてきた帰りにこの店で直子と待ち合わせた。今日の標的は人気ミュージシャンだった。男は薬物中毒者であり、馴染みのキャバクラ嬢とともに都内のホテルに潜伏していた。発覚を恐れた事務所が隠密裏に彼を確保したかったと推測された。おそらく一定期間、海外留学などの名目で施設に隔離され、薬物を絶った数ヵ月後にしれっとした顔で復帰するに違いない。

「これ、同意書。読んだらサインして」

直子がそう言ってテーブルの上に書類を置いた。A4サイズの紙が二枚、クリップで留められている。田村は同意書に視線を落とす。そこには誘拐屋として仕事に当たるための注意事項が記されている。

「つまらない世の中だな」

「仕方ないでしょ。そういう時代なんだから」

暴力をふるう場合は必要最低限に抑える。できるだけ殺人は控える。夜間の（特に閑静な住宅街等）においては車の騒音等に注意する。仕事に当たる場合は過度な飲酒、薬物摂取は控える、などなど。二ページにわたって注意事項が列挙されており、最後にサインする箇所があった。

田村はボールペンでサインをして、同意書を直子に向けて滑らせた。

「ありがと。悪かったわね。ところで最近、根本君と会ってる？」

「会ってるわけないだろ」

「元気にしてるといいんだけど」

根本翼というのは誘拐屋見習いだ。田村は根本の教育係のような役回りを任せられ、彼と組んで仕事をすることが多かったのだが、奴は一ヵ月ほど前に突然仕事を辞めた。世話を焼いてやったというのに連絡の一つも寄越さない。まあ連絡されても迷惑なだけなのだが。

「そういえば彼、自分で仕事をとってきてたんだって。私もこの前組織の同僚から聞いて驚いたんだけど」

「自分で仕事？　どういう意味だ？」

「そのままの意味よ。つまり自分で営業して誘拐の仕事をとってきたみたい。タムケンが絡んだやつもほとんど根本君が自分でとってきた仕事らしいわ。まったくわけがわからないわね」

意味不明だ。自分で誘拐の仕事をとってくる。そんなことに何の意味があるのだろうか。

「これ、根本君の住所」

そう言って直子は一枚の紙切れをテーブルの上に置く。

「どうして俺に根本の住所を……」

「あんたたち二人、結構いいコンビだと思ってたからね。淋しくなったら訪ねてみたらどうかしら。じゃあね、タムケン」

直子がそう言って立ち上がろうとしたとき、店のドアが開いた。夜は滅多に客が来ないので、田村は咄嗟にドアの方に目を向けた。若い男女が入ってくる。二人とも足元が覚束《おぼつか》ない。この店は路地の奥まったところにあり、電飾看板が出ているわけでもない。酔って迷い込んだのだろうか。

「あれ？　やってないのかな？　前にも来たんだけど」

そう言って女の方が椅子に座り、男の方は戸惑ったように店内を見ていた。奥から出てきた店主のアリがグラスの水をテーブルの上に無造作に置いた。

「大丈夫か？」

田村は直子に向かって声をかける。さきほどドアが開いたときの直子の反応が妙だった。やけに驚いたような感じだったのだ。

「大丈夫。ちょっとびっくりしただけ」

「何か気になることでも？」

「ちょっとね、最近人の視線を感じるっていうか、誰かに見張られてるような気がするのよ」

「そいつは大変だ。組織に頼んで護衛くらいはつけてもらった方がいいだろ」

直子は組織にとっても欠かせない重要人物だ。頼めば用心棒の一人や二人、つけるだけの価値がある。それが無理なら個人的に雇うべきだ。この世界、何が起こるかわかったものではない。

「そうしようかな。ねえ、タムケン」そう言う直子の表情は真剣なものだった。「もし私に何か不測の事態が起きたら、お願いしたいことがあるの」

「何だ？」

「ここのカレーを食べて。一度も食べたことないんでしょ」

田村は苦笑する。直子の冗談だった。田村は本格的なインドカレーが苦手で、この店で一度もカレーを食べたことがない。だからこの店に来たときはいろいろとトッピングを工夫し、ナンを食べている。以前はツナコーンマヨ、最近ではピザ風のナンばかりだ。

「本当に美味しいんだから。一度くらい食べてみてもいいと思うけどな」

そう言って直子は立ち上がり、店から出ていった。若いカップルはまだメニューを見て迷っているようだ。直子が残していった紙切れを手にとる。そこには品川区内の住所が書かれていた。

田村はグラスのビールを飲み干した。仕事のあとのビールの味はいつもとさほど変わらなかった。

※

真紀の職場は西新宿の高層ビルの三十階だ。大手電機メーカーの子会社であり、主に海外向けの輸出製品の企画・管理をしている会社だ。女子社員は多くはなく、真紀は庶務的な仕事を一手に引き受けている。

朝から親会社の社員が訪れ、東南アジア諸国に向けた輸出計画の会議をおこない、真紀もそこに同席した。議事録を作るのが真紀の仕事だった。一応録音もしているが、生の雰囲気を感じなければ質の高いものは作れない。会議が終わったのが午前十一時、自分の席に戻るとデスクの上に置いたスマートフォンに不在着信が入っていた。実家の母からだった。

真紀の実家は仙台《せんだい》だ。父はごく普通のサラリーマンで、母は専業主婦をしている。実は今朝も母から着信があったのだが、通勤途中なので電話に出なかった。これ以上無視するわけにはいかない。

給湯室に向かう。女子社員が少ないので、給湯室は大抵人がいない。無人の給湯室に入ってから母に電話をかけると、すぐに通話は繋がった。

「真紀、何やってんのよ。朝から何度も電話してるのに」

「ごめん、ちょっとバタバタしてたから」

「バタバタって、ひょっとして例の件？」

婚約者である傑が勤めるカントリーホームの不祥事《ふしょうじ》だ。今朝のニュースでも報道されていた。トップニュースとまではいかないが、上から数えて三番目くらいだった。

かなり世間の注目を集めていると言っていい。

「違うわよ。私の仕事のこと」

「ねえ、本当に大丈夫なの？」母が訊いてくる。怪訝そうな顔つきが目に浮かぶ。

「結婚式を挙げてる場合じゃないんじゃないの。だってこんなに話題になっちゃってるし……。傑さん、何て言ってるの？」

「昨日ちょこっと話しただけ。対応に追われてて忙しいみたい」

実は今朝もメッセージを送ったのだが、まだ返事は来ていない。一応真紀も会社勤めをしているため、あれほどの騒ぎになったときの社内のパニックは想像できる。上を下への大騒ぎだろう。

「あんたも少し真剣に考えた方がいいわよ。結婚するのはいいけど、いきなり旦那が無職になってしまうのも考えものよ」

カントリーホームはさほど大きな会社ではない。たとえば全国に支店があるような大手企業なら心配はないだろうが、カントリーホームくらいの会社だと一つの不祥事が命とりになる場合もある。もしかしたら会社が潰れてしまうのではないか。母はそれを心配しているのだ。

「大丈夫だって。そう簡単に潰れたりしないと思う」

そうは言ってみても真紀にも確証があるわけではない。早々《はやばや》と原因を究明し、記者会見を開くなりして事情を説明し、謝罪するというのが筋だと思うが、今朝のニュースを見る限り、まだそうした動きはないようだ。

「せめて式だけは延期した方がいいんじゃないかしら。このままの状態だと呑気に結婚式をやってる場合じゃないでしょ」

「今さら延期なんて無理よ」

「考えてみた方がいい。お母さんはそう言ってるの。来週までに騒ぎが鎮まる確証なんてないんだから。長引くかもしれないって大学の先生も言ってたわよ」

大学の先生というのはワイドショーのコメンテーターだろうか。延期のことは頭の隅にはあった。今日は金曜日、式は来週の日曜日なので、九日後だ。キャンセル料を払うことになるだろうが、式の延期は可能なはず。しかし世間体というものがある。この直前で式の延期をするのは周囲の人たちからどう思われるのか、それも気になるところだった。

「本当に大丈夫なの？　真紀。もしあれなら来週のホテルもキャンセルしなきゃならないんだけど」

母たち親族一同は式前日から東京のホテルに宿泊することになっていた。そのことも気にしているのだろう。

「現時点で延期はまったく考えてないわ。何か変更があったらすぐに連絡するから」

「ちゃんと傑さんと相談するのよ。大事なことなんだからね」

「わかってるわよ。仕事中だから切るね」

強引に通話を切る。母が言っていることは正論だとわかっているが、つい口調がぞんざいになってしまった。事態が大ごとになっているのはわかっているのに、その解決法がまったく見えてこないのが不安で仕方ない。傑と話したいのは山々だが、電話をかけたところで彼は出てくれないだろう。今は対応に追われてそれどころではないはずだ。

真紀はスマートフォンでネットに接続し、大手ニュースサイトを覗いてみる。社会の欄に『カントリーホーム、いまだに謝罪会見なし。憤《いきどお》る施主たち』という記事がある。それによると依然として正式なコメントを発表しないカントリーホームに対し、実際に購入した家主たちから怒りの声が上がっているらしい。いつから施工不良が始まったのかも定かではなく、都内だけでおよそ一千戸ほどのカントリーホーム施工の一戸建て住宅があるという。

画面を下にスクロールすると、記事へのコメントが匿名《とくめい》で並んでいる。それを読んだ真紀は暗澹《あんたん》とした気持ちになった。

『終わったな、この会社』

『社長さん、どこ行ったの？』

『謝罪会見、早くやれ』

『ご愁傷様。買った人、まだローン残ってるんだろうな』

カントリーホームを擁護するコメントなど見当たらない。辛辣《しんらつ》なコメントばかりだった。まるで日本中の人たちが傑の会社を批判しているような気がした。

私はこの会社に勤める男性と来週結婚式を挙げる。そんなことが果たして可能なのだろうか。

※

「あれ？　珍しいところで会うな」

午前中の図書館だった。田村が文芸書のコーナーを歩いていると、いきなり声をかけられた。青い作業着を着た男が立っている。作業着はところどころがオイルのような液体で汚れており、図書館を歩くのに似つかわしい服装ではない。しかし男はニヤニヤ笑いながら近づいてくる。

「あんたも本を読むんだな。さすがだぜ、タムケンさん」

男は三宅兄弟の弟だ。田村とは同業者、つまりこの男も誘拐屋だ。背の高い兄の姿は見えない。

「お兄ちゃんは一緒じゃないのか？」

「兄貴は買い物に行ってるよ。そっちもおっちょこちょい野郎と一緒じゃないのか？」

根本のことだろう。田村は首を振って答えた。

「俺は基本的に一人だ。あいつはたまたまコンビを組まされただけだ」

「ふーん、そうか。それよりタムケンさん、カレー好きか？」

「本格的なカレーは苦手だ」

「あ、そう。じゃあいいや」

三宅弟は数冊の本を脇に抱えている。どうやら本格的なインドカレー作りの本のようだ。三宅弟が説明する。

「仕事の依頼もないし、カレー食いたいなって話になって、作ってみようと思ったんだよ。俺がレシピを探す係で、兄貴が食材を調達する係ってわけ」

「なるほど」

旨い本格的なカレー――田村自身は食べたことがないのだが――を提供する店を知っているんだが。そう紹介しようと思ったがやめておいた。アリの店は直子と密談する場所としてあまり業界関係者に知られたくない。

「タムケンさん、こないだ別の業者と現場で鉢合わせになって、ちょっと話したんだけどさ、業界内であんたは二位で、俺たち兄弟が三位らしい。一位はパンプキンらしいぜ」

パンプキンという業者がいることは田村も知っていた。誘拐屋というより何でも屋というニュアンスの方が近く、聞くところによると殺人まで請け負うようだった。詳細はあまり知られておらず、謎に包まれた業者だった。

「俺たち、結構仕事してると思ってるんだけど、やっぱりタムケンさんには敵わないよな」

「俺は組織から仕事をもらってる。お前たちは個人でやってるんだろ？　そういう意味じゃたいしたもんだよ」

「だよな。俺たちもたいしたもんだよな」

平日の午前中の図書館は静かだ。来館者の年齢層は若干高めだった。田村と三宅弟はどこか浮いてしまっている。まさか二人が誘拐ビジネスのトップランナーだとは周囲の者たちは思ってもいないだろう。

「タムケンさんはどんな本を借りるんだ？」

読書傾向を知られるのはあまり好きではない。

「用事を思い出した。失礼する」

「何だよ、それ。俺と話したくないってことかよ」

「そういうわけじゃない。本当に用事を思い出したんだ」

田村はその場をあとにした。館内を歩き、図書館から出る。近くのコインパーキングに停めたライトバンに乗り込み、すぐに発進させた。

向かった先は品川だった。直子から根本の住所を教えられたのは昨夜のことだ。別に奴のことを恋しく思ったわけではなく、一時期一緒に仕事をした同業者として、様子くらい見に行くべきではないかと思ったのだ。

根本が住んでいる部屋は木造二階建てのアパートだった。田村は路肩にライトバンを停め、運転席から降り立った。

外階段を上る。根本が住んでいる部屋は二〇三号室だった。『根本』という表札があったのでインターホンを押してみたのだが、反応はなかった。田村は周囲を見回した。平日の午前中ということもあってか、人影はほとんどない。アパートの感じから して住んでいるのは一人暮らしの学生か若いサラリーマンといったところか。

田村はポケットに手を入れ、先端を加工した針金を出した。最新式の鍵は無理だが、この手のドアなら開けられる針金だ。二分ほどでドアの鍵を解除し、田村は中に入る。

ワンルームの狭い部屋だ。根本の姿はない。

部屋の中を観察する。大抵の場合、その部屋を見れば住んでいる住人の個性、特徴などがわかるものだ。本や雑誌などから好みや嗜好《しこう》を推察できるし、クローゼットを覗けば服装の好みなどもわかる。家具や家電も情報の宝庫だ。その人物の経済的状況、生活のどこに重きを置いているのか、そういったことが推測できるのだ。

しかしである。根本の部屋にはそういった個性、特徴めいたものが何も感じられなかった。いわばホテルに近い。必要最低限のものしか置かれておらず、雑誌や本、DVDといったソフトの類いも一切見当たらない。

この部屋と似ている場所を田村は知っている。そう、田村自身が住んでいる部屋だ。もし根本が意識してこの部屋を作り上げているのであれば、あの根本という男、実は意外に曲者だったのかもしれない。

※

土曜日の朝、真紀は土肥傑のマンションを訪ねた。昨日も結局電話で話すことができず、思い切って自宅を訪ねてみることにしたのだ。駅に着いたときにメッセージを送っていたので、オートロックのボタンを押すと彼の返事とともにドアが開いた。

「ごめん、真紀。いろいろ大変でね」

出迎えてくれた彼の顔には疲れの色が濃く残っていた。ゴミ箱の中にコンビニ弁当の容器が捨ててある。普段はあまりコンビニの弁当を口にしない人だ。昨夜も遅かったということだろう。

「パン買ってきたけど食べる?」

「ありがとう。食べるよ」

「コーヒー淹《い》れるね」

キッチンに立ち、ヤカンで湯を沸かす。この部屋には何度も泊まったことがあるので、どこに何があるのか大抵わかる。彼は洗面室で髭を剃っていた。コーヒーを淹れてリビングに持っていくと、ちょうど彼が洗面室から出てきて、ソファに座ってパンを食べ始める。

「状況はどうなの？」

真紀が訊くと、傑がサンドウィッチを食べながら答えた。

「良くないね。いいところが何もない。最悪だよ」

「社長は見つかっていないの？」

「どこかに雲隠れしてる。こんなときに何やってんだか」

こんなときだからこそ隠れているのだ。自分の会社が不祥事を起こし、その責任の重大さに逃げ出したくなる気持ちはわかる気がする。だからといって本当に逃げてしまうのは企業のトップとして失格だ。

「うちの会社が未熟だってことを痛感させられたよ」

カントリーホームは現社長、和田国男《わだくにお》が一代で築き上げた会社だった。もともとは大田区《おおた》でカントリー工務店という住宅建設会社を経営していた和田社長が、敏腕コンサルタントの助言を受け、徐々にその規模を拡大させていった。バブルの時代に会社は急成長し、カントリーホームと社名を変えた。赤坂に本社を置くようになったのもこの頃だ。

傑が入社したのは今から十数年前、すでにカントリーホームが現在の形になっていた頃だという。和田社長を始めとする幹部らの多くが元大工で、経営の何たるかをまったく理解していない古い気質の人間らしい。

「おろおろしてるだけなんだよ。それにネットとかにも疎いから、自分の会社が炎上してる実感も湧いてない。まったく困った人たちだ」

従業員が百人近くといっても、その多くは職人などの現場の人間であり、実際に危機対応に当たる社員の数は限られている。そうして傑に白羽《しらは》の矢《や》が立ってしまったというわけだ。

「だって顧問弁護士さえいないんだぜ。急遽《きゅうきょ》弁護士を雇って、その人が中心となって謝罪の文書を作ってる段階。何とか今日中にはホームページ上で謝罪文をアップできると思う」

傑がパンを片手にテレビに目を向けた。カントリーホームという単語がニュースを読むアナウンサーの口から発せられたからだ。しかしその内容は昨日とさして変わらぬ内容で、まったく対応のないカントリーホームを非難するようにも受けとれる内容だった。それを聞きながら傑が吐き捨てるように言う。

「こっちだって一生懸命やってんだよ、マジで」

普段は穏やかな彼が、こういう物言いをするのは珍しい。それほど事態は逼迫《ひっぱく》しているということだ。

「で、本当のところはどうなの？　違う断熱材が入っていたって話だけど」

「詳細は確認中だけど、本当だよ。この話をマスコミにリークした人も見当がついてるんだ。去年までうちで働いてた人だよ」

現場監督として仕事をしていた社員らしい。ところが去年、飲酒運転で人身事故を起こした。幸い被害者は軽傷で済んだが、事態を重く受け止めた和田社長はその社員を即座に解雇処分にしたという。

「その人とよく組んでた職人たちに話を聞いたら、たしかに断熱材の入れ替えがおこなわれていたって話もちらほら出てる。要するに仕様書で指定されたものとは違う材料が使われていたってこと」

明るい話題が何一つなかった。施工不良は事実であり、しかも社長は姿を消してしまっている。

「昨日、実家の母から電話があったんだけど」思い切って真紀は口にする。「式は延期にした方がいいんじゃないかって母は言ってた。この状況で式を挙げるのは大変だろうって」

「お義母さんの言うことはもっともだよ。実は俺もキャンセルについて契約書を確認してみたんだ。今キャンセルしても四十五パーセントを支払わないといけないようだね」

今は四十五パーセントで、三日前になるとキャンセル料が六十パーセントに跳ね上がるらしい。そして当日のキャンセルは百パーセントの支払い義務が生じる。

真紀は感心した。この忙しい中でよくここまで調べてくれたものだ。いや、彼も式を断念せざるを得ない状況まで追い込まれているとも言える。

「三日前まではキャンセル料は変わらない。だったらそれまで待ってみようと思う。そうだな、来週の水曜日まで待っても状況が好転しないようなら、そのときはもう一度相談しよう」

二人で相談して、式を挙げるかどうかを決めるということだ。好転しなかったらおそらく式は延期することになる。

この半年間、ずっと楽しみにしてきた晴れの舞台だ。それがこんな形で駄目になってしまうとは想像もしていなかった。まだ駄目になったと決まったわけではないが状況は厳しそうだ。

「そろそろ行かないと」

そう言って傑が立ち上がる。クローゼットからネクタイを出し、それを首に巻きながら彼が言った。

「今夜のこと憶えてる?」

「えっ?　何かあったっけ?」

「やっぱり忘れてたんだ。今夜〈ビアンカ〉に行くことになってただろ」

ビアンカというのはこの近くにあるビストロ風居酒屋だ。二人で週に一度は必ず足を運ぶ店で、店のマスターとも顔見知りだ。人気店のため、週末は予約が必須だ。

「真紀一人で行っておいで。俺のことは気にしないでいいから」

「でも……」

「いいから。それにマスターには今の状況を正確に伝えておく必要があるだろ」

実は結婚披露宴の終了後に参加してくれた人たちを見送る際、ビアンカのクッキーを手渡すことになっていた。もし式が延期になれば、当然ビアンカのクッキーも必要なくなる。そのあたりのことを先方に伝えなければならないと傑は言っているのだ。

当然、マスターも披露宴に参加する予定になっている。

「わかった。じゃあそうする」

「頼んだよ。俺、行くから」

玄関で彼を見送った。真紀は彼から合い鍵を渡されている。掃除だけして帰ることにしようと思い、真紀はリビングへと引き返した。

「そうか。それは大変だ。うちはまったく気にしないから、正式に決まったらまた教えてよ」

「すみません。いろいろご迷惑をおかけしてしまって」

「いいんだよ。だって傑君が悪いわけじゃないんだろ」

ビアンカは今日も盛況だ。四つあるテーブル席はすべて予約客で埋まっていた。真紀はカウンターの一番隅でワインを飲んでいる。真紀の隣――本来なら傑が座るはずだった席にも男性の一人客が座っていた。

「でも社長が謝罪しないっていうのもどうかと思うけどな」マスターが言う。「謝罪文は出たみたいだけど、それだけじゃ世間も納得しないでしょ。危機管理対策ってやつがなってないね」

仰《おお》せの通りだ。今日の午後、カントリーホームのホームページ上で謝罪文が公表された。しかし炎上はおさまるどころか火に油を注いでしまったようだ。あれから傑とは連絡をとっていないが、おそらくまだ雲隠れしたままなのだろう。

「結婚式は来週の日曜だろ。土曜日の午後からクッキーを焼こうと思ってたから、それまでに連絡くれればどうにでもなるよ」

「ありがとうございます」

「ゆっくりしていって。ワインのおかわり、いる？」

「まだ大丈夫です」

マスターは奥の厨房に戻っていく。真紀が注文した料理はすでに目の前に置かれている。おつまみ三種の盛り合わせと仔羊《こひつじ》のローストだ。これを食べたら帰ろうと思っていた。フォークでそれらを食べていると、突然隣の男に話しかけられた。

「あのう、ちょっといいですか。偶然耳に入ってしまったんですけど、カントリーホームの関係者の方ですか？」

さきほどからずっとマスターとその話題について話していた。それを聞かれてしまったということだ。今さら否定するのもおかしな話なので、真紀は曖昧《あいまい》に返事をする。

「ええ、まあ。関係者ってほどじゃないですけど」

「ご主人がお勤めとか？」

「まだ結婚はしてませんが」

「大変ですね。心中はお察しします」そう言って男は首を横に振った。「まったく社長は何やってるんですかね。こんな大事なときに姿を見せないなんて」

憤懣《ふんまん》やるかたないといった感じで男は続けた。

「一番可哀想なのは家を購入した人です。高い金を払って買った家が欠陥住宅かもしれないわけですからね。次に可哀想なのはカントリーホームで働いている人とその家族です。不正を知らずに真面目に働いていた人がほとんどだと思うんですよね」

話しているうちに込み上げてくるものがあったようで、男はなぜか涙ぐんでいる。少し怖い。早々と退散したいが、目の前にある料理はまだ大半が残っている。急いで食べようとフォークを手にしても男は構わず隣で話している。

「こういう場合、頭を下げた方がいいんですよ。喧嘩と一緒です。謝っちゃえばいいんですよ。謝らないから外野が騒ぐんです。あ、僕、うるさいですか？」

うるさいというより、うざい。しかしそれを正直に言うわけにはいかない。

「貴重なご意見、ありがとうございます」

「どういたしまして。でもカントリーホームの人たちも要領が悪いっていうか、社長を捜して連れてくればいいだけの話なんですけどね」

それができないから苦労しているのではないか。そう思っていると男が意外なことを言い出した。

「逃げてしまった人や、どこかに隠れている人とかを捜して連れてくる専門の業者がいるって知ってます？」

知らない。そんな仕事は聞いたことがない。探偵のようなものだろうか。

「その業者に頼めば一発で解決ですよ。力士の浜乃風っているじゃないですか、大関の。浜乃風が数ヵ月前に部屋から失踪したとき、彼を見つけて部屋に連れ帰ったのもその業者だったって話です。僕、実はこう見えてもその業者に伝手があるので、もしご希望であるなら頼んでみてもいいですよ」

隠れている人間を見つけ出し、連れ戻す。そういう仕事を専門に扱う業者がいるというのだ。たしかに今、和田社長を見つけ出すのはカントリーホームにとって最優先事項だ。

「一応ご主人さん、あ、違った。彼氏さんに伝えておいてください。僕でよければ相談に乗りますから。あっ」

男がグラスを倒した。持とうとした途端、手が滑ってしまったらしい。グラスに入っていた赤ワインがこぼれ、真紀の膝のあたりにかかってしまう。穿《は》いていたジーンズが赤く染まる。

「すみません。僕、何てことを……」

「気にしないでください。洗濯すれば落ちますから」

真紀はおしぼりを赤い染みに押し当てた。高いジーンズではないので、染みが残ってしまっても問題はない。隣の男が突然財布を出し、一万円札を出してテーブルの上に置いた。

「これ、クリーニング代として使ってください」

「本当に大丈夫ですから」

「使ってください。僕が悪いので」

「本当に要りませんって」

つい声が大きくなってしまう。男は一万円札を財布の中にしまいながら、申し訳なさそうに頭を下げた。

「本当にすみませんでした。お詫びといってはあれですが、カントリーホームの社長を早急に見つけて連れてくることをお約束します」

「えっ？　でもそれって……」

「僕が勝手にやることなので、費用はかかりません。腕のいい業者を知っているので頼んでみます。見つけ次第、会社の方に連れていきますので、しばらくお待ちになっていてください。あ、お会計お願いします」

通りかかった店員に声をかけながら男は立ち上がる。「あの、ちょっと」とあとを追おうとしたが、男はこちらに見向きもせずに支払いを済ませて店から出ていってしまった。

いったい何だったのか、あの男は。真紀は半ば呆然としながらグラスの白ワインを飲んだ。そして残りの料理を食べるためにナイフとフォークを持ちながら、さきほどの男の名前さえ聞いていないことに改めて気づいた。

※

直子から呼び出されたのは日曜日の午前中だった。日曜日はカレー屋が定休日だったため、西新宿にある喫茶店で待ち合わせをした。普段はビジネスマンが行き交う西新宿も日曜日のためか人の数が少なく、喫茶店も半分しか席が埋まっていなかった。

窓際のテーブル席に直子の姿を見つけ、田村はその席に向かう。

「悪いわね、タムケン。急に呼び出したりして。アイスコーヒーでいい？」

「ああ」

直子が店員を呼び止めてアイスコーヒーを注文した。直子もアイスコーヒーだった。直子がタブレット端末をテーブルの上に置いた。

「今回の標的よ」

映っているのは高齢の男性だ。直子の細い指がタッチパネルの上を動き、あるネット記事を表示させる。

「知ってるでしょ？　カントリーホームの断熱材問題」

「あれか」

田村は図書館で朝刊各紙に目を通すのが日課なので、大抵の時事ネタは頭に入っている。カントリーホームという建設会社が立てた一戸建て住宅において、仕様書とは違う断熱材が使用されていたという不正疑惑だ。安い断熱材を使用することにより、その差額をせしめようというケチ臭いやり方に、世間の批判の声が集まっている。

「この男が社長の和田国男。行方知れずよ。雲隠れってわけね。まったくこんなときに何やってんだか」

「こんなときだから逃げてるんだろ」

「その通りね。今、うちの調査部が行方を追ってるわ。わかり次第伝えるから、タムケンは待機してて」

「了解だ」

店員がアイスコーヒーを運んできたので、田村はそれに手を伸ばした。ストローは使わない主義だった。喉が渇いていたので半分ほど飲む。グラスをテーブルの上に置くと直子が言った。

「この仕事は速達での依頼が入ってる。いつ連絡があってもいいように待機しておいて」

速達というのは業界用語だ。とにかく急いでくれという意味だった。本来であれば納期までに仕事を終えれば文句は言われず、時間の使い方は各業者に一任されている。田村は比較的慎重派で、下準備に時間をかける方だった。しかしそれは当然だ。失敗して警察に捕まったら一巻の終わりなのだ。慎重に仕事を進めること。それがこの業界で長く生きていくコツでもある。

ただし速達となるとそれほど準備に時間をかけている暇はない。依頼人が痺れを切らして別の業者を雇う可能性も否定できないため、できる限りスピーディーに仕事を完了させる必要がある。だから田村は速達があまり好きではない。

「頼んだわよ、タムケン」

そう言って直子が伝票を掴む。田村は周囲を見回してから言った。

「おい、護衛の話はどうなった？」

先日直子と会ったとき、誰かから見張られているような気配を感じるというので、組織に頼んで護衛をつけてもらったらどうだと提案したのだ。こうして店内を見ても直子のことを護衛している者の姿は見えなかった。

「あれ、却下された。自分の身は自分で守れってことみたい」

「コンプライアンスもクソもないな」

「最近は見られてる感じはしなくなった。私の気のせいだったのかもしれない。じゃあね」

直子は立ち上がり、会計のレジに向かって歩いていく。田村はアイスコーヒーを飲み干し、すぐに席を立つ。喫茶店とはダラダラと時間を潰す場所ではなく、仕事の打ち合わせを手短におこなう場所だ。

すでにレジの前から直子の姿は消えていた。家に帰って準備をして、連絡が来るまで待機だ。田村は店から出て、ライトバンを停めてあるコインパーキングに向かって歩き出した。

組織の調査部が意外にも手間どった。まあそれは仕方がない。奴らも人間なので好不調の波がある。特に対象者が老人となると、逆に厄介だったりする。このデジタルの時代だからこそ、徹底したアナログ主義者の方が痕跡《こんせき》が残らないのだ。

カントリーホームの社長もそうだったようだ。せめて携帯電話を所持していればGPSで居場所を特定できるのだが、持っていなければ追跡作業は一気に地味なものとなる。まあいずれにしても地味な仕事なのだが。

依頼を受けたのが日曜日で、直子から連絡が入ったのが月曜日の夕方だった。和田社長の潜伏先は浅草《あさくさ》にある松尾《まつお》旅館という古びた旅館だった。旅館というよりも簡易宿泊施設といった色合いが濃く、外国人に人気のようで、大きなリュックサックを持った連中が出たり入ったりしているのが見える。

車の窓をノックされた。窓を開けると自転車に乗った男が立っている。

「お待たせしました」

「悪いな」

便利な世の中になったものだ。男は食べ物の配達人だ。ネットに入力するだけで、こうして届けてくれるのだ。男に金を払い、紙袋を受けとった。

脂っぽい匂いが車内に充満する。ハンバーガーだ。紙袋からてりやきバーガーとポテトMサイズとウーロン茶を出し、それらを飲み食いしながら旅館の出入口を観察する。てりやきバーガーが旨いのは言うまでもない。

本来であれば二、三日は観察して様子を見るのだが、今回の依頼は速達だ。すでに手を打っており、旅館の従業員の一人――年老いた男に金を渡し、和田社長が二階の桜の間に宿泊しているという情報を得ていた。さらにもう一つ、マスコミらしき連中が松尾旅館を嗅《か》ぎ回っているという怪情報を和田社長の耳に入るように仕向けた。あとはどうなるか、和田社長の動きにかかっている。いずれにしても今夜中に動きがなければ明日の早朝、踏み込むしかない。

長時間待つことができる。それは誘拐屋に必要な資質の一つだ。しかしボケっとしながら待つのではなく、ある地点を観察しながら数時間も待つのだ。やってみればわかるが、これが意外に難しかったりする。

時間が過ぎていく。動きがあったのは深夜二時を過ぎた頃だった。松尾旅館の敷地から出てくる人影が見えた。

田村は運転席から降り、旅館の入口に向かって走り出す。すぐに人影に追いついた。周囲は闇に包まれ、静まり返っている。田村の気配に気づいたのか、男が振り向いた。和田社長で間違いなかった。プロフィールによると年齢は七十歳だが、六十歳と言われても信じてしまうほどに若々しい。

「誰だ？　マスコミか」

警戒心を剝き出しにした視線を向けてくる。まあ無理もない。今、自分がどういう立場にあるか。この男だってニュースくらいは見ているはずだから。

一応スタンガンは所持しているが、老人を敬う気持ちがないわけではない。滅多に電車は乗らないが、乗ったら優先席には座らないだろう。どうにかして穏便に済ませたい気持ちもあり、田村は両手を上げた。危害を加えるつもりはないという意思を示したつもりだった。

しかし老人は予想外の反応を見せる。いきなり田村の方に向かって両手を突き出すような構えをとった。そして腹から気合のこもった声を発したのだ。

「かかってこいっ」

柔道経験者らしい。まさかこういう展開になるとは思っていなかったので田村は一瞬だけ躊躇する。やはりスタンガンを使ってしまおうか。そう思って懐に手を入れようとしたが、田村はそれを思いとどまった。暴力は必要最低限に抑えるようにと組織と交わした同意書にも書かれていた。しかし必要最低限とはどの程度を意味しているのだろうか。

田村は警戒しながら和田社長に向かってゆっくりと前に出る。すると和田社長が摑みかかってきた。シャツの襟のあたりを引っ張られるのを感じる。背負い投げだろうが、そう簡単に投げられるほど素人じゃない。

投げをかわし、田村は背後から和田社長の体を拘束する。和田社長も必死に抵抗するが、こういう攻防は毎日のようにジムのリングで練習しているので簡単に逃がしたりはしない。

「放せ。放すんだ」

「大人しくしろ。悪いようにはしない」

「いいから放せ。なぜこんな真似を……」

「神様が休暇中だったんだ。諦めろ」

和田社長は懸命に抵抗を続けている。七十歳になる老人とは思えない力だ。田村は懐に手を入れ、スタンガンを出す。それを和田社長の肩のあたりに押し当てると、びくんと一回跳ねてから大人しくなる。

車まで引き摺っていく。脱力した人間は意外に重いのだが、こういうときに備えて日頃から訓練を重ねている。後部座席のドアを開け、和田社長の体を持ち上げた。

一丁上がりだ。あとは指定された場所に身柄を運ぶだけだ。座席に和田社長を寝かせてから、田村はドアを閉めた。

※

「いい加減にしなさいよ、真紀。もう覚悟を決めるしかないでしょうに。こんなに騒ぎが大きくなってしまったんだから、とりあえず披露宴は延期にするしかないわよ、まったく」

毎朝、実家の母と電話で話すのがここ最近の真紀の日課となりつつある。内容はもちろん今週末に控えた披露宴についてだ。いまだにカントリーホームの断熱材不正使用疑惑は解決の目途さえ立っておらず、事態はますます泥沼化していた。カントリーホームで二年前に家を建てたという都内在住の男性が自腹で業者に依頼し、自宅の壁を剥がして断熱材の調査をしたところ、やはり仕様書とは違う断熱材が確認されたという。その男性のインタビューは顔出しNGのまま毎日のようにワイドショーで放送されている。騙したカントリーホームに非があるのは疑いようのない事実だが、自腹で壁を剥がすのはやり過ぎではないかと真紀自身は思う。

「青森のおばちゃんも心配してるわよ。あと高校の……」

耳元で音が聞こえ、別の電話が入っていることがわかった。真紀は母親に向かって言った。

「ごめん、お母さん。電話がかかってきてるみたい。またね」

耳からスマートフォンを離して画面を見ると、かけてきた相手は土肥傑だった。何事かと思ってすぐに電話に出ると、慌てたような彼の声が聞こえてくる。走りながら話しているようで、多少息が上がっているようだ。

「真紀か。俺だよ、傑。今、大丈夫か？」

「うん、大丈夫。どうしたの？」

「実は社長が見つかったんだよ。さっき電話がかかってきて、会社の方に届けられたらしい」

ようやく社長が見つかったのは喜ばしいニュースだ。しかし届けられたというのはどういうことだろうか。荷物じゃあるまいし、普通なら帰ってきたとか戻ってきたという表現を使うはずだ。真紀の疑問を察したように傑が言う。

「今朝一番早く出社した俺の後輩がね、ビルのエントランスの前に置かれた大きな段ボールを見つけたらしい」

カントリーホームは赤坂の高層ビルの中に本社オフィスがある。大勢のビジネスマンが行き交う中、その段ボールはビルのエントランスにぽつんと置かれていた。段ボールには黒いマジックで『カントリーホーム御中』と書かれていた。

「で、俺の後輩も悩んだみたいだけど、気になって段ボールを開けたらしい。すると……」


中に和田社長その人が入っていたというのだ。手足を縛られ、口にはガムテープが貼られた状態で段ボールに押し込められていた。焦った後輩が傑のもとに電話をかけてきたというわけだ。

「驚くだろ。段ボールの中に入れられてたんだぜ」

「で、社長はどうしたの？」

「台車で運ばせた。周囲の目があったから箱に入れたままオフィスまで運び込んだんだよ。あ、真紀、ごめん。そろそろ駅に着く。また連絡するよ」


通話は一方的に切れた。社長が見つかったということは、近日中に謝罪会見が開かれるということだ。カントリーホームはいまだに猛烈な逆風に晒《さら》されている。謝罪会見で状況が変わればいいが、これればかりはどうなるかわからない。謝罪会見で失敗して、火に油を注いだ例を真紀はいくつも知っている。

スマートフォンをテーブルの上に置き、真紀は途中だった朝食作りを再開する。といってもパンを焼くだけだ。近所に美味しい食パン屋ができたので、最近はそればかり食べている。

スライスした食パンをトースターに入れ、タイマーをセットする。待っている間にコーヒーを淹れる。そういえば、と真紀は思い出した。あれは先週の土曜日のことだった。傑の自宅近くのビストロ風居酒屋〈ビアンカ〉に行ったときのことだ。カウンターでたまたま隣に座った男が妙なことを言っていた。逃げてしまった人や隠れている人を捜して連れてくる専門の業者がいるという話だった。

変わった仕事があるんだな、とそのときは思っただけだ。だが男がワイングラスを転倒させてしまい、中身のワインが真紀のジーンズを濡らした。あのとき男は言っていた。お詫びといってはあれですが、カントリーホームの社長を早急に見つけて連れてくることをお約束します、と。

さきほどの傑の話を思い出す。カントリーホームの和田社長は段ボールに入れられて本社ビルに届けられたらしい。ということは届けた何者かがいるということだ。これこそ、あの男が言っていた業者というやつではないだろうか。

確証があるわけではないが、あの男が一枚嚙んでいるような気がしてならなかった。人の好さそうな三十代くらいの男だ。もし本当にあの男のお陰で和田社長が見つかったのであればお礼の一言でも言いたいところだが、生憎連絡先はおろか名前さえ聞いていない。今度ビアンカに寄ってマスターに聞いてみてもよさそうだ。トースターのタイマーが鳴る。パンが焼けたいい匂いが漂っていた。

カントリーホームの社長、和田国男による謝罪会見は彼が本社ビルの前で発見された翌日におこなわれた。会見の開始は午後二時、場所は都内にあるホテルの広間だった。ワイドショーでも生中継されたが、真紀は仕事中だったためリアルタイムで見ることができず、帰宅途中の電車の中でスマートフォンの動画配信サイトで見たのだが、一言で言って悪くない会見だった。

真紀は和田社長の顔をまともに見るのは初めてだったが、昔ながらの頑固親父《おやじ》的な風貌だった。彼は徹頭徹尾、一切言い訳しようとせず、ただひたすらに謝った。謝り倒したといった感じだった。しかもただ謝るだけではなく、なぜ行方をくらましてしまったのか、そのあたりの経緯も彼なりに説明した。簡単に言うと責任の重さに怖くなってしまったというのだが、たどたどしい言葉ながら、一生懸命話そうとする和田社長の真摯《しんし》な態度は共感できるものだった。

断熱材不正使用疑惑についても社長自らが説明した。事の発端は二年前、某社員が独断でおこなったものらしい。その社員はギャンブルの借金で首が回らなくなり、どうにかして金を都合できないかと考えた末、グレードを下げた断熱材を使おうと思ったというのだ。会社に内緒で業者に安い断熱材を発注し、その差額を懐に入れる。彼の企みが順調に進めば年間で数十万円の金を得られる算段だったが、そこで彼に不幸が――会社にとっては幸運が――訪れる。その社員が会社帰りに飲酒運転で事故を引き起こしてしまったのだ。飲酒運転撲滅運動に取り組んでいたカントリーホームは、飲酒運転が発覚した場合は即解雇と社則で定めてあったため、彼はすぐさま解雇となった。

馘になった男の後任者は断熱材の不正使用に気づくことはなかったが、仕様書通りの断熱材を業者に発注することにより、何とか正常な状態に戻った。ただしカントリーホームの調査によると、その不良社員が担当した、二年前に都内で建設された五十六棟の一戸建て住宅において、仕様書とは違う安価な断熱材が使用されていることが明らかになったらしい。その五十六棟の住宅の家主に対して、社長自らがお詫びに出向くようだった。

真紀は電車の中で謝罪会見を見て、さらに帰宅してからもう一度見た。二度目を見終わったところで母から電話がかかってくる。

「よかったじゃない、謝罪会見」母は開口一番そう言った。「やっぱり誠実に謝るのが何よりね。最初はどうなることかと思ったんだけど、あそこまで徹底して謝られるとこっちも何も言えなくなってくるわね」

おそらくそれが作戦だ。どういう謝罪会見をすれば世間の人たちが納得するのか、それを十分練ったうえでの会見だろう。社長が見つかったのが火曜日の朝で、会見がおこなわれたのが翌日の午後だ。本来であればすぐさま会見を開くべきだが、一日置いたのは入念なリハーサルを重ねたからだと真紀は勝手に想像している。

「さっきお父さんとも話したけど、あれなら世間の人たちも文句は言わないだろうって言ってたわ。あ、そうだ。披露宴のことだけど、次の日のお昼はどこで食べようかしら。せっかく東京に行くんだから美味しいものを食べたいわね」

昨日までは披露宴を延期するのは当然だという口振りだった。手の平を返すとはこのことだ。

「ところで真紀、社長さんは披露宴に来るの？」

一応和田社長も参加者の中に名を連ねている。新郎側の一番偉い人というポジションで、たしか乾杯の音頭《おんど》も和田社長だ。今は状況が状況なだけに彼の参加は難しいだろう。披露宴の延期を考えていたくらいなので、細かい部分に頭が回っておらず、近いうちに傑と話し合わなければならない。

「どうだろうね。社長は多分難しいんじゃないかな」

「あら残念ね。一言ご挨拶差し上げたかったのに」

昨日まで和田社長は悪役だった。逃げ回っている悪の総帥《そうすい》といったイメージだったのが、見つかってから潔く謝罪会見を開いただけでこうも印象が変わってしまうのは驚きだった。もともとは逃げていた彼が悪いのだが、世間はそれさえも忘れ去ってしまったようでもある。

「とにかくよかったわ。これで何とか無事に披露宴を迎えられそうね」

心の底から安心したように母は言い、通話を終えた。そのまま真紀は傑に電話をかけてみた。どうせ繋がらないと思っていたが、傑は電話に出た。

「見たわよ、記者会見。評判はどう？」

「悪くないね」傑の声はいつもより明るく、それが何よりだった。「社内の雰囲気もかなりよくなった。昨日までお葬式みたいだったから。一時的に止まっていた現場も動き出したよ」

「それはよかったわね」

あの男のことを傑に言おうかどうか迷った。ビアンカで会った例の男だ。和田社長が見つかったのはあの男の手引きによるものかもしれないが、それは確証がある話ではない。結局真紀はそれを言わないでおくことに決めた。

「披露宴は予定通りやろう」

電話の向こうで傑が力強い口調で言った。真紀も返事をする。

「わかった。じゃあそういうことで」

「後始末っていうか、まだやることが山ほど残ってるから、もしかするとずっと残業になるかもしれない。迷惑かけるけど頼むよ、真紀」

「任せておいて」

通話を切り、スマートフォンのスケジュール機能を起《た》ち上げる。画面にカレンダーが表示され、今週の日曜日の欄には『結婚披露宴』と記されていた。真紀は改めてその文字を見て、人生の一大イベントが四日後に迫っていることを実感した。

※

田村はライトバンを停めた。マンションの地下にある駐車場だ。田村が今のマンションに住むようになってから一年半がたつ。そろそろ引っ越しの時期だ。二年ごとに引っ越しをするのは習性のようなものかもしれない。あまり一つの物件に馴染んでしまうのはよろしくない。精神的にも、または防犯上の意味でも。

十二階建てのマンションの最上階に住んでいる。高いところが好きなわけではなく、単にそこしか空いていなかったからだ。ポストの中を覗いてから——入っているのはチラシだけ——エレベーターで十二階まで上がった。

廊下を歩き、ドアの前に立つ。暗証番号式のロックを解除して中に入った。すぐさま違和感を察知する。空気の匂いがいつもと違う。男性用整髪料の匂いが微《かす》かに空気中を漂っている。田村はそういうものを髪にはつけないナチュラル派だ。

身構えたときには遅かった。いきなり目の前にダークグレーのスーツを着た男が現れる。バスルームから出てきたのだ。あなたお帰りなさいといったアットホームな雰囲気ではなく、男の手にはオートマチック式の拳銃が握られている。背後にも気配を感じ、振り返ると同じような格好をした男が立っていた。階段室に隠れていたのか。背後の男も当然のように拳銃を手にしている。最近はダークグレーのスーツに拳銃を合わせるコーディネイトが巷《ちまた》では流行っているのだろうか。

「田村だな」

バスルーム前の男が確認するように言った。表札は出していない。組織の人間の匂いがプンプンする。もし俺に恨みがある者なら今頃眉間《みけん》を撃ち抜かれているはずだ。

情報を引き出したいという線も考えられるか。

仮にこの二人が本当に組織の人間だとして、直子を通じて連絡が来ないのが不思議だった。組織とのやりとりはすべて彼女を通すことが決まっている。それができないということは、つまり……。

「直子の身に何かあった。違うか？」

二人の男は答えなかった。バスルームの前にいる男――こちらは七三分けなので、仮に七三分けの男とする。背後にいるのは短髪の男だ――があごをしゃくり、部屋に上がるように指示を出してきた。言われた通りに靴を脱いで言う。

「青と黒、どっちがいい？」

苛立った様子で七三分けの男が訊き返してくる。

「何がだ？」

「スリッパの色だ。どっちがいい？」

二人とも答えない。スリッパは要らないという意味だと解釈して、田村は自分のスリッパを履いて奥に進む。広めのリビングには家具がほとんど置かれていない。七三分けの男が言った。

「主査が連れ去られた。今から二時間前のことだ。何か知らないか？」

主査というのは直子のことだ。二時間前はジムにいた。そう伝えると七三分けの男が拳銃をこちらに向けて言った。

「何か隠してることはないか。知ってることがあったら洗いざらい喋るんだ」

「隠してることなどない」

「本当だな？」

「嘘などつかない。直子はどのようにして連れ去られた？　詳細を教えてくれ」

田村がそう言うと二人の男は顔を見合わせた。やがて七三分けの男が口を開いた。

「新宿の路上だ。いきなり走ってきた車に引き摺り込まれた。たまたま待ち合わせをしてた主査の部下が現場を目撃していた」

直子の部下は慌てて車を追ったが間に合わなかったようだ。かろうじて読みとった車のナンバーは盗難車のものだった。現時点では手がかりはゼロ。

先日直子に会った際、彼女はここ最近見張られているような視線を感じると言っていた。護衛をつけるように提案したのだが、それは上に断られたとも言っていた。やはり直子の勘は間違いなかったのだ。彼女を攫うため、その行動を監視していた者がいたのだ。

「もう一度訊く。隠してることはないな」

念を入れるように七三分けの男が訊いてくる。彼らの焦りが伝わってくるようだった。田村は答えた。

「ない。残念ながらな」

直子の仕事は誘拐の斡旋だ。組織に寄せられた依頼を吟味《ぎんみ》し、受ける場合はその仕事を誘拐屋に斡旋するのが主な仕事だ。当然、誘拐の標的となった者の中には政府要人や重犯罪者もいる。彼女が握っている情報は計り知れないほどの意味を持つ。

直子は組織にとって欠かせない人間ではあるが、それ以上に組織というのは非情な一面を持ち合わせている。万が一、何らかの取引が提示された場合、その取引の内容にもよるが、組織は直子を切る、つまり見捨てる可能性も高いだろう。組織にとって働く人間は駒に過ぎないのだ。

「何でもいい。思い出したことがあったら連絡しろ。二十四時間、いつでもだ」

そう言い残して二人の男は部屋から出ていった。田村は空気清浄機の電源をオンにする。整髪料の匂いがどうも気になったからだ。それから椅子に座った。

直子とは長い付き合いだ。自分をこの業界に引き込んだ張本人とも言える。ある一定の恩義は感じているが、あくまでもビジネスパートナーとしての付き合いしかない。助けてやりたいという気持ちはあるが、ここで下手に動くのはプロフェッショナルとは言えない。

充電するためにスマートフォンをポケットから出すと、ちょうど着信が入った。見知らぬ番号が画面に表示されている。どこか虫の知らせというか、何やら予感めいたものを感じて通話状態にした。

「久し振りだな、田村」

スマートフォンを耳に当てると、どこかで聞いたことがある声がそう言った。

エチケット7　なるべく披露宴には行かない

「みんな、ちょっといいかな。明後日矢野さんがご結婚されることは知ってると思う。ここで一言、矢野さんからご挨拶がある」

午後五時三十分の終業時刻ちょうど、課長の声に社員たちが立ち上がった。真紀は前に出て、まずは頭を下げてから話し始める。

「このたび私、矢野真紀は結婚することになりました。明後日の日曜日、都内のホテルにて結婚披露宴をとりおこないます。仕事に関してはこれからも続けていきますので、今後もよろしくお願いします」

拍手が起こる。それから花束を持った若手社員が前に出た。スマートフォンを向けてくる社員もチラホラいる。恒例の花束贈呈だ。男女問わず結婚した場合にはこうして課から花束が贈呈されるのだ。実際に自分の番が回ってくると結構恥ずかしいものだった。

写真撮影を終えてから、花束とバッグを持って会社をあとにする。今夜はこのまま傑の自宅近くにあるビアンカに向かう予定だった。披露宴を延期せずにおこなうことが決定したので、その報告だ。会社の前でタクシーに乗った。

「お客さん、何かいいことあったの?」

手にした花束に気づいた運転手にそう訊かれた。真紀は答える。

「ええ、まあ。誕生日なんです」

「それはめでたい。おめでとう」

カントリーホームに対する風当たりは完全に収まった状態だ。昨日、さらに大きな追い風が吹いた。自腹で壁を剝がして断熱材の調査をした都内在住の男性がいたのだが、実はその男性、嘘の調査報告をしていることが明らかになったのだ。カントリーホームが建てた住宅であることは間違いないのだが、対象となる五十六棟の中には含まれていなかった。つまり正常な断熱材が使用されているのにも拘わらず、仕様書とは違う断熱材が使われていたとマスコミに伝えたらしい。

世間は彼を非難したが、カントリーホームの和田社長は彼を不問に付すような発言をして、さらにカントリーホームの株が上がる結果になった。何だかなあ、と真紀は思った。手の平を返したかと思うと、また返したりと、世間の声というのは本当に不安定だ。

だが結果としては満足だ。一時は延期の危機にあった披露宴も無事におこなうことが決定したのだから。ただし今回の件で、一寸先は闇という諺《ことわざ》を身をもって体感できたような気がする。

「あ、このあたりでいいです」

タクシーが停車した。料金を払ってタクシーから降りる。時刻は午後六時を少し回っており、ビアンカはオープンしたばかりだった。ドアを開けて中に入ると、店内に客は一人もいなかった。それでも今日も予約で埋まっているらしく、テーブル席には皿やナプキンなどが早くも並べられている。

「あ、真紀ちゃん」カウンターの中にいるマスターがこちらを見て言った。「いらっしゃい。昨日だったかな、傑君から連絡があったよ。無事に披露宴できるみたいでよかったね」

「ご心配をおかけしました」

「別に真紀ちゃんや傑君のせいじゃないしね。不可抗力だろ。予定通りクッキー焼くから」

「お願いします」

カウンターの一番端の席に座る。いつも座る席だ。おつまみ三種盛りと生ビールを注文した。マスターが注いでくれた生ビールを一口飲む。こんなに清々《すがすが》しい気分で酒を飲むのは久し振りのような気がした。

「いらっしゃい」

マスターの声が聞こえたので、店の入口に顔を向ける。店に入ってきた男の顔を見て、真紀は思わず「あっ」と声を出していた。先週の土曜日、ここで出会った例の男だ。男も真紀の存在に気づいたのか、「どうも」と小さく頭を下げてきた。男の顔を見てマスターが言う。

「カウンターしか空いてないんですよ。真紀ちゃん、隣いいかな？」

「ええ。構いません」

真紀は椅子の上に置いてあったハンドバッグを足元に移動させる。「すみません」と言いながら男が隣の椅子に座った。ジーンズにシャツといった軽装だ。サラリーマンのようには見えず、何をやっている人なのか見当がつかない。

「先日は申し訳ありませんでした」男が謝ってくる。真紀のことを憶えていたようだ。「ワインの染み、綺麗に落ちましたか？　もしあれなら本当に弁償しますけど」

「大丈夫です。全然気にしないでください」

ワインの染みのことなど気にしていない。それよりもっと気になっていることがあるのだ。男がマスターに生ビールを注文した。それが運ばれてくるのを待つ。

「では再会を祝して」と男がグラスを上げたので、真紀もグラスを持って乾杯に応じる。一口ビールを飲んでから真紀は言った。

「あのう、先週お会いしたときにおっしゃっていたじゃないですか。カントリーホームの社長を連れてくるって。やっぱりあれって、その……」

「しー」男が自分の口に人差し指を押し当てて言った。「その話はあまり人前ではしない方がいいですね。僕が勝手にやったことなので、結果オーライということでお願いします」

やはりそうだったのか。ただ今は店内にほかの客はいないし、マスターも厨房に戻っているのでそれほど気にする必要はないと思われた。それでも真紀は声をひそめて訊いた。

「じゃあやっぱり、その業者って人が、社長を連れ戻したってことですか？」

「そうなりますね。ここだけの話ですよ」

男は誰もいない店内の様子を窺いながら言った。何か探偵にでもなった気分だ。真紀も負けじと周囲を見回してから言う。

「凄くないですか？　雲隠れしてた人を発見して、強引に連れてきちゃうわけじゃないですか。私が聞いた話では社長は大きな段ボールに入れられてたって話でしたよ」

「まあ、その手の仕事を請け負う特殊な業者ですから」

今回の一連の騒動を振り返ってみると、先週末の段階ではカントリーホームにとってはほぼ壊滅的といってもいい状態だった。それをたった短期間でここまで挽回できたのは、社長の謝罪会見が世間に好意的に受け入れられたからだ。その社長を発見して連れ戻した功績は大きく、陰のMVP級の働きだと真紀自身は思っている。

「代金なんですけど、おいくらぐらいするもんなんですか？」

訊かないわけにはいかなかった。ワインを膝にかけられたくらいで、ここまでのことをやってもらうのは気が引ける。支払いが可能な額であれば払いたい。

「代金のことは気になさらずに。僕が勝手にやったことなので」

「でも……」

「いいんですよ。袖振り合うも多生《たしよう》の縁って諺、あるじゃないですか。あの諺、凄い好きなんですよね、僕。たまたま隣の席に座った女性が困っていた。そして僕の不注意でワインをかけてしまった。何か力になりたいと思うのは当然のことですよ」

当然ではない。こんなにお人好しな男性は久し振りに見たような気がする。

「結婚式はいつでしたっけ？」

「えっ？」

どうしてこの男は私が結婚することを知っているのだろう。そう疑問に思っていると、男が説明した。

「前回お会いしたときにマスターと話しているのが耳に入ってしまいました。たしかご結婚なさるとか」

「ええ。今週の日曜日が披露宴です」

「明後日ですか。それはおめでとうございます。キャンセルする人が出たりしたら、何なりと僕に言ってください。ほら、例の騒ぎでキャンセルする方もいると思うんですよ。特に新郎側でね」

まだ結論は出ていないが、和田社長の参加は難しいのではという話を傑がしていた。呑気に披露宴に出ている姿をSNSでアップされでもしたら、またあらぬ誤解を与えかねない。ここは慎重を期すべきだろう。

「今になって欠席者分をキャンセルしても結構な額のキャンセル料を支払うことになりますよね。だとしたら代行で披露宴に参加してもらうんです」

「お金払って参加してもらうってことですか？」

「違います。他人の披露宴に参加したいって人を連れてくるんです。世の中には変わった人がいるんですよ」

「はあ……」

そんなことがあるだろうか。半信半疑で話を聞いていると、男が手を伸ばして紙ナプキンをとり、そこに何やらボールペンで記入する。

「これ、僕の連絡先です。困ったことがあったらいつでもどうぞ」

渡された紙ナプキンには男の名前と携帯番号が記されている。田村健一。それが男の名前のようだ。田村健一という、お人好しを絵に描いたような男は、満足げな様子で生ビールを飲み干した。

※

「久し振りだな、田村」

どこかで聞いたことがある声だった。最近ではなく、かなり昔の記憶だった。古井戸から濁《にご》った水が湧き出るかのように、かつての苦い記憶が甦《よみがえ》ってくる。田村は声を絞り出した。

「園部《そのべ》さん、か」

「憶えていてくれて嬉しいよ」

今から十数年ほど前のことだ。まだ誘拐屋の仕事を始める前、田村は自称音楽プロデューサーの園部恭介《きょうすけ》を崇拝していた時期がある。猿真似のように彼が着ている同じ服を買い求め、彼と同じ美容院で髪を切った。

そんなある日、田村は誘拐された。誘拐したのは研修中だった直子を含む誘拐屋だった。実際に直子らの標的は田村ではなく、園部恭介だった。園部は当時、歌手デビューを目指す十代の女を言葉巧みに騙し、彼女たちを食い物にする生活を送っていた。実際に音楽をプロデュースすることなどなく、もっぱら女を売ってその金で贅沢に暮らしていたのだ。その被害にあった一人の女子高生——仮にA子としておこう——A子の父親は現職の国会議員であり、園部の所業を知ったA子の父親が、そのコネクションを利用して誘拐屋を雇ったのだ。警察から逃れ続ける犯罪者を誘拐し、その犯罪者を闇に葬り去る。こういう依頼は今でもよく来る。

間違って誘拐されてしまった田村だったが、解放と引き換えに園部を呼び出すことを提案された。のこのこ現れた園部はその場で誘拐屋たちに拘束された。床に押さえつけられた園部の目を田村は今も忘れていない。自分を裏切った者へ向ける憎悪の視線だった。

「ムショで会った男からお前のことを聞いた。随分羽振りがよさそうじゃないか」

園部の誘拐を依頼した国会議員は正当な方法で彼を懲らしめる道を選択した。つまり証拠を用意して警察に突き出したのだ。懲役五年の実刑判決が下されたという。出所してからしばらく大人しくしていたようだったが、再び暴行罪で逮捕されたと風の噂で聞いたのは今から六、七年前のことだったか。また実刑判決を食らって最近出所したのかもしれない。

「お前が独立して仕事をしてるなんて、俺も鼻が高いよ。だってお前、金魚のフンみたいに俺のあとをついて回ってただろ」

否定できない。そんなことをしていた時期もあった。

「あの頃が無性に懐かしいよ。全盛期だったかもしれねえな」

少なくとも園部はそうだろう。クラブに顔を出すだけで若い女が光に集まる蛾《が》のように群がってきた。車は真っ赤なフェラーリで、港区《みなと》の高層マンションに住んでいた。すべて女を売って得た金で買ったものだった。

「毎日パーティーだったな。俺の誕生日なんて大変だったよな。三日三晩踊り明かしただろ、いやマジで」

田村は気を引き締める。昔話をしたくなったから電話をかけてきたわけではあるまい。何か理由があるはずだ。おそらく金だろうと田村は想像する。古い友人に連絡をとる理由として一番に考えられるのは金の無心だ。

「お前に連絡したのはほかでもない」ようやく園部は本題に入る兆しを見せた。「実はダチの会社に出資したら、そいつがトンズラしやがって金に困ってんだ。よかったら融通してくれると助かるんだが」

やはり金だった。田村は苦笑する。自分を裏切った相手に金を無心しようと考えるとは、よほど金に困っているに違いない。田村は素っ気なく言った。

「悪いが金を貸すつもりはない。切るぞ」

通話を終えようとすると、電話の向こうで園部が言う。

「貸してくれとは言わねえ。俺に金を寄越せ」

「何だと？」

「お前の女、なかなかいい女だな。気が強そうなのが気に入ったよ」

そういうことか。田村は唇を嚙む。サンドバッグがあれば一発殴りたいところだった。つまり直子を誘拐したのは園部なのだ。

「一千万円で勘弁してやる。羽振りがいいお前のことだから、そのくらいは簡単に用意できるだろ」

こいつは完全に終わっている。それが田村の率直な感想だった。園部の行動原理が目に見えるようだった。

金に困っているというのは本当だろう。そんなときムショで出会った仲間が話していたこと――田村が誘拐屋として裏の世界で活躍していること――を思い出し、利用できないかと調べた。そしてたまに一緒にいる女に目をつけ、彼女を餌にして金を奪う計画を立てたのだ。

まったく馬鹿な男だ。直子は組織の人間だ。ごめんなさいで済む話ではない。もし組織にバレたら園部の命はない。こいつの人生は完全に終わった。直子を誘拐した時点で。

「明日の夜までに金を用意しろ。引き渡しの場所はそのときに教える」

通話は切れた。田村はスマートフォンを充電器に差し込んでから溜め息をつく。

園部に金を払う気など毛頭ない。一番いい方法は今の電話の件を組織に伝えることだ。電話をかければ七三分けの男が喜んでやってくるだろうから、園部のことを教えてやるのだ。あとはオートマチックに話は進んでいく。組織の奴らが園部の居場所を見つけ、直子を救い出すはずだ。もちろん園部は東京湾に沈められて魚の餌になることだろう。

どうしたものやら。田村は腕を組んで考えた。

悩んだ末、田村が向かったのは新宿のカレー屋だった。直子との思い出に浸ろうとしたわけではなく、単にビールを飲みたくなったからだ。そもそも直子はまだ死んだわけではない。

当然のようにアリの店には客はおらず、いつものカウンター席に座って瓶ビールを注文する。無口な店主が持ってきた瓶ビールをグラスに注いで飲む。ビールの味はいつもと変わりはない。

誘拐したのが園部だとわかり、その事実は少し田村を安心させていた。ロリコンの気がある園部は十代の女にしか手を出さないのを知っているからだ。園部は直子には手を出さない。多分。

最近お気に入りのピザ風ナンを食べようか。そう思って注文しようとした際、先日直子が言っていたことを思い出した。

私の身に何かあったら、ここでカレーを食べてくれ。たしかそんなことを言っていた。そのときは冗談かと思ったが、今思うとこうなることを予期していたような気がしないでもない。

厨房を見る。無口なインド人店主が立っていた。常に何かを煮込んでいるのか、店内はいつ来ても香辛料の匂いが漂っている。じゃあ試しに食ってみるか。田村はアリに向かって言った。

「三種のカレーセットを頼む。キーマとマトンと豆だ」

田村の注文を聞き、アリが動き出す。どうしたものかな、と田村は考えた。園部のことだ。直子を誘拐したのが園部であることを組織に伝えるべきか。黙っていてもいずれ組織の情報網に引っかかりそうな気もした。つまり放っていても園部は組織に殺されるというわけだ。ただし直子の命の保証はない。

アリが厨房から出てくるのが見えた。しかし頼んだカレーを持っているわけではなく、さらに奇妙なことにいつも着ているコック服を着ていない。頭に巻いたターバンも外され、長髪を靡《なび》かせている。

「おい、アリ。俺が頼んだカレーは……」

アリは田村を無視して店の出入口に向かい、ロックをかけた。そして通りに面した窓のカーテンを下ろし、こちらに向かって戻ってくる。アリは田村の隣に座ってから言った。

「で、どうなってんねん？　直子の身に何が起こったんや？」

「お、おい、あんた、日本語が……」

彼が日本語を喋るシーンをこれまで見たことがなく、日本語を話せないものだと思っていた。アリは無表情のまま言った。

「お前が勝手に勘違いしてただけやろ。人を外見で判断しちゃあかんて。以前から直子に言われてたんや。お前がカレーを頼んだときは彼女の身に危険が及んだことを意味している。是非とも力を貸してやってほしいとな」

言葉遣いだけ聞いている分には日本人と話しているような錯覚さえ覚える。しかし実際に目の前にいるのは褐色《かっしょく》の肌をしたインド人だ。しかもなぜか関西弁だ。

「直子の身に何が起きたんや？　詳しく説明してくれ」

「その前に」ようやく田村は声を発することができた。そう物怖じしない自信があるが、今回ばかりは驚かされた。「あんた、いったい何者だ？　直子とどういう関係なんだ？」

アリは年齢不詳だ。田村と同年代のようにも見えるし、顔に刻み込まれた皺の深さから五十代くらいのようにも見える。普段は長袖のコック服を着ているのだが、今はそれを脱いでいた。Tシャツの胸のあたりは筋肉で盛り上がっており、腕もしなやかな筋肉で覆われている。昨日今日の筋力トレーニングで身につくものではない。

「俺の弟子、といったところかな。出会ったのは彼女が十代の頃やった。この世界で生きていく方法を教えてやったんは俺や。教えたというより、彼女が勝手に盗んだといった方が正解やな」

雰囲気はある。無口なインドカレー屋の店主だとずっと思っていたが、こうして改めて対峙《たいじ》してみると、熟練した者のみから発せられる独特の圧力が感じられる。この場合の熟練とはもちろん料理の腕前のことではない。

「あんた、もしかして……」

そう言いながら田村は上着のポケットからスマートフォンを出す。気になったのはこの店の名前だ。〈ｋａｄｄｏｏ〉というのが店の名前だった。どう発音するのかわからないが、直子から教えられたのはヒンディー語で何かの野菜を意味する言葉らしいということだった。スマートフォンに『ｋａｄｄｏｏ』という単語を入力し、検索をかける。すぐに結果は判明する。ｋａｄｄｏｏというのはヒンディー語でカボチャを意味している。カボチャ。英訳するとパンプキン。

「はよ話せや、タムケン。直子の身に危険が迫っているんやろ」

パンプキン。どんな仕事でも引き受ける何でも屋だ。かなりレアな存在であるため、引退したのではないかとすら一部では噂されていた。まさか新宿の裏路地でカレー屋を営んでいようとは誰も想像できないだろう。

田村はグラスに手を伸ばしたが、ビールは空だった。自分が久し振りに緊張していることに田村はようやく気がついた。

※

「ごめんごめん」

土井傑が待ち合わせの喫茶店に現れたのは午後九時十五分のことだった。十五分遅れだ。真紀は笑顔で彼を出迎えた。

「気にしてないわ。仕事だったんでしょ」

「まあね」傑は椅子に座った。手にはプラスチックの容器を持っている。中身はアイスコーヒーだろう。「帰ろうと思ったら電話がかかってきちゃってね。マスコミからだった。社長への取材の申し込みだったよ。しかも好意的なやつ。何だろうね、この手の平の返しっぷりは」

カントリーホームの断熱材不正使用問題は完全に下火になっていた。ニュースでも見かけないし、雑誌やネットの記事からも完全に消えていた。飽きたら別のニュースに飛びつくのがマスコミだとわかっていても、この見事な手の平返しは逆に怖い。

「ビアンカのマスター、何か言ってた？」

傑に訊かれ、真紀は答えた。

「特に何も。クッキーのことはお願いしてきた」

ビアンカで一杯だけ生ビールを飲んだあと、いったん帰宅してからこの喫茶店にやってきた。今日は金曜日のため、街は賑わっている。喫茶店の店内もほとんどの席が埋まっていた。

「で、本題に入るけど」

そう言って傑がバッグの中から出したのは披露宴当日の席次表だった。当日のテーブル配置図が書かれ、招待客の名前が記されている。すでに明後日に本番を控えているため、印刷は終わっており、これはホテル側から渡された見本だった。

「このテーブルが全員参加を見送るって話になった」

傑が席次表の一点を指でさした。新郎側のテーブルだ。カントリーホームの関係者――和田社長をはじめとした幹部六人の名前がそこにある。

「披露宴って動画とか撮影ＯＫだろ。うちの社長、知っての通りお気楽な人だから、絶対に酒を飲んで浮かれると思うんだよ。問題はその姿を動画に撮られて、SNSにアップされちゃうことなんだ。不謹慎だってまた炎上したら大変だよ」

有り得ないことではない。傑の話を聞いている限り、カントリーホームの幹部は全員が現場上がりの人たちで、ワイワイガヤガヤと酒を飲むのが大好きらしい。社員の結婚披露宴でもそれが変わることはないだろう。もしかすると断熱材不正使用問題という危機を乗り切った解放感から、いつも以上に大騒ぎしてしまう可能性もある。

「本人たちは参加したがっていたけどね、周囲の社員が何とか説得して参加を見送ることになったというわけ。ちょっと淋しくなっちゃうけど」

傑は席次表に目を落とした。参加者が少ない披露宴だった。全員で六十人ほどだ。実は傑は家族がいないため、新郎側の参加者は学生時代の友人と会社の同僚で大半が占められている。欠席するのは幹部のみで、若い社員は参加してくれるらしい。

傑は十代の頃に両親を失っている。弟とも生き別れになり――弟は親戚に引きとられ、兄の傑は東京で一人暮らしを始めたそうだ――あまり表には出さないが長く苦労したと聞いている。そのため家族や親戚は披露宴に参加することなく、結果としてこぢんまりとした披露宴を開こうということになったのだ。

「和田社長が乾杯の音頭をやるんだったよね」

「代わりは俺の会社の上司に頼んでおいたから気にしないで。貫禄がある人だから大丈夫だと思う」

「欠席する六人分はキャンセルするの？」

「それしかないね。明後日だからこれから六人集めるわけにもいかないだろ」

六名分のキャンセル料を払うのは仕方ないとして、テーブルが一つぽっかりと空いてしまうことが気になる。ふと思い出したことがあった。さきほどビアンカで会った田村という男が話していたことだ。代行で披露宴に参加してくれる人を手配してくれるというのだった。

「あのね、実は……」

真紀は説明した。ただし彼が業者に頼んで和田社長を連れてきたかもしれないことについては言及しなかった。話を聞き終えた傑が言う。

「代行ねえ。何か聞いたことあるような気がする。こっちから金を払って参加してもらうんじゃないかな。披露宴の見栄えをよくするために」

「無料らしいわよ。他人の披露宴に出たい人がいるみたい」

「そんな旨い話があるかなあ。赤の他人の結婚を祝いたい人間がいるとは思えないけど」

傑は半信半疑だった。真紀だってそう思う。しかしあの田村という男は嘘を言うようなタイプには見えなかった。それに和田社長の件もある。あの男なら何とかしてくれるのではないか。真紀はそんな確信めいたものを感じていた。

「キャンセルになった六人の件、私に任せてくれるかな。その人にもう一度詳しい話を聞いてみるから」

「わかった。任せるよ。今回は本当に真紀に任せきりになっちゃったな。明日も俺、出社しないといけないし」

「仕方ないわよ。テレビに出るほどの大きなニュースだったんだから」

明日の午前中、両親や親しい親戚たちが上京してくる。そうなってしまうとゆっくりと過ごしている時間などない。あれよあれよという間に明後日の本番を迎えることになりそうだ。

せめて今日の夜くらいはゆっくりとお風呂に入ろう。真紀はそう思った。

※

プロというのは仕事が早い。いや、プロが仕事が早いのではなく、仕事が早くないとプロとして生き残っていけないというのが正確かもしれない。

直子が置かれている状況をアリに話すと、彼は自分のスマートフォンでメールを打った。打ったメールの数は二、三本だろうか。その後は特に電話をかけたりするでもなく、ひたすら待っているだけだった。

三十分ほど待っていただろうか。アリのスマートフォンが一通のメールを受信し、そこには渋谷区内にあるマンション名と部屋番号が記されていた。園部恭介の潜伏先であり、直子が監禁されていると思われる場所だった。

「簡単なことや」とアリが種明かしをしてくれる。「警察内部に知り合いがおるねん。たまにここにカレーを食いに来ることもある新宿署の刑事や。そいつに頼んだら調べてくれたで。蛇《じゃ》の道は蛇《へび》っていうやつやな」

園部は元服役囚だ。だからといって彼の潜伏先を警察が把握しているとは限らない。おそらくその刑事も何人かの伝手を頼って園部の潜伏先を知り得たに違いなかった。恐るべき警察ネットワーク。

というわけで、田村は渋谷区内にある十五階建てのマンションの前にいた。時刻は午後十時を過ぎている。かなり豪勢なマンションで、一般人には手を出せなそうな物件だ。園部は金に困っているとの話だったが、その前に引っ越しをするべきだろと内心突っ込む。

マンションはオートロックだった。アリはタブレット端末を出し、そのコードの先端を鍵穴に差し込んだ。それから端末を操作すると、音もなく自動ドアが開いた。アメリカ製の最新式の解除システムだ。実は田村もひそかに狙っていた代物だ。俺も絶対買おう。

園部が住んでいる部屋は十階だった。彼の部屋の前でアリは立ち止まり、今度はヘアピンのような細長い棒を鍵穴に差して、それをカチャカチャと動かした。さっきはハイテクだったが、今度はアナログだ。しかも俺より手際がいい。まったく恐れ入る。

子供の頃にシールが流行った。まだ田村の両親が事故で死ぬ前だ。チョコ菓子を買うとおまけでついてくるシールで、それを集めている友達が多数いた。レアなシールはキラキラと輝いていて、それを持っていると自慢できた。今、田村はかなりレアなシールと一緒にいるような、そんな気がしていた。

三十秒ほどでドアのロックを解除してから、アリが低い声で訊いてくる。

「殺してもええか？」

「できれば殺しはなしの方向で」

「ほな、行こか」

ドアを開け、アリがするりと室内に侵入していく。田村もあとに続いた。内部は薄暗く、どこからかヒップホップ調の洋楽が聴こえてくる。

アリは足音一つ立てずに廊下を奥に進む。そしてリビングのような広めの部屋に入り、そこのソファでまどろんでいる園部恭介の姿を発見する。無精髭を生やし、短めの髪は金髪だった。かつてクラブに出入りして音楽プロデューサーを名乗っていた頃の面影はまったくない。中年の親父といった風貌だ。

その場はアリに任せて、田村はほかの部屋を捜索した。寝室と思われる部屋のベッドの上で直子の姿を発見する。両手両足は縛られ、口にはガムテープが貼られている。部屋に入ってきた田村の顔を見て、彼女の顔に安堵《あんど》の色が浮かんだのがはっきりとわかった。

拘束を解き、最後に口のガムテープを剝がしてやる。直子は言った。

「ありがと、タムケン」

「俺じゃない。アリのお陰だ」

誘拐屋というのは指定された標的を誘拐するのが主な仕事であり、捜索などの仕事は素人同然だ。アリがいなかったらここに辿り着くことはできなかっただろう。

直子がベッドから立ち上がる。衣服の乱れはなく、彼女が暴行を受けた形跡はなかった。やはり園部の性癖は今も変わっていないらしい。それでも直子はずっと縛られていた手首をさすりながら言った。

「あの男は何者？　ぶっ殺してやる」

「悪いな、直子。俺のせいだ」

そう前置きしてから田村は事情を説明する。若き日の因縁を。すると直子も思い出したようだった。直子も園部とは初対面ではないのだ。彼を誘拐したことがあるのだから。

「何となく憶えてる。胡散臭そうな男だったわ。あの頃の面影は全然ないじゃないの」

廊下に出て、リビングに向かった。ソファの上に園部は寝転がっている。両手両足は拘束バンド、口にはガムテープ。なぜかアリの姿は見当たらなかった。

「アリがいないんだが」

「帰ったんじゃないの。彼、シャイだから。それよりタムケン、拳銃持ってる？」

「殺すのか？」

「だって警察呼んで被害届を出すわけにいかないでしょ」

たしかにそうだ。組織に属している直子があまり警察とは関わり合いになりたくないというのはわかる。いずれにしても殺されてしまうのが園部の運命だったのかもしれない。同情の余地はないが、人が殺される場面を見るのはあまり好きではない。

「殺すのは構わんが、コンプライアンスに違反するだろ。できるだけ殺人は控える。俺がサインした同意書にはそう書いてあったような気がする」

「それもそうね」

そう言って直子は腕を組む。園部は完全に気を失っているようでピクリとも動かない。アリに絞め落とされたのか。

「タムケン、スマホ貸して」

言われるがままスマートフォンを直子に渡す。彼女のスマートフォンは園部にとり上げられたか、もしくはどこかに置き忘れてしまったのだろう。しばらくして直子は話し始める。

「私だけど。……ええ、無事よ。ところで一名、お願いしたいんだけど。半年、いえ一年コースでお願いしようかしら。急に無理言って悪いわね」

漁船あたりに強制的に乗せられるのかもしれない。田村は園部に同情する。組織の人間に手を出してしまった時点でこの男の人生は終わったと考えていい。命を奪われないだけでも儲けものと考えるべきだ。

「……わかった。じゃあ頼むわね。玄関の鍵は開けておくから、そのままにしておいていいわよ。あとはうちの人間に片づけさせるから」

通話を終えた直子がスマートフォンをこちらに向かって寄越してきたので、それを受けとった。

「お腹空いたわ。直子が首を回しながら言う。タムケン、付き合ってくれない？」

「喜んで」

「がっつり行きたいわね。焼肉なんていいかもしれない」

二人で部屋を出る。鍵を開けたままにして廊下を歩き出した。

翌日の午後、田村は飯田橋にある総合格闘技のジムにいた。もう十年近く通っているジムだ。

「田村さん、スパーリング、いいすか？」

若い男に声をかけられ、「ああ」と応じて田村はリングに上がった。特に合図をするわけでもなく、スパーリングが始まる。お互いに腰を落とし、隙を窺う。立ち技禁止、つまりキックやパンチは使用しないスパーリングだ。タックルで相手を倒し、関節技を極めれば勝ちだ。立ち技を使用する場合はヘッドギアやグローブを装着する決まりになっている。練習で怪我をするわけにはいかない。

「おっと」

気がつくとタックルされており、仰向けに倒されていた。田村は足や腕を相手の体に絡ませるようにして、防御の体勢を整えた。上になられてしまうと圧倒的に不利だ。この若い男は半年ほど前に入門してきた大学生だ。高校時代に陸上をやっていたと聞いたことがある。この大学生にタックルを決められたのは初めてかもしれない。

五分ほど寝転がった状態で腕や足首の関節のとり合いをしてから、田村は大学生の背中をぽんぽんと叩いた。仕切り直しの意味だ。お互い立ち上がり、再びスパーリングを開始する。

「おっと」

またしても倒されてしまう。今度はうまく体を捻ったのでそれほど不利な体勢にならずに済んだが、二回連続してタックルを決められたのは少し悔しい。この若者、なかなか練習しているようだな。

十五分ほどだろうか。リング上で汗を流してからスパーリングを終えた。互角の攻防と言いたいところだが、大学生の方が優勢勝ちといったところだった。

「ありがとうございました、田村さん」

「こちらこそ」

大学生と一緒にベンチに座り、ミネラルウォーターを飲む。

「君、何年生？」

「大学二年です」

二十歳になるということか。若いな。十六歳も年下だ。そんな若者と互角に戦えるだけ、俺も若いということだな。

「外に停まってる白いライトバン、田村さんの車ですよね」

「そうだ」

「フロントガラスのところに何か挟まってましたよ」

憶えがない。車を停めたときには何もなかった。ちょうど今日の練習を終えようとしたところだったので、ペットボトルのミネラルウォーターを飲み干してからロッカールームに向かった。

「田村さん、お疲れ様です」

「お疲れ」

シャワーを浴び、着替えてジムから出た。駐車場に停めてあるライトバンに向かう。大学生が言っていた通り、フロントガラスとワイパーとの間に一通の封筒が挟まっている。

周囲の様子を窺う。こちらを見張っている気配はない。念のためにたっぷり一分間ほど、その場に立ち止まったまま周囲の様子を観察した。通行人、路上駐車した車、向かいのビルの窓。怪しい人影がないことを確認したのち、ワイパーに挟まれた封筒をとってライトバンに乗り込んだ。

封筒にはわずかな重みがある。中にはさらに別の封筒が入っていた。その封筒を出して中身を見る。白い厚紙だった。その内容を読んで田村は首を傾げる。結婚式の招待状だった。

『土肥傑』と『矢野真紀』。それが新郎と新婦の名前らしいが、どちらも知らない名前だった。何かの間違いではないかと思っていると、封筒の中に一枚のメモ用紙が挟まれているのを発見した。そこにはこう書かれていた。

『お待ちしております。根本翼』

結婚式の招待状を助手席の上に投げ捨ててから、スマートフォンで根本に電話をかける。しかしどれだけ待っても繋がらなかった。いったい何を企んでいるのだ、あの男は。

※

「どういうことなんですか。急にそんなこと言われてもこっちだって困りますよ」

披露宴当日の午前十時、真紀はすでにホテル内にある控室にいた。真紀の両親や親戚一同も到着している。午後一時の開始時刻まで三時間を切っていた。真紀自身は二時間前の午前十一時に着替えをすることになっている。その後、親族のみで写真を撮ったあと、午後一時からホテル内にある簡易チャペル——傑はなんちゃってチャペルと呼んでいる——で結婚式を挙げ、十四時からホテル二階の広間で披露宴という予定だった。

「誠に申し訳ございません。今も連絡をとっているのですが……」

「困りますって、そんなの。どうにかしてくださいよ」

今、真紀たちの前で頭を下げているのはブライダル部門の担当者だ。ブライダルマネージャーというのが彼女の肩書きで、この数カ月間、ずっと打ち合わせをしてきた担当者でもある。彼女が言うには、今日の披露宴で司会を務める女性と連絡がとれないとのことだった。

司会に関してはホテルに任せてある。当然、料金を支払うのは真紀たちであるが、その人選などについてはホテル側に一任した格好だ。司会業を専門にしている人がいて、そういう人に依頼するのだろうと真紀は漠然と思っていた。一度だけ顔を合わせたことがあるが、背の高い女性だった。

「しばらくお待ちください。何とか連絡をとってみますので」

「お願いします」

女性担当者は申し訳なさそうな顔をして去っていく。隣に座る傑と顔を見合わせた。困ったね、まったく。そんなことを言いたげな顔で彼は肩をすくめた。

「お茶、飲む？」

「ありがとう。悪いね」

ペットボトルの緑茶を紙コップに注ぎ、彼に手渡した。控室にいる親族はほとんどが仙台からやってきた真紀の親戚だった。従姉妹《いとこ》の子供がさきほどから走り回っている。傑は目を細めて子供たちを見ていた。

これぱかりは天からの授かり物なのではっきりとわからないが、真紀は子供を欲しいと思っているし、それに関しては傑も同じ気持ちであることを確認している。

「一難去ってまた一難ってやつだね。俺たちの結婚式、一筋縄ではいかないね」

「そうね。司会の人、間に合ってくれればいいけど」

「司会、俺がやってもいいけどね」

傑が他人事のように言った。家族との関係が希薄なせいかもしれないが、そもそも傑は披露宴を挙げることに関して積極的ではなかった。本人は決してそうは言わないものの、言葉の端々にそうしたニュアンスを感じとれてしまうのだ。しかしそれは仕方のないことだと真紀は思っている。真紀のように結婚を祝福してくれる身内がいないというのは、やはりモチベーションを左右する問題だろう。

「真紀、そろそろ着替えに行った方がいいんじゃないの？」

心配性の母がそう声をかけてくる。彼女はすでに黒の留袖に身を包んでいた。今日も都内のホテルに宿泊して、明日には仙台に戻るようだ。

「大丈夫よ。時間が来たら係の人が呼びにくるはずだから」

「それならいいけど」

さきほどの女性担当者が控室に入ってくるのが見えた。彼女は真っ直ぐ真紀たちのもとにやってきて、やや声をひそめて言った。

「すみません。ちょっとよろしいでしょうか？」

「どうしました？」

傑がそう声をかけると、女性担当者は周囲を気にするような仕草をして言った。

「ここではあれですので、少しよろしいでしょうか」

傑と顔を見合わせてから立ち上がった。廊下を案内される。今日だけで十組以上のカップルが披露宴を挙げることになっているため、どの控室も親族たちで賑わっている。突き当たりの個室に案内された。中に入ってソファに座ると、女性担当者が頭を下げてきた。

「誠に申し訳ございません。本当に私どもの手違いというか、何がどうなっているのか、まったくわからない状態でして」

彼女がパニックに陥っていることは明らかだった。困ったように目をキョロキョロとさせている。普通であれば担当者がこれほどとり乱していれば、当事者である私たちも不安になるはずだが、例のカントリーホーム問題を乗り越えたせいか、ちょっとやそっとのことでは驚かなくなっている。そういう意味ではあの騒動もいいメンタルトレーニングになったのかもしれない。

「落ち着いてくださいよ」傑がそう言ってテーブルの上に置いてあったペットボトルのミネラルウォーターをとり、キャップを開けてから彼女に差し出した。「あなたがとり乱していては僕らも不安になります。まずは何があったのか、順序立てて話してください」

「すみません、ありがとうございます」

彼女はペットボトルを受けとった。自らの心を落ち着かせるように水を一口飲んでから説明を始めた。

「今日の司会をお願いしている方と連絡がついたんですが、妙なことを言ってるんです。昨晩ホテル関係者を名乗る者から連絡があって、土肥さんたちの披露宴が突如中止になったと告げられたと申しています」

「どういうことですか？」

傑が怪訝そうな顔で訊いたが、女性担当者は首を捻るだけだった。

「わかりません。いったい誰が何の目的でそんなことをしたのか……。司会の女性ですが、別の予定を入れてしまったようでして、現在代わりの人材を当たっているところです。それともう一つ、実はピアノ演奏をお願いしていた方も……」

披露宴の途中、ピアノを演奏してもらうことが多々あり、それもホテル側に全面的に委託していたのだが、そのピアニストのところにも昨晩同じような連絡があったという。

「ピアニストさん、音大出身のアルバイトの人なんですけど、その人も別の仕事を受けてしまったようなんです。今日は大安なので、どこの式場でも人材不足らしくて、うちに登録している司会者、ピアニストに当たっているんですが、なかなか引き受けてもらえないのが現状です」

「とにかく」傑が彼にしては珍しく断固とした口調で言う。「代わりの人材はすぐに見つけてください。私たちは代金を払っているわけですし、契約も交わしているので。お願いします」

「わかりました。本当に申し訳ありません」

女性担当者が深く頭を下げた。彼女に非がないことはわかっているが、披露宴開始まであと四時間を切っているというのに、司会とピアニストを確保できていないというのは甚だ不安だ。たとえ見つかったとしても打ち合わせをしていないのだし、果たしてうまくいくかどうかという怖さもある。

「すみません。失礼します」

着信が入っているらしく、女性担当者がスマートフォン片手に立ち上がり、個室から出ていった。傑が溜め息をついて言う。

「困ったね。どうなってるんだか」

本当だ。どうなっているのだろうか。そもそもどうしてホテル関係者と名乗った何者かは、司会者とピアニストに披露宴中止の連絡を入れたりしたのだろうか。嫌がらせとしか思えない。

「俺はここで待ってるよ。真紀、いったん控室に戻った方がよくないか。そろそろ着替えの時間だろ」

「そうだね。私、戻るよ」

真紀は個室から出た。廊下を歩いていると背後から声をかけられた。

「こんにちは。本日は誠におめでとうございます」

振り返った真紀はその場で硬直し、思わず「えっ？」と声を上げていた。そこに立っていたのは例の田村とかいう男だった。

「ど、どうしてですか？　それに、その格好……」

田村という男は黒いスーツを着用し、手には白い手袋を嵌めている。どこから見てもホテルのスタッフだ。田村は笑みを浮かべて言った。

「ここが僕の職場なんですよ。先週からアルバイトで働いてます」

「そ、そうなんですか。あ、それよりあの、ありがとうございました」

カントリーホームの幹部六人が披露宴への参加を見合わせた件だ。キャンセル料を支払って空席にするしかないと思っていたが、彼の提案を思い出して追加の参加者を頼んだのだ。ボランティアのような人たちが六人、披露宴に参加してくれるとのことだった。真紀や傑とは縁もゆかりもない人たちだが、ご丁寧に祝儀まで持ってきてくれるらしい。世の中には変わった人がいるものだと昨夜傑とも話した。お金を払って他人の結婚をお祝いするという感覚が理解できないが、実際にそういう人たちがいるわけなのだ。

「お気遣いなく。あれは僕がお節介でやったことなので。それより小耳に挟んだんですけど、トラブルが発生したようですね」

「ええ、まあ……」

司会者とピアニストの不在。この土壇場で発生してしまった新たな問題だ。何者の仕業かわからないが、ホテル側がどうにかしてくれるのを期待するしかない。個人的に司会者やピアニストに知り合いはおらず、いたとしても今から頼むわけにはいかない。簡単に事情を説明すると田村が軽い口調で言った。

「心当たりがあるので、ちょっと当たってみましょうか？」

「あるんですか？　心当たり」

「ええ。ありますよ。多分大丈夫だと思います。僕の方で何とかしますので、真紀さんは心配なさらずに」

「ええ、でも、どうして……」

　司会者とピアニストを手配してくれるというのは非常に有り難い。しかし彼はどうしてこんなにも私に協力してくれるのだろうか。真紀の真意を汲みとったように田村が言った。

「袖振り合うも多生の縁ってやつですよ。ここまで来たんですから最後まで協力させてください」

　カントリーホームの社長を見つけてくれ、さらに欠席になった六名分のボランティアを手配し、そのうえ司会者とピアニストまで準備してくれるというのだ。多生の縁どころの話ではない。あとで金銭を請求されたらたまったものではない。ここは絶対に断るべきだ。

「田村さん、大変有り難いお話なんですが……」

「ちょっと君」

　向こうから歩いてきたホテルのスタッフが田村のもとに近づいてきた。田村と同年代のようだが、かなり偉そうな感じの男だった。男は田村の耳元に顔を近づけて小声で言った。

「こんなところで油売ってんじゃない。早く持ち場に戻ってよ」

「わかりました」田村は殊勝に返事をしてから、真紀に向かって言った。「では真紀さん、例の件は私にお任せください。担当には私から伝えておくので問題ありません。それでは失礼いたします」

田村は廊下を足早に立ち去っていった。もう一人のスタッフも一礼してから歩き去った。控室のドアが開き、母が顔を覗かせて真紀を手招きする。

「真紀、早くいらっしゃい。着替えが始まるわよ」

「待って。今行く」

そう言って真紀は廊下を走り出すが、胸の中に小さな不安が残っていた。私たちの結婚披露宴、本当にうまくいくのかしら。

※

午後一時三十分、田村は都内にある某ホテルの一階ロビーにいた。入口にある予定表を見てもわかる通り、今日はこのホテルの宴会場で十組以上の結婚披露宴がおこなわれるらしい。平和な世の中だ。

一昨日、一通の結婚披露宴の招待状が届けられた。今日ここでおこなわれる結婚披露宴だ。二人の名前に心当たりはまったくなかったが、なぜか根本がこの招待状を届けてきたのだった。お待ちしております、というメッセージつきで。普段なら絶対に無視しているところだった。しかし田村はこのホテルに足を運んでしまった。理由は二つある。

第一の理由は根本の真意を知りたかったからだ。なぜ見ず知らずのカップルの結婚式に俺を呼んだのか。その理由を知りたいという欲求があった。それに根本は誘拐屋を辞めてしまっており、そのあたりの真意を聞いてもいいかなという思いもある。

第二の理由は単純なもので、純粋に結婚披露宴というイベントに参加してみたいという好奇心からだった。実は田村は生まれてこのかた結婚式というものに参加したことがない。もうかれこれ十数年、裏の世界の住人として生きているため、結婚式に呼んでくれるような堅気《かたぎ》の友人もいない。強いて挙げればジムの仲間くらいだが、いまだに田村を結婚式に呼ぼうという酔狂《すいきょう》な練習生は現れていないのが現実だ。

初めての結婚式なのである。どんな難しい仕事が舞い込もうが、決して動揺しない自負があるが、そんな自分が若干舞い上がっているのを田村自身もわかっていて、内心可笑《おか》しかった。

実は昨夜研究した。結婚式についてだ。どんな服装をしていけばいいのか。そこから始めることにした。完全なる初心者なので仕方ない。カジュアルなスーツでもいいことが判明し、一着だけ持っているスーツ——企業のオフィスに侵入するときの変装用——を着ることにした。ネクタイは臙脂《えんじ》色だ。

いろいろネットで知識を仕入れたはいいが、やはり本番ともなると違ってくる。招待状には会場名として富士の間と書かれているのだが、その富士の間がどこにあるのかわからない。田村が一階ロビーの館内案内図を見上げていると、後ろから声をかけられた。

「田村さん、ですよね。珍しいところで会いますね」

若い女が立っている。薄い紫色のひらひらしたドレスを着ているので一瞬誰なのかわからなかったが、よく見ると友江里奈という知り合いの女だった。

「もしかして結婚式ですか？」

「まあな」

田村が通う総合格闘技のジムにおいて、ダイエットなどを目的とした初心者のための講座を開いており、彼女はその講座を受けたことがあった。しかし彼女は並々ならぬ決意でジムに通っていることが判明し、彼女の置かれた状況を改善するため、根本とともに金にならない仕事をしたことがあった。田村が誘拐屋であることを彼女は知らない。

「あれ？　田村さん、私と同じ披露宴ですね」田村が手にした招待状を覗き込み、里奈が言った。「どっちのお知り合いですか？　新郎の方？　それとも新婦の方ですか？」

「まあ、両方かな」

「私は賑やかし要員なんです。面識ないんですけど、なぜか呼ばれてしまいました。でも美味しい料理が食べられるし、披露宴っていいものですよね。あ、行きましょう。もう受付始まってますから」

そう言って里奈が歩き出したので、その背中を追うように田村も歩く。会場は二階のようで、そこには三つの広間があるようだった。その三会場で同時に披露宴をおこなうらしく、二階の廊下は着飾った客たちで溢れ返っている。

「おめでとうございます。このたびはお招きいただきありがとうございます」

受付らしき場所で里奈が頭を下げたので、その隣で田村もお辞儀をする。彼女がいてくれたお陰でスムーズに受付を終えることができた。祝儀袋を渡し、席次表を受けとる。それを見た里奈が言った。

「田村さんと私、同じテーブルですよ。よかったですね」

まあ知り合いがいて越したことはない。それに完全アウェイ状態で初の披露宴に臨むに当たり、彼女の存在はかなり大きなものとなる。それにしても賑やかし要員とはいったいどういう意味だろうか。さきほど里奈が言っていた言葉を思い返しながら会場内に足を踏み入れる。

さほど広くはない部屋だ。十台ほどの丸テーブルが配置されていて、それぞれ五名もしくは六名ほどが座れるようだ。開宴まで十五分を切っており、ほとんどの席が埋まっている。

「こっちですよ、田村さん」

里奈に案内されてテーブル席──新郎側の一番後方の席──に向かうと、そこには意外過ぎる面々が座っていた。

「あら、これは珍しい方が来たわね」

そう言って笑みを浮かべたのは女優の星川初美だった。その隣で同じく笑みを浮かべているのはジャズピアニストの江口亨だった。江口の隣に座る着物姿の女性は風岡恵子といい、あの大関浜乃風の実の母親だ。

「田村さんはそこですね。私はここです」

田村の席は風岡恵子の隣だった。里奈の席は田村と席を一個隔てた向こう、ちょうど星川初美の隣だった。初美は真っ赤なドレスを身にまとっている。女優だけのことはあり、そのオーラは半端《はんぱ》ない。

「えっ？　もしかして星川初美さんですか？」

里奈が恐縮しながら椅子に座っていた。田村は自分の椅子に置かれた白い紙袋を見た。ははん、なるほど。これが引き出物ってやつだな。そのくらいはネットで学習済みだ。

田村は椅子の上に載っている紙袋をテーブルの下に置いてから椅子に座った。隣に座る風岡恵子が会釈をしてきた。

「その節はお世話になりました」

「どうも」

数ヵ月前、彼女の息子である浜乃風が失踪する事件が発生し、彼を連れ戻す仕事を引き受けたことがあった。そのときに母親である彼女とも顔を合わせているので多少の面識はある。

「いやあ、参った参った。遅刻するかと思ったよ。おや、あんたたしか……」

そう言いながら田村の隣の席にやってきたのは亀井日出雄という元少年サッカーの

監督だ。この男は一ヵ月ほど前、教え子の顔にサッカーボールを蹴る動画がSNSで拡散し、炎上して世間を騒がせた男だった。そのとき、彼の身柄を一時的に保護したのはほかでもない田村だった。

「その節は世話になった。ありがとな」

奇妙な面々が集まっているが、このメンバーには共通点があった。田村が誘拐した者、もしくはその関係者なのだ。試しに亀井日出雄に訊いてみる。

「あんた、新郎と知り合いか?」

「いいや、知らん。赤の他人だ。ここに来ればただで飲み食いできると教えられてやってきたんだ」

「私もだよ」

会話が耳に入ったのか、江口亭が口を挟んできた。彼は借金苦の元ジャズピアニストで、消費者金融の依頼を受けて誘拐したことがある。今は借金を清算して、再びピアニストとして活躍しているようだ。江口が続けて言った。

「あんたの助手の……根本君だったかな。彼から連絡をもらったんだ。どうしてもこの披露宴に参加してほしいとな。あんたの名前も出されたよ。あんたに頼まれたら断ることはできないからな」

やはり根本の仕業だ。だがどういうことだろうか。どうして根本はこの面々をこの場に集めたのか。まったくわからないのが腹立たしい。

「すみません、星川様。そろそろよろしいでしょうか」

一人の男がやってきて、星川初美のもとで片膝をついた。彼はイヤホンマイクを装着しており、ホテルのスタッフだと思われた。

「わかりました」

初美がそう言って立ち上がる。時計を見ると、あと五分で披露宴が始まろうとしていた。

※

「本日はお集まりいただき誠にありがとうございます。本日の晴れの舞台、総合司会という大役を務めさせていただくことになりました、星川初美でございます。至らない点もあるかと思いますが、どうぞよろしくお願いいたします」

いよいよ披露宴が始まった。すでに真紀は会場である富士の間に入り、各テーブルを見渡せる高砂《たかさご》席に座っていた。隣には傑の姿もある。彼は白いタキシードを着ており、真紀はもちろん純白のウェディングドレスだ。それにしても、と真紀は内心訝しく思う。どうして女優の星川初美が司会をやっているのだろうか。狐につままれたような思いがした。ぽかんと口を開けて星川初美を見ている参加者もいた。

さすが女優だけあって華やかだ。赤いドレスがよく似合っている。年齢は四十前後だと思うが、三十代前半と言っても間違いなく通用するだろう。二時間ドラマの主役――たしか監察医的な役どころだったと思う――を務めるほどの女優だが、数ヵ月前に若手イケメン俳優とのスキャンダルが発覚し、二時間ドラマを降板する騒ぎがあった。それ以来はドラマやコマーシャルでも見かけることはなくなったが、舞台などの仕事を精力的にこなしているとインターネットの記事で読んだことがある。

「……乾杯の音頭をとっていただくのは、新郎の上司であり、株式会社カントリーホームの……」

礼服を着た男が壇上に上る。傑の上司だ。マイクを持った彼が話し始める。

「ええ、皆様。まずは我が社が、特に我が社の社長が、ここ最近世間をお騒がせしたことを、この場をお借りして深くお詫び申し上げます」

軽い笑いが起きる。すでにカントリーホームの断熱材不正使用問題は完全に鎮火したという証《あかし》だった。

「ええ、新郎の傑君は非常に真面目な青年でありまして、今回の騒ぎにおいても先頭に立って事態の鎮静化に当たってくれました。現在、彼の役職は……」

お決まりの長い挨拶が続く。その間、真紀は笑顔を保ったまま男の挨拶に耳を傾けた。やがて挨拶が終わって乾杯となったので、真紀は手元に置かれていたシャンパングラスを持ってそれを掲げた。

「それではしばしご歓談ください」

星川初美はマイクを置き、自分の席に戻っていく。驚いたことに彼女は例の六人――田村という例の男が手配した臨時の参加者――のうちの一人らしい。真紀は席次表に目を落とした。急遽直しが入っており、欠席した六人のテーブルのところだけ、シールが貼られて新たな参加者の名前が書かれている。女性が三名、男性が三名だ。星川初美がそのテーブルに座るのが見えた。ほかの人たちもまったく見憶えがない。田村が関わっているに違いないが、どういうルートで集められた人たちなのだろう。それになぜか六名の参加者の中に『田村健一』と書かれている。座席の位置からして、グレーのスーツを着ている男がそうだろうが、あの田村健一ではない。同姓同名だろうか。

「土肥、おめでとう」

男たちがビール瓶片手にやってきた。傑の同僚であるカントリーホームの社員たちだ。幹部たちは欠席したが、若い社員たちは予定通り参加している。

「土肥、よかったな。今日は飲もうぜ」

早くも傑はグラスのビールを飲まされている。ピアノの音色が聴こえてきて、目を向けると会場の隅に置かれた一台のピアノを中年の男性が演奏している。彼が代理のピアニストだろうか。ホテル側の話によると、基本的には音大出身の若い人がバイトとして登録しているらしいが、彼はだいぶ年齢が高めだ。ワルツのような軽やかな音楽を奏でている。ジャズのようだ。

「真紀、おめでとう」

三人の女性が真紀の前にやってきた。彼女たちは大学の同級生だ。神社仏閣研究会というマイナーなサークルの仲間だ。三人とも今日は可愛いドレスを身にまとっている。

「真紀、写真撮ろう」

「もちろん、喜んで」

ホテルのスタッフにお願いして写真を撮ってもらう。スマートフォンで撮った画像を確認しながら、一人の子が訊いてきた。

「真紀、何で江口亨がピアノ弾いてるの？」

「エグチトオル？」

「知らないの？」そう言って彼女はピアノの方に目を向けた。「あの人、プロのピアニストだよ。先月だったかな、私、お母さんに連れられて彼のコンサートに行ったんだから。お母さんがファンで、ＣＤまで買ってたわよ」

「そ、そうなんだ。ホテルが手配してくれたから私は……」

「あとでサインもらってこよ」

そんなに有名なピアニストなのか。真紀は改めてピアノの方を見た。江口亨という男が邪魔にならない程度の音量でピアノを奏でている。言われてみれば演奏は抜群に巧いし、譜面台に楽譜もない。アドリブか、もしくは暗譜しているということだ。どうしてプロのピアニストが、ここに……。

「皆様、よろしいでしょうか」

マイクを持ったのは司会である星川初美だった。その声が合図となったのか、正面のドアが開いて数人のスタッフが中に入ってくる。彼らは台車を押していて、その上には大きな樽酒が載せられている。

「これは予定にはございませんでしたが、とある方から樽酒の差し入れがございました。その方とは何と、大相撲の大関、浜乃風関でございます」

どよめきが起きる。一番反応していたのは年配の参加者が多い真紀の親戚連中だった。浜乃風という力士なら真紀も知っている。将来的に横綱を狙えると言われている日本人大関で、今やもっとも人気がある力士の一人だ。

「なお、会場には大関のお母上もお見えになられており、新郎新婦の門出を祝福されておいでです」

例のテーブルで一人の和服姿の女性が立ち上がり、四方八方に頭を下げていた。あれが浜乃風のお母さんか。なぜ浜乃風のお母さんが私の結婚披露宴に参加しているのだろうか。軽い眩暈《めまい》がした。何だかもう、よくわからない。

「それでは新郎新婦に鏡開きをお願いしたいと思います。傑さん、真紀さん、こちらにお越しください」

そう言われて立ち上がる。真紀は笑顔をとり繕ったまま小声で傑に訊いた。

「どういうこと？」

俺もさっぱりわからない。そんなことを言いたげな顔つきで傑が首を傾げた。鏡開きなんて予定に入っていない。

「それではお願いします」

リボンをあしらわれた木槌を渡される。傑と一緒にそれを握り、樽酒の蓋に向かって振り下ろした。蓋は見事に割れ、会場内で拍手が鳴り響いた。同時に江口亨というピアニストが派手な感じの曲を弾き始め、会場はさらに盛り上がった。

隣を見ると、傑もこちらを見ていた。二人で視線を合わせ、同時に首を捻る。おそらく彼も同じことを考えているに違いない。ボタンをかけ違えたような、妙な違和感を覚えていた。

※

「ほら、田村さん。どんどん飲んでくれ」

そう言って右隣に座る亀井日出雄がビールの瓶をこちらに向けてくる。田村はグラスに入っていたビールを飲み干し、亀井からビールを注いでもらう。元少年サッカーの監督はすっかり酔っ払っており、その顔は真っ赤になっていた。

「見ず知らずの他人の披露宴でも、めでたい席で飲む酒は格別だな。そう思わないか、田村さん」

「まあ、そうだな」

酒も飲み放題だし、料理も次々と運ばれてくる。披露宴というのは楽しいものだった。無礼講とでも言うのだろうか。さきほど初対面の男たちが田村の席を訪れ、何やら自己紹介したり酒を注いだりして帰っていった。どうやら新郎の同僚らしい。なぜこの場に自分が呼ばれたのか――自分だけではなく、このテーブルに座るほかの五人も含めて――まったくわかっていない。ただ一つ、気になる点があった。新郎のことだ。

新郎の名前は土肥傑という。彼の勤務先はカントリーホームだ。そう、先日田村はカントリーホームの社長を誘拐した。自社が引き起こした断熱材不正使用問題で世間を騒がせ、逃亡していた男だった。浅草にある古びた旅館にいた彼を連れ去り、直子の指示に従って彼をカントリーホームの本社前に置き去りにしたのはほかならぬ田村自身だ。

新郎の勤務先がカントリーホームであること。それが現時点で唯一のヒントらしきものだ。

「あら、先生。お疲れ様でした」

左隣に座る風岡恵子が言った。ピアノ演奏を終えた江口亨が戻ってきたのだ。あの江口亨が生演奏しているというのに、客の大半は演奏には耳を傾けずに談笑しているのが驚きだった。それでも戻ってきた江口は上機嫌だった。風岡恵子に注がれたビールを飲みながら言う。

「いやあ、こういう席でピアノを弾くのは初めてですよ」

「素晴らしい演奏でしたわ、先生」

ほぼ初対面の面子なのだが、すでに打ち解けた雰囲気が漂っている。女優やピアニスト、世間を騒がした元少年サッカーの監督、人気力士の母親。錚々《そうそう》たるメンバーの中で唯一の一般人が友江里奈だった。しかし里奈は乾杯の食前酒をくいっと飲み干してから、あとはこのテーブルの世話係は私だと言わんばかりに目を配っている。

「皆さん、おかわりはどうですか。田村さん、飲んでます？　あ、ビールもう二、三本もらいますね」

里奈は歩き回るボーイを呼び止め、てきぱきと注文している。ホテルスタッフが星川初美のもとにやってきて、彼女の耳元で何やら耳打ちをした。ナプキンで口を拭ってから初美は立ち上がり、前の司会席に向かって歩き出した。司会の出番がそろそろなのだろう。

「どこかで見たことがあるような気がするんだよな」

右隣に座る亀井日出雄が首を傾げていたので、田村は教えてやる。

「女優だ。知らないのか」

「違う、星川初美じゃない。彼女のことは私だって知ってるさ。女監察医・二階堂美月シリーズは欠かさず観てたしな。私が気になってるのは新郎だよ」

亀井の視線の先には新郎新婦が並んで座っている。今は友人らしき若い男女と楽しげに話していた。新郎は線が細いタイプで、真面目そうな感じの青年だった。

「皆さん、楽しんでいらっしゃいますか。ここで新郎新婦のこれまでの歩みを皆さんにご紹介いたします。映像にまとめましたので、どうかご覧ください」

場内の照明が暗くなり、白いスクリーンに映像が映し出された。まずは新婦である矢野真紀という女の半生が写真、映像を交えて紹介されるが、そこに特筆すべき点はない。地元仙台の高校卒業後に大学進学で上京したようだ。新宿あたりを歩いていそうなOLだなと思っていたら、本当に勤め先は新宿だった。失笑。

続いて新郎の紹介に移る。名前は土肥傑というのだが、幼少期にそれなりにドラマがあったという。まず紹介されたのは家族四人で撮った写真だ。どこかの遊園地で撮ったものらしい。父と母、それと二人の子供が笑っている。ナレーションはないが、映像の下にテロップがついてくる。

『お父さんはバスの運転手さんでした。忙しい合間をぬって遊園地へ。とても楽しかったね』

ざわりとした何かを感じる。バスの運転手という単語に田村は敏感に反応した。次に映し出されたのは、一人の少年だった。新郎の土肥傑だろう。高校生くらいだろうか。校門の前に笑って立っている。

『悲しい出来事でした。お父さん、お母さんを立て続けに失い、さらに弟ともお別れしなければなりませんでした。ですが傑君は決してめげることはありませんでした』

悲しい出来事、とは何だ。そんな疑問が頭をよぎったが、答えはわかっているような気がした。隣に座る亀井日出雄が言う。

「あの子が、傑君、だったのか……。加藤の子が……こんなに立派に……」

感慨深いといった感じで亀井はスクリーンを見上げている。加藤武治。二十年前に居眠り運転で事故を引き起こしたバスの運転手だ。田村は新郎の姿を見る。彼は目を細めてスクリーンを見上げていた。この男が加藤の息子。土肥というのは母親の名字ということなのか。

ＶＴＲは続く。奨学金を受けながら、苦労して大学まで卒業し、現在のカントリーホームに就職した。矢野真紀と出会ったのは三年前の飲み会の席でのことだった。二人の写真――旅行先や飲食店、職場などで撮った写真が次々と画面に映し出され、最後にさきほど撮ったものだろうか、タキシードとウェディングドレスを着た二人の写真が登場すると、場内に盛大な拍手が沸き起こった。

VTRが終了する。数秒間のぎこちない沈黙のあと、司会の星川初美がマイクに向かって言う。

「す、素晴らしいVTRでした。本当に二人の門出を心から祝福したいと思います」

星川初美は明らかに狼狽していた。しかし狼狽の色を隠せないのは彼女だけではなかった。このテーブルに座る面々――江口亭も風岡恵子も友江里奈も、戸惑いの目で何も映っていない白いスクリーンを見上げている。江口に至ってはマグロのカルパッチョを刺したフォークを手にしたままだった。

田村は思い出す。星川初美は十代の頃にはアイドルグループに所属していたが、両親を事故で失ったのを機にいったん芸能界を引退し、五年後に復帰して女優として活躍するようになった。

江口亭は新進気鋭のピアニストとして活躍していたが、一人娘を事故で失い、それを機に酒に溺れる生活を送るようになった。

友江里奈も両親を事故で失っており、風岡恵子は夫を事故で失ってから一人で浜乃風を育てたシングルマザーだ。

そして田村自身もそうだ。二十年前に両親はあの事故で他界している。

田村はようやく気づく。もしかしてここに集められた面々は、亀井を除いた全員があの事故の遺族ではないだろうか。もちろん亀井も無関係というわけではない。事故を引き起こしたバス運営会社の経営側という、ある意味で立派な関係者である。

このテーブルに座っているのは、単なる寄せ集めの客ではなく、選ばれた者であるのは、もはや明白だった。

※

彼と付き合い始めてから一年ほど経った頃のことだった。真紀は傑に呼び出され、普段はあまり行かないホテルのレストランに足を運んだ。おそらくプロポーズされるだろうな。真紀は内心そう思っていた。彼が結婚を意識しているのは何となくわかっていたし、真紀もそのつもりだった。

他愛もないお喋りをしながらコース料理を楽しみ、それからホテルの屋上のバーに向かった。窓際のカップルシートに座り、さあいよいよプロポーズされるんだなと覚悟を決めたとき、彼は思わぬことを言い出した。俺は人殺しの子供なんだ、と。

二十年ほど前の話のようだった。当時、傑は家族と千葉市内に住んでおり、父親は丸亀交通というバス運営会社に勤めていた。父の武治は千葉市内を走る路線バスの運転手だった。

丸亀交通は路線バスだけではなく、貸し切りバスなどの業務も並行しておこなっており、慢性的な人手不足だった。責任感の強い武治は率先して多くの仕事を引き受けたらしい。毎日の路線バスの運転に加え、週末には企業や自治体の旅行のために京都や奈良などの観光地へとバスを運転して赴いた。休みは週に一日あればいい方だった。その結果、見えない疲労が武治の中に蓄積することになる。

その日、加藤武治は千葉市内の道路を走行中、対向車線に侵入してしまう。後日、警察の取り調べを受けた武治だったが、事故当時のことがまったく記憶に残っていないと彼は供述したらしい。極度の疲労による意識障害。それが警察が下した事故原因だった。

事故は十二名の死亡者を出す大惨事となった。幸いと言うべきか、彼にとっては不幸の始まりだったのかもしれないが、武治は軽傷で助かった。マスコミは連日のように事故を引き起こした運転手、バス運営会社を責めるような報道を続けた。しかも事故直後、武治は現場を離れてしまい、本人は助けを呼びに行ったと主張したが、印象は決して良くなかった。当然、会社は倒産に追い込まれた。遺族と経営陣との賠償金を巡る交渉も難航した。

事故発生当時、傑は高校三年生で大学受験を控えていたが、それも断念せざるを得なかった。受験どころの騒ぎではなかったからだ。同じ千葉市内にある母親の実家に引っ越したが、そちらにもマスコミが押しかけた。ちょうどその頃、両親の離婚が成立して、土肥という名字に変わった。

十二人の尊い命が失われたのだ。父が犯した罪は重い。しかしなぜ自分たちまで責められなければならないのか、傑はそう思った。母は体調を崩して入院した。事故を引き起こして一年後、ようやく日常生活も落ち着きをとり戻した頃、父の武治が自殺した。首吊《つ》り自殺だった。そのあとを追うようにして母も病で他界した。

傑は十九歳であり、五歳下の弟は十四歳の中学生だった。傑はすでに働ける年齢になっていたが、弟はまだ中学生だった。そんな折り、山形に住む母の遠い親戚が訪ねてきて、弟だけなら養子縁組して引きとってもいいという提案をしてくれた。さすがに二人同時は難しいが、一人だけなら面倒をみてあげてもいいという話だった。願ってもない申し出であり、断る理由はなかった。山形へ旅立つ弟を見送ってから、傑は東京で一人暮らしを始めた。仕事をしながら大学へ通う学費を稼ごうと思ったのだ。

これで人生も好転するのではないか。そう思ったが現実は甘くなかった。上京してすぐにバイトを始めたが、どこも長続きしなかった。しつこい記者が取材に訪れ、そのたびに素性がバレてしまうからだ。何度も引っ越しを繰り返すうち、ようやく取材の手から逃れることに成功したが、同時に弟とも連絡がとれなくなっていた。いったん山形の親戚に引きとられた弟だったが、ほどなくして失踪してしまい、傑自身が引っ越しを繰り返すうちに連絡する手段を失ってしまったのだ。

傑はバイトに明け暮れた。そして二十一歳のときにようやく大学に入学できた。大学に入学した年から、傑は事故で亡くなった十二名の犠牲者の墓参りを毎年欠かさずおこなっているらしい。それは今でも変わることがない毎年の儀式だ。

なかなか波瀾万丈だろ。俺の人生って。ホテルのバーの夜景を見ながら、傑は笑って言った。見かけ以上に苦労人かもしれないと真紀はずっと思っており、おそらくその理由は家庭環境にあるのではないかと考えていた。彼の口から家族に関する話題が出たことがなかったからだ。しかし思っていた以上に重たい現実を突きつけられ、どう答えていいかわからなかった。

ただ、一つだけ実感したことがある。それはこの人となら一緒に人生を歩いていけるだろうということだ。付き合い始めたときから結婚を意識していたが、自分の直感は間違っていないと改めて思った。結局彼から正式にプロポーズされたのはそれから半年も先のことなのだが、真紀はあのホテルのバーで過ごした夜のことは今でもはっきりと憶えている。

「……どうされました？」

真紀は我に返る。近くにホテルのスタッフが中腰で立っている。ずっと呼ばれていたらしい。さきほどまで二人の歩みを映したＶＴＲが流れていて、今はまた歓談に移っている。

「そろそろお色直しのお時間です。準備をお願いします」

「わかりました」

真紀は隣を見た。傑はすっかり酔っており、真っ赤な顔をして友達と話していた。

※

会場を出たところは広めのラウンジになっており、ソファが並べられていた。さらにその奥のガラス張りの部屋は喫煙ルームになっているらしく、礼服を着た男たちが出たり入ったりを繰り返している。

窓際のソファに座っている男がこちらに向かって手を上げるのが見えたので、田村はそちらに向かって進んでいく。男は江口亨、一人娘を事故で失ったピアニストだ。

「驚いたな、まったく」江口がそう言って天を仰ぐ。「見ず知らずの他人の披露宴だと思って気楽にやってきたら、まさかあの加藤の息子だとは。俺の娘はあの新郎の父親に殺されたも同然なんだ」

加藤武治。二十年前、例の大惨事を引き起こした運転手のことだ。新郎の土肥傑は加藤武治の息子だったのだ。

さきほど新郎の父親の正体がわかった瞬間、田村たちが座るテーブルだけ不思議な雰囲気に包まれていた。お互い顔を見合わせ、何となく全員が同じ境遇にあることに誰もが気づいたのだった。

「あの写真を見た瞬間、俺にはわかったよ。あの男の顔を忘れたことなど一度たりともなかったからな」

田村は当時、高校生だった。両親を同時に失ったショックはあったが、バスの運転手を憎いと思ったことは一度もない。そういう発想にならなかった。いや、そういうことを考える暇もないほど一気に生活が激変したと考えるべきだろう。

しかし江口は違う。江口にとっての加藤とは、娘の命を奪った憎むべき相手であり、その顔は忘れるはずもなかったのだ。さきほど二人の生い立ちを紹介するVTRが流れ、新郎の幼少期の写真を見た瞬間、新郎の父親の正体に気づいたに違いない。夫を亡くした風岡恵子、両親を失った星川初美も同様に気づいたようだったが、若い友江里奈だけはピンと来ていない様子だった。事故発生当時、彼女はまだ小学校に入る前だったはずだ。イメージできないのも無理はない。

「あの男の顔も思い出したよ。言われてみれば何度も説明会で顔を合わせていた。かなり太ったようでだいぶ印象も変わっていたが」

亀井のことだろう。亀井は当時、バス運営会社の専務であり、事故の後始末に関する一連の動きにも深く関与していたはずだった。江口と顔を合わせていても何ら不思議はなかった。

「あんたは？　あんたもあの事故で家族を失ったんだろ」

話す必要はないと思ったが、別段隠しておくようなことでもなかった。田村は正直に答える。

「父と母を」

「そうか。それは残念なことだったな」

隣のソファに白いスーツを着た三人の男が座っていた。明らかにお揃いのスーツであり、これから一緒に余興をするのではないかと思われた。披露宴では余興がつきものだとインターネットに書いてあった。しかし白いスーツの三人組は一様に顔色が冴えなかった。

「あんた、どう思った？　あの運転手の息子を見て、何か感じることはなかったか？」

江口が訊いてきたので、田村は素っ気なく答える。

「特に何も」

しばらく江口は口を開こうとしなかった。自分の中で語る内容を確かめているような沈黙だった。やがて江口が話し出した。

「自殺した運転手のことは今でも憎い。娘を殺した男だからな。二十年経った今でもその気持ちが変わることはない。ずっとそう思っていた。だが……」

さきほど加藤武治の息子を目の当たりにして、江口は奇妙な感情を抱いたらしい。

「あんなに憎んだ男の息子なのに、彼のことを憎いとは思えなかった。憎むどころか、同情さえ感じた。こいつも大変な人生を送ったんだな、と」

わからないでもない。何しろ二十年もの歳月が流れたのだ。あの凄惨《せいさん》な事故に人生をぶち壊されたという意味では、田村も江口も土肥傑もそう大差はない。

「変な話だろ。むしろ長年一緒に戦ってきた戦友みたいな思いもあってな。彼の結婚を祝福しようと思っている自分がいるくらいだ。さっき浜乃風関のお母さんとも話したんだが、彼女も同じことを感じたらしい」

隣のソファから押し殺して話す声が聞こえてきた。白いスーツの三人組の一人がスマートフォンを耳に押し当て、深刻そうな顔つきで何やら話している。

「さて、そろそろメインのステーキが運ばれてくる頃かな。私は先に戻るよ」

江口が立ち上がり、富士の間へと戻っていった。三つ同時に披露宴がおこなわれているため、廊下にはトイレに向かう客やホテルのスタッフが行き交っている。その中に見知った顔を見つけ、田村は腰を浮かした。

背後から近づく。黒い正装はホテルのスタッフのものだった。田村は肩に手を置いた。

「ちょっといいか」

スタッフが振り返る。根本だった。根本は田村の顔を見て驚いたように言った。

「け、健さんじゃないですか。来てくれないと思ってました」

「暇だったからな。誘拐屋というのは仕事がないときは基本的に暇なんだ。それより」根本の頭の上から足元までじっくり眺めてから言う。「いいバイトが見つかったようで何よりだ。いつから働いているんだ？」

「先週からです。激務ですよ。誘拐屋の方が断然いいです」

根本の腕を摑み、さきほど座っていた場所まで彼を連れていく。ソファに座らせてから根本に訊いた。

「お前、どういうつもりだ？」

「なんのことですか？」

「とぼけるな。お前の正体は……」

不意に隣で声が聞こえてきた。白いスーツを着た三人組の一人だ。さきほどよりも声を荒らげている。

「今さら中止なんてできないだろ。本番まであと十分もないんだぞ。……おい、聞いてるのかよ。おい」

通話を切った男はがっくりを肩を落とした。少し気になったので田村は三人の男に訊いた。

「突然すまない。困ってるようだな。何かあったのか？」

「そうなんです」スマートフォンを手にした男が代表して答える。「僕たち、今から余興でアカペラやるんですけど、メンバーの一人が急な腹痛で到着が遅れてしまってるんです」

アカペラというのは楽器を使わずに歌うことだろう。田村は素朴な疑問を口にした。

「三人だとできないのか？」

「遅れているのはメインボーカルなんです。僕たち三人はボイパなんで。あ、ボイパっていうのはボイスパーカッションのことです」

「ちなみにどこの間で余興を？」

「富士の間です。新郎の大学時代の友人なんです、僕たち」

土肥傑の友人ということだ。居場所を教えてくれればメインボーカルをここに連れてくるのは誘拐屋として簡単な仕事だが、腹痛で苦しんでいる奴は放っておいた方が賢明だろう。途中で粗相をされたら大変だ。

一つ名案が浮かぶ。やはり自分の口から説明させるべきだ。田村は根本の方をちらりと見た。

※

お色直しをして席に戻る。今度はピンク色のフリルのついたドレスだ。少し女の子っぽいかなと思ったのだが、試着のときに担当者から一生に一度なので多少冒険してみてもいいと勧められたのだ。

披露宴が始まって一時間ほど経過したところだった。真紀の前には手つかずの料理がそのまま残っている。

「新婦もお戻りになったことですので」司会の星川初美が言う。赤いドレスを着た彼女はさすが女優といった貫禄で場を仕切っている。「これより余興を始めたいと思います。まずは新婦の姪《めい》っ子ちゃんが可愛いダンスを披露してくれるようです」

仙台に住む兄夫婦が娘を連れて前に出てきた。姪はすっかり恥ずかしがっている。やがて音楽が流れ始めると、姪は保育園で習ったダンスを披露した。踊っているうちに調子が上がってきたのか、会場の拍手に乗って姪は上機嫌で踊っていた。

隣を見ると、傑がナイフとフォークを使ってステーキを食べていた。ようやく食事をする余裕も生まれたらしい。真紀は自分の分のステーキの皿をとり、それを傑に渡した。

「これも食べて」

「いいのか?」

「うん。私は大丈夫」

姪の余興が終わり、会場から温かい拍手が沸き起こった。兄夫婦が姪を抱っこしてテーブル席に戻っていく。隣で傑がむせていた。ステーキを一気に食べたからだろう。真紀は苦笑して彼のグラスにウーロン茶を注いだ。

「とても可愛いダンスでしたね。将来が非常に楽しみです」

星川初美の言葉に会場から笑いの声が上がる。余興はあと一つだけだ。傑の大学時代の友人がアカペラを披露すると聞いていた。傑自身も大学時代にアカペラサークルに所属していたことがあるようで、その仲間が披露してくれるらしい。

「それでは次に移りたいと思います。本来であれば新郎のご友人たちがアカペラを披露する予定でしたが、生憎メンバーのお一人が体調不良となり、無念の欠席ということになりました」

それは知らなかった。隣の傑も初耳だったようで、ウーロン茶を飲みながら首を捻っていた。

「そこで急遽ではございますが、本日来場されている田村健一様のご発案により、別の余興をご用意いたしました。ちなみに田村様は都内で人材を確保されるお仕事をされておいでです」

やはり同姓同名なのかもしれない。人材を確保する仕事というのは、人材派遣業みたいなものだろうか。

「それではお待たせいたしました。準備が整ったようですので、お呼びしたいと思います。新郎をよく知る人物が今日はここに駆けつけてくださいました。根本翼さん、どうぞ」

隣の傑が飲んでいたウーロン茶を噴きそうになる。いや、実際に噴いてしまったらしく、口元を拭いながら彼が言う。

「ど、どうして、翼が……」

会場の正面ドアが開き、スタッフの格好をした男が中に入ってきた。その姿を見て真紀は言葉を失う。彼は真紀が知る田村だった。いや、本人がそう騙《かた》っていたというべきだろうか。彼の正体は根本翼なのか。根本翼の名前は何度か傑の口から聞かされた。そう、根本翼とは、傑のたった一人の弟だ。

根本翼はマイクの前に立った。その顔つきは緊張したものだった。マイクに向かって彼が震える声で言う。

「み、皆さん、驚かせてしまって申し訳ありません。ぼ、僕は土肥傑の実の弟、根本翼です」

会場は静まり返っている。傑の父親が二十年前に犯した罪について、真紀は両親だけにしか打ち明けていない。あまり顔は似ておらず、体型も弟の方が少しぽっちゃりしている。育った環境がまったく違うせいかもしれなかった。

「お兄ちゃん、結婚おめで……」

そこまで話しただけで限界が訪れてしまったらしい。根本翼は人目を憚らず泣き始めた。

会場内がどよめいた。いきなり現れた男がマイクを前にして泣き始めてしまい、どう反応したらいいのかわからないのだ。するとそのとき、別の男が根本翼の前に出て、彼に代わってマイクの前に立った。やや髪の薄い、日に焼けた男だった。

「ええ、皆さん。私は亀井日出雄といいます。新郎の父親の友人であり同僚でした」

傑の父親の同僚。つまりバス運営会社の同僚ということか。でもそんな人が、なぜここに……。

「弟さんは何も言えないようなので、私が代わりに話します。実は今日、とある事故の遺族の方がこの会場に招かれています。根本君に呼ばれてやってきたのです。本来なら絶対にここに招かれるはずのない人たちです」

真紀は隣の傑の顔を見る。彼は真っ青な顔をして、マイクの前に立つ男に視線を向けている。

「弟さんが招いたようです。なぜそんなことをしたのか。おそらく彼は彼なりにいろいろ考え、そのうえでの決断だったと思います。傑君、君は今でもお父さんが起こした事故のことを気にしているんじゃないか」

会場内は静寂に包まれている。彼の話している内容はほとんどの参加者は理解できていない。それでも真に迫った男の言葉に誰もが固唾《かたず》を呑んでいるのだった。真紀には男の言いたいことがよくわかった。たしかに傑は自分が本当に幸せになっていいのか、それを迷っている節がある。

「私が言える立場ではないが、彼を許してほしいと思ってる。祝福してやって欲しいと思ってる。皆さん、どうだろうか？」

亀井という男が会場内にいる参列者たちに呼びかけたが、その声に応える者は誰もいなかった。真紀は正直、彼の言っていることが痛いほど理解できた。傑が今も父の犯した罪を背負って生きているのは真紀自身もわかっていた。そろそろ忘れていい頃なのに。そう声をかけてあげたいと思ったことは一度や二度ではない。

拍手が聞こえる。見ると新郎側のテーブルで一人の男性が立ち上がり、手を叩いていた。ピアニストの江口亨だ。同じテーブルに座っていたほかの人たちも立ち上がり、パラパラと拍手を始めた。浜乃風の母親とOL風の女性、もう一人は――おそらく彼が本物の田村健一であろう――やや強面のグレーのスーツを着た男性だった。司会席にいる星川初美も拍手をしていた。その顔には笑みが浮かんでいる。

亀井という男が満足げな顔でうなずいた。

「傑君、本当におめでとう。多分君の弟さんも、そう言いたいんだと思うよ」

鼻を啜る音が聞こえた。傑だった。彼は立ち上がり、真っ直ぐ弟の前に向かっていく。弟の根本翼はさきほどからずっと子供のように泣きじゃくっている。

込み上げるものがあり、真紀も目のあたりがじんと熱くなるのを感じた。お互い思うことはあるだろう。二十年前の悲劇のあと、兄弟は引き裂かれてしまったのだ。傑が苦労したのは真紀は知っている。弟の方も相当の苦労を重ねたに違いなかった。

傑は弟の肩に手を置き、引き寄せた。兄弟二人、涙を流して泣いている。それを見て、真紀も自然と涙が溢れて仕方がなかった。

会場内が温かい拍手に包まれた。

※

「いい披露宴ですな」

「そうですね。私は亡くなった夫のことを久し振りに思い出しました」

「私は小さかったからあまり憶えていないんですけど、今度の休みにお墓参りに行ってこようと思いました」

「それはいい。さきほど新郎の傑君と少し話したんですけど、彼は今でも十二名の犠牲者のお墓参りを毎年かかしていないそうです」

「そういう話、胸に沁《し》みますね。演技の参考になるかもしれませんわ」

「星川さん、来月から舞台が始まるそうですね。さっきネットで調べました。必ず伺います」

「あ、いいですね。私もお邪魔させてください」

「ちょうどその頃、大相撲の本場所じゃなかったかな。浜乃風関、そろそろ横綱も見えてくるんじゃないですか」

「そうだといいんですけど。ああ見えてあの子、結構呑気なところがあって」

披露宴はそろそろ終盤に差し迫っていた。田村が座るテーブルではほかの五人が打ち解けたように話している。披露宴の開始時には初対面だったとはとても思えないほど会話が弾んでいる。

「そういえば」思い出したようにピアニストの江口亨が言う。「先日カントリーホームの社長が世間を騒がせたじゃないですか。例の断熱材の問題で尻に火がついて、しばらく姿を消してたって話。で、なぜか本社前にでかい段ボールに入れられたところを発見された。その話を聞いたときぴんと来たんだよ。これ、多分あんたの仕事じゃないかなって」

江口の視線は田村に向けられている。星川初美もワイングラス片手に同調した。

「それ、私も思いました。あの人の仕業に違いないって。事件の裏に誘拐屋あり。裏の業界ではそんな言葉もあるみたいですから」

「誘拐屋？　皆さん、何の話をされているんですか？」

里奈が首を傾げている。田村はグラスに手を伸ばした。さきほどからビールはやめてウィスキーのソーダ割りに切り替えている。

「すまない。仕事のことは話せない」

「今日は無礼講じゃないか」と江口はしつこく絡んでくる。彼はずっと日本酒を飲んでおり、かなり酔っているようだ。「あんたの仕事に興味があるんだよ。これまであんたが誘拐した人物の中で一番の大物は誰だ？　政治家か？　それとも芸能人か？」

田村が黙っていると、江口が続けて言った。

「俺はあんたに誘拐されたわけだが、妙なことに悪い気分じゃなかったんだ。思うにあんたの仕事には何ていうかその、品みたいなものがあったと思うんだよ」

同調したのは星川初美だった。

「それ、わかります。エチケットですね」

エチケット。よくわからない。誘拐屋にエチケットなど必要なさそうに思えるが。

「悪い。電話のようだ」

そう言って田村は立ち上がる。嘘ではなかった。胸ポケットの中でスマートフォンが震えていた。とり出して画面を見ると、直子から着信が入っている。

「失礼」

田村は席を離れ、会場から廊下に出た。ラウンジのソファに向かいながらスマートフォンを耳に当てると、直子の声が聞こえてきた。

「もしもし、タムケン。今どこ？」

ホテルの披露宴会場にいる、と言っても信じてくれるわけがない。田村は答えた。

「喫茶店でコーヒーを飲んでる」

「そう。実はね、急な仕事の依頼が入ったの。コンビニ強盗で手配中のベトナム人を二人、誘拐してほしいの。二人ともビザが切れてるみたい。何をしでかすかわからない状態ね」

依頼人は彼らを雇っていた繊維工場の社長らしい。彼らが警察に捕まる前にいったん二人と話をしたいようだった。会社ぐるみでおこなっていた不正について、警察に捕まる前に口裏を合わせるのが目的だという。

「速達でお願い。居場所はメールで送るから」

通話は切れた。速達ということはすぐに動き出さなくてはいけない。田村は廊下を歩き、別の会場を覗き込んだ。そして根本翼の姿を発見する。客にドリンクを提供するため動き回っている。彼のもとに向かい、背後から声をかけた。

「おい、そこのバイト」

根本が足を止めて振り向いた。

「あ、健さん。どうしたんですか？」

「ちょっとな」

兄の披露宴をどうしても見たい。かといって招待客に紛れ込むわけにもいかず、根本が思いついたのはホテル側のスタッフとして雇用されるというものだった。バイトとして採用されたはいいが、別の披露宴のスタッフに任命されてしまったあたりにこの男の不運を感じざるを得ない。

「仕事だ。行くぞ」

「駄目ですよ。僕だって仕事なんですから」

「さっき兄貴と話せただろ。目的はもう遂げたはずだ。それに今日は飲んでしまったからな。車を運転するわけにはいかない。コンプライアンスってやつだ」

田村は手を伸ばし、根本の胸についているネームプレートを外した。それを近くのテーブルの上の空いたシャンパングラスの中に入れ、ポケットから出したライトバンの鍵を根本に手渡した。

「速達の仕事だ。その前に一つ、訊いておきたいことがある」

「な、何ですか？」

「星川初美や江口亨、あいつらを誘拐するように仕向けたのはお前の仕業だろ」

たまたま誘拐した標的たちが二十年前の事故の遺族だった。そう簡単にそれを信じるほどお人好しではない。裏で誰かが動いていると考えるのが当然の帰結だった。これ以上隠し通せないと判断したのか、根本は素直に話し出した。

「二十年前の事故が起きて半年ほど経った頃、お母さんが病気で入院してしまったんです。僕は毎日お見舞いに行きました」

ある日のことだった。お見舞いに行っても眠っていることが多く、起きていてもショックで塞ぎ込んでいることが多かった母親だが、その日は違ったらしい。

「十二名の犠牲者の名前が書いた紙を渡されました。そして母は言ったんです。将来、この人たちのご遺族に何かあったら守ってあげるんだよって。それがあなたの役割なんだよって」

兄の傑には言えなかったという。当時、傑は高校生ながらバス運営会社との話し合いや、遺族への謝罪に奔走していた。そんな兄にこれ以上の迷惑をかけられないと思った。

当時はどうすることもできなかったが、成長した根本は母親の言葉を忠実に守る道を選択する。十二名の犠牲者の遺族を調べ上げ、その動向を追った。以前は難しいことだったが、ＳＮＳが普及した今では労力をかければそれほど難しいことではない。何かあったらすぐに一時保護できるように誘拐屋の見習いになった。

「母親の言葉を守ったわけか。馬鹿正直な男だな。養子に出された山形の親戚の家から逃げ出したのはどうしてだ？」

「お兄ちゃんと連絡がとれなくなって、居ても立ってもいられなくなったというか……。気がつくと東京に来てました。家出してきた手前、親戚の家にも戻れないし。それから結構苦労しましたよ、本当に」

けだ。

「意外に無茶な奴だな」

ＳＮＳを使って遺族たちの動向を探りながら、彼ら彼女らがピンチに陥った場合、誘拐という手段を使って一時的に助ける役割を根本はみずからに課していたというわけだ。

田村はスマートフォンを出しながら直子から送られてきたメールを見る。逃走中のベトナム人の潜伏先を確認しながら、彼らを攫う方法を考え始める。正面から行くのは難しいかもしれない。しかし時間がない。どうする？　根本は戦力として当てにならない。

「健さん、お願いがあります」

「何だ？」

「神様は休暇中ってやつ、僕に言わせてください。一度でいいから言ってみたかったんですよ、あれ」

「好きにしろ」

日本語を理解できるベトナム人であればいいのだが。そんなことを思いながら田村はエスカレーターに乗った。ちょうど前には行く手を塞ぐ形で二人の男が並んで立っていて、酔って楽しげに談笑している。

右側は空けるものだろ、普通。苛立ちが募ってスタンガンを首筋に押し当ててやろうかと思ったが、それはやめておくことにする。今日はめでたい披露宴だ。

本書は二〇二〇年三月、小社より単行本として刊行されました。

|著者| 横関 大　1975年静岡県生まれ。武蔵大学人文学部卒業。2010年『再会』で第56回江戸川乱歩賞を受賞しデビュー。ほかの作品に『グッバイ・ヒーロー』『チェインギャングは忘れない』『沈黙のエール』『ルパンの娘』『ルパンの帰還』『ホームズの娘』『スマイルメイカー』『K2 池袋署刑事課 神崎・黒木』『炎上チャンピオン』『ピエロがいる街』『仮面の君に告ぐ』（いずれも講談社文庫）、『帰ってきたK2』『ゴースト・ポリス・ストーリー』『ルパンの絆』、最新刊『忍者に結婚は難しい』（いずれも講談社）などがある。

誘拐屋《ゆうかいや》のエチケット
横関《よこぜき》 大《だい》
© Dai Yokozeki 2022

講談社文庫
定価はカバーに
表示してあります

2022年9月15日第1刷発行

KODANSHA

発行者――鈴木章一
発行所――株式会社 講談社
東京都文京区音羽2-12-21　〒112-8001
電話 出版（03）5395-3510
　　 販売（03）5395-5817
　　 業務（03）5395-3615
Printed in Japan

デザイン―菊地信義
本文データ制作―講談社デジタル製作
印刷―――株式会社KPSプロダクツ
製本―――株式会社国宝社

落丁本・乱丁本は購入書店名を明記のうえ、小社業務あてにお送りください。送料は小社負担にてお取替えします。なお、この本の内容についてのお問い合わせは講談社文庫あてにお願いいたします。
本書のコピー、スキャン、デジタル化等の無断複製は著作権法上での例外を除き禁じられています。本書を代行業者等の第三者に依頼してスキャンやデジタル化することはたとえ個人や家庭内の利用でも著作権法違反です。

ISBN978-4-06-529319-5

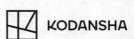

講談社文庫刊行の辞

二十一世紀の到来を目睫に望みながら、われわれはいま、人類史上かつて例を見ない巨大な転換期をむかえようとしている。

世界も、日本も、激動の予兆に対する期待とおののきを内に蔵して、未知の時代に歩み入ろうとしている。このときにあたり、創業の人野間清治の「ナショナル・エデュケイター」への志を現代に甦らせようと意図して、われわれはここに古今の文芸作品はいうまでもなく、ひろく人文・社会・自然の諸科学から東西の名著を網羅する、新しい綜合文庫の発刊を決意した。

激動の転換期はまた断絶の時代である。われわれは戦後二十五年間の出版文化のありかたへの深い反省をこめて、この断絶の時代にあえて人間的な持続を求めようとする。いたずらに浮薄な商業主義のあだ花を追い求めることなく、長期にわたって良書に生命をあたえようとつとめるところにしか、今後の出版文化の真の繁栄はあり得ないと信じるからである。

同時にわれわれはこの綜合文庫の刊行を通じて、人文・社会・自然の諸科学が、結局人間の学にほかならないことを立証しようと願っている。かつて知識とは、「汝自身を知る」ことにつきていた。現代社会の瑣末な情報の氾濫のなかから、力強い知識の源泉を掘り起し、技術文明のただなかに、生きた人間の姿を復活させること。それこそわれわれの切なる希求である。

われわれは権威に盲従せず、俗流に媚びることなく、渾然一体となって日本の「草の根」をかたちづくる若く新しい世代の人々に、心をこめてこの新しい綜合文庫をおくり届けたい。それは知識の泉であるとともに感受性のふるさとであり、もっとも有機的に組織され、社会に開かれた万人のための大学をめざしている。大方の支援と協力を衷心より切望してやまない。

一九七一年七月

野間省一

講談社文庫 最新刊

篠原美季
古都妖異譚
〈玉手箱～シール オブ ザ ゴッデス～〉
その店に眠っているのはいわくつきの骨董品《こっとうひん》ばかり。スピリチュアル・ファンタジー！

武内涼
謀聖 尼子経久伝
〈瑞雲の章〉
山陰に覇を唱えんとする経久に、終生の敵が立ちはだかる。「国盗り」歴史巨編第三弾！

丹羽宇一郎
民主化する中国
〈習近平がいま本当に考えていること〉
日中国交正常化五十周年を迎え、巨大化した中国と、われわれはどう向き合うべきなのか。

平山夢明
宇佐美まこと ほか
超怖い物件
土地に張り付いた怨念は消えない。実力派作家による、「最恐」の物件怪談オムニバス。

谷口雅美
殿、恐れながらリモートでござる
仮病で江戸城に現れない殿様を引っ張り出せ。痛快凄腕コンサル時代劇！〈文庫書下ろし〉

嶺里俊介
だいたい本当の奇妙な話
創作なのか実体験なのか。頭から離れなくなる怖くて不思議な物語11話を収めた短編集！

横関大
誘拐屋のエチケット
無口なベテランとお人好しの新人。犯罪から生まれた凸凹《でこぼこ》バディが最後に奇跡を起こす！

赤神諒
立花三将伝
立花宗茂の本拠・筑前には、歴史に埋もれた感動の青春群像劇があった。傑作歴史長編！

崔《チェ》実《シル》
pray human《プレイヒューマン》
注目の新鋭が、傷ついた魂の再生を描く圧倒的感動作。第33回三島由紀夫賞候補作。

講談社文庫 最新刊

神永 学
悪魔を殺した男
連続殺人事件の犯人はひとり白い密室にいた——神永学が送るニューヒーローは、この男だ。

濱 嘉之
プライド 警官の宿命
高卒ノンキャリの屈辱と栄光の物語が始まる。警察人生は「下剋上」があるから面白い！

辻堂 魁
山桜花
〈大岡裁き再吟味〉
寺の年若い下男が殺され、山桜の下に埋められた事件を古風十一《さきかぜじゅういち》が追う。〈文庫書下ろし〉

佐々木裕一
姉妹の絆
〈公家武者 信平《のぶひら》(十三)〉
信平、町を創る！ 問題だらけの町を、人情あふれる町へと変貌させる、信平の新たな挑戦！

森 功
地面師
〈他人の土地を売り飛ばす闇の詐欺集団〉
あの積水ハウスが騙された！ 日本中が驚いた巨額詐欺事件の内幕を暴くノンフィクション。

潮谷 験
スイッチ
〈悪意の実験〉
そのスイッチ、押しても押さなくても１００万円。もし押せば見知らぬ家庭が破滅する。

佐野広実
わたしが消える
認知障碍《しょうがい》を宣告された元刑事が、身元不明者の正体を追うが。第66回江戸川乱歩賞受賞作。

高田崇史
QED
〈憂曇華《うどんげ》の時〉
神楽《かぐら》の舞い手を襲う連続殺人。残された血文字が示すのは？ 隼人《はやと》の怨霊が事件を揺るがす。

輪渡颯介
怪談飯屋古狸
怖い話をすれば、飯が無代《ただ》になる一膳飯屋古狸。看板娘に惚《ほ》れた怖がり虎太《とらた》が入り浸る!?

講談社文芸文庫

堀江敏幸

子午線を求めて

敬愛する詩人ジャック・レダの文章に導かれて、パリ子午線の痕跡をたどりながら、「私」は街をさまよい歩く。作家としての原点を映し出す、初期傑作散文集。

解説=野崎 歓　年譜=著者

978-4-06-516839-4　ほF1

堀江敏幸

書かれる手

デビュー作となったユルスナール論に始まる思索の軌跡。「本質に触れそうで触れない漸近線への憧憬を失わない書き手」として私淑する作家たちを描く散文集。

解説=朝吹真理子　年譜=著者

978-4-06-529091-0　ほF2

講談社文庫　目録

2022年6月15日現在